老青岛

琴岛消夏

景 灏◎编

泰山出版社·济南·

图书在版编目（CIP）数据

琴岛消夏 : 老青岛 / 景灏编 . -- 济南 : 泰山出版社 , 2024.1

（老城趣闻系列丛书）

ISBN 978-7-5519-0761-3

Ⅰ . ①琴… Ⅱ . ①景… Ⅲ . ①散文集—中国—当代

Ⅳ . ① I267

中国国家版本馆 CIP 数据核字（2023）第 003855 号

QINDAO XIAOXIA : LAO QINGDAO

琴岛消夏：老青岛

编　　者	景　灏
责任编辑	程　强
特约编辑	史俊南
装帧设计	蔡海东

出版发行　泰山出版社
　　　　社　　址　济南市泺源大街 2 号　邮编　250014
　　　　电　　话　综　合　部（0531）82023579　82022566
　　　　　　　　　市场营销部（0531）82025510　82020455
　　　　网　　址　www.tscbs.com
　　　　电子信箱　tscbs@sohu.com
印　　刷　山东华立印务有限公司
成品尺寸　160 毫米 ×235 毫米　16 开
印　　张　18
字　　数　230 千字
版　　次　2024 年 1 月第 1 版
印　　次　2024 年 1 月第 1 次印刷
标准书号　ISBN 978-7-5519-0761-3
定　　价　58.00 元

目 录

青岛闻见录

洪　深

　　余至青岛，前后凡四次。两次在二年夏间，一次在三年春，一次三年夏也。统计在岛时日，不过四月。而见闻所及，颇有可记录者。溯自日本宣战以来，德人设防，不遗余力，林木桥梁，因之多所毁坏。近又闻境内遍处布设无线电雷，他日兵尽粮绝，必不能守之时，唯有付之一炬，全数毁灭，决不留一丝一毫于敌人。则二十年经营之结果，数千万财产之精华，一刹那间，同归黄土！后之治此者，虽有重兴之志，盖亦难矣。游人过此，满目荒凉，追念往日盛迹，得无有沧桑之感欤？著者在岛不久，于彼处情形，未能详细调查，笔录所载，又不及闻见所得之什一，简陋之蔽，阅者谅之。

　　青岛，一小岛也，径不过二里，在即墨县东南，往时渔舟萃集之所，盖滨海各处列岛环峙，然类皆石田，不生草木，独此岛四时常青，故居人名之曰青岛。德人初入胶湾时，兵舰泊此。其后索得租借权，陆续经营。于陆上近岛处，造码头，直入海中二里。山东铁路，起点在此。其余如总督署司法厅各局所，及大商业行家，皆聚在近岛一隅。故德人即假青岛之名，名其租地。又其后十数年间，势力向内推展，别营大码头于西北面，商家亦渐迁至内部，华人寄居彼土者又日夥，各处市街林立。虽青岛之名限于一区，仅为政治机关托足之所，而自假用之后，不能复改，故今人称德国租借地，不曰胶州湾，而曰青岛。

岛上立有灯塔。某日约伴往游，仅见野兔数四，出没草间，巨石磊砢，激水成浪，他无足观。唯小码头上（从前之码头），夕阳初下，恒有多数游人，往来散步，远眺山色，俯听涛声，致足乐也。

街上不见有多数巡警植立，然其秩序之佳，乃有夜不闭户、路不拾遗之况。较之香港、旅顺，盗贼辈出者，不可同日语。细论其得力之故，盖有二端。一侦探能尽职。尤注意于码头车站，宵小往来，无有能逃其目者。即使侥幸混入，而户口稽查严密，无正当事业者，不许停留。虽街上不见巡警，而到处皆是侦探。二利用猎犬。青岛警厅中，畜犬百余头，黄昏以后，纵之四出，遇有穿窬之事，报告迅速。其踪缉窃案，赖猎犬嗅觉之力，四处觅贼，得之亦甚易。有此二端，治安不足虑矣。

我国素无户口清册。前清各省之报告，地方长吏一人之报告而已。究有若干国民，不可得而知也，彼此相形，为之爽然。

侦探长曾对余述彼捕盗之功绩。某次某兵船点名，失水手一人，同辈中或疑其晚间醉归，坠海死矣。其后亨利饭店失窃一次，钻石、金表等值千余元，而三饭店又失窃三次，计不下万金。侦探长竭力调查，观各处之手印足迹，知必出于一人，而此人必非中国人。于是择猎犬最精者一头，从事寻觅。凡二十余日，每日一次，其结果则往来路径，虽不同途，而每次至山中一小河边，必立定不进，明日试以他犬亦如是。于是决意过河，而失踪之水手在焉，捕之，遭其刃击，洞手背，斗一时许，始就擒。讯实罪状，立即枪毙，而民间始除一大害。先时侦探长每月薪金百二十元，自获此盗，加至三百。后又因学通日语，再加一百。盖青岛警厅制度，只可加薪，不能迁职也。偶谈及猎犬之用，某君又告我曰，某甲畜犬一头，能代主人取行杖冠履。某英人有犬一头，能入水中拾钱袋等物，亦能拯溺者。此犬躯干甚大，昂首而立，去地四尺，德人某欲以千四百金易之，英人不愿也。侦探长先时亦畜一犬，冬间其欲夫人免身，此君适奉公外出，戏谓犬曰，善护尔女主人，毋得令野人近之。及归已诞一女，此君正欲一叙别后情况，犬突起，齿伤其左耳，于是怒甚，取枪击杀之。

按察使署与警察厅同在一处。去夏在督署旁，购地一大块，鸠工建筑。右为臬署，前为监狱，至今年六月始竣工，未及迁移，而欧洲战事起矣。司法官慕君，在中国二十余年，精通汉文，而其人谦虚和蔼，令人可亲，即坐堂理事，绝少疾言遽色。青岛法例，凡以民事涉讼者，每人需缴费三元，负者代胜者纳款。如司法官查得原被告之行为，有干犯德国法律者，再科以特别之罚款。例如酗酒而至互殴，则在讼费以外，多纳六元。慕君言，一星期中，司法收入，平均数至少有一千二百元。其有款项纠葛者，署中代之追出，又有一成至二成之公费，则犹不止此数也。

某日往臬署，旁听慕君之审判。是日有两案。一为亲戚二人，因代保借款之事涉讼；一为兄弟二人，因合资营业事涉讼。然两案之原被告皆为妇人，心窃异之。嗣观慕断案，并不使用其法权，大似和事佬，从中排解而已。而两造皆悍泼无伦，两不相下。最后则曰，某某曲，须纳罚款若干；某某直可以去矣。有时负者不服，在厅中喧争，慕君亦无如之何。亦有两造皆以为不公平，在门口大骂者，慕君并不与计较，遣司法巡警告之曰，尔曹欲争，可至他处，勿在署门无礼也。然判决以后，未有敢不遵而至二次涉讼者。

赴讼之人，皆自以为是者也。无论法官如何公平，胜者必称誉，而负者必毁詈之。若此者岂不能以权力威压之乎？然慕君不肯用者，盖欲使两造各平其心也（除上控外不遵判者受重罚）。有法律之监督，又有亲戚之劝解，故一次讼后，不思再讼矣。

妇人涉讼者多，私窃异之。庖人某曰，妇人出面，亦不得已也。盖法官审判，凡男子与女子涉讼，则女子胜；少艾与老丑涉讼，则少艾胜。故如有讼事，则必设法，择美貌女子到堂，以求必胜。

德国最重法律。司法者不以人之贵贱贫富，而稍歧视。侦探长某君有一爱女，年才六岁（以中国计岁之术计之为八岁），为其男仆所诱奸。此男仆高密县人也。适女之母之厨下，闻哀哭声，寻之备睹诸状，大怒奔告其夫，至欲以枪击杀此仆。同居德人或劝之曰：不可。德国有法律，奈何私自杀之。因执此仆，送至有司，罪定笞三百，监六年。送女童至医院治疗。此事既传闻于外，余特往慰之，彼愤言曰：凡家有女童者，自今以后，万不可再雇男仆。此亦可见德人之尊重法律也。

有高等学堂一所。分科教授，似大学之制度，校址在青岛车站之南，据小山上，前面临海，去市甚远，读书佳处也。校左有农科试验场，为农科学生实验之所。别有农事场一所，在李村，专为考究青岛之地质土性而设。果木园一处，在会全，专供岛人游览，高等学生亦可前往参观。该岛教授制度，尽照柏林教育部规定。校中教职员，多为闻人名士。为学费甚昂，贫者不能入，肄业其中者，皆大家子弟也。

女校两处。一在山顶某教堂。学生月纳膳费二元，所食粗粝，不能下咽。教授科目，只有德文一种。在彼读书者，大半为山东本地人。一在大鲍岛天主教堂。该堂内本设有女子高等小学，惟专收德人，不收华人。辛亥冬间，中国贵族大官携眷至岛避乱者，日见其多，大家闺秀，每有失学之叹。某女士慨发慈心，特与教堂中主者商明，在内附设华女小学，每月收学费七元，授国文、英文、德文、音乐、手工、算学等课。其成绩颇可观。

右所述仅指德人之教育而已。凡我国贫民或市侩之子，恒不能入此种学校。而自办之学校只有私塾，其中情景，一如十年前之村塾，亦可异矣。此外华人之欲专习德语者，有半日及晚间学堂，惟就读者，多苦力及仆役耳。

教育德童之学校，官立及私立者，合计当在三十以外。其详细情形，未及调查，所可知者，则儿童至六岁，不论男女，必入学校，否则酌罚其父母。

胶济铁路，德人号曰山东铁路，中德合资经营之路也。近人皆谓养青岛者，厥惟此路。然自完工以至今日，于青岛政府之收入，未尝有一丝一毫直接之补助，至为可怪。据个中人言，其先与本国政府订约言明，每年红利，在若干成以上，当分给政府一半，然此事于公司，至为不利，缘每年所入，仅能过规定之数。报解政府，则股东不愿；不报解又恐查出受罚。于是黠者别思一策：每年必有预算表一张，预计添造车辆、种植树木、修改车站等事，总使入款与出款相抵，不至过规定之数。青岛政府虽知之，无如之何也。

胶济铁轨之枕，不用木，而用铁，故车行时，稍觉平稳。某车站有一联曰：如砥如矢，至齐至鲁。非虚语也。列车往来各站间，从未有一分钟之迟速。较之京张铁路之行车，一年三百六十五日，一昼夜二十四时，从未有一次能按表中所定之时刻到站者，不可同日语矣。

北德邮船公司及亨保公司，在青岛皆立有分局。此外英国怡和公司，日本邮船会社，及中国招商局，皆有往来青岛及沪津间之船只。据海关之调查：一九一三年出入口货，在十三万万两以上。不可谓非巨埠矣。各船赴欧美者皆由此处起碇。出口货以铁及草帽编为大宗。犹忆某次乘邮船，自津至岛，船票廿五元。自岛至沪，又出二十元。然自津至沪之直达票，仅须二十三元耳。德人之视青岛，不与他埠等，其意可知也。

德人素持军国主义，岛中防务，无时或懈，不待英德宣战而后然也。去年与业师徐先生，乘汽车游劳山，同行有督署参赞一人，指点炮台告余曰：不增一兵，不添一草，青岛可守六个月。六个月以内，无论如何，援兵必能从欧洲到此矣。又见有铁丝网等物，据云通电其上，可以防马队之袭击。余以为欧洲有事，决不至延及东亚，因质此疑。则曰：倭人自追还辽东半岛后，恨德人刺骨，虽未必即攻青岛，然不可不防也。吁此言今验矣。

德国军士之精神，以及人民对于军士之优待，均为不可及。星期日往往见三五成群之军士，自青岛步行至劳山游览。午后回营，一往复间百数十里。假使为中国军人，虽因大事，亦不肯耐劳，况闲游耶？青岛至劳山，一路风景佳处，皆有酒肆，凡遇军人来饮者，取价稍廉，而游人仕女，亦多乐与之攀谈焉。

军事秘密，关系甚大，有人误入炮台者，皆科重罚。近年则会全及霍亨落霍路等处，不准外人寄寓，因其地逼近督署及炮台也。有日人某，乘人力车误入毛奇山，军官某劝之出，日人自惭，乃痛责人力车夫。车夫不服，在路奋争，同至警厅受拘焉。是夜，日人自缢死。一星期后，有六七日本人至岛，挟毒药手枪，志在复仇，经侦探长某君劝之去。

右述之事，发生在今年八月初。未久，日人即递哀的美敦书于德，当时误传以为奸细，而实则非也。

德人经营青岛，投入资本，不下数千万。近三年来，税捐收入，颇有可观，不至永久亏本矣。今年因加酒税之故，特以专卖烧酒之利，限给少数中国行家。于是饮者以酒资太昂，有异言，青岛政府竭力出示劝谕，乃止。据德人言：德国国民每年对于国家负担，平均每人百余马克，其中以军备费占多数。青岛人亦德国国民也，理应与德国一律，惟生活程度较低，故税率亦低。略加酒税，何便纷纷反对也。

华人在彼置产者多，故各项税捐中，以卖买地亩捐为最丰。德人在岛，设有地亩局，专司此事。凡卖买地亩者，盖不得直接交涉。售主先至局中报告，登报十日，然后在局中拍卖。购主向局中购之，立法如是。然习惯上，则两方面预先商妥，至局奉行故事而已。购妥，局中抽取百分之五，以为用费。如售价能照原购之值多出若干，则以此项赢余之半归政府。此法不特可益国课，并能禁止售主居奇。购地后三年之内不造屋，则此地充公。凡购地阅二十五年以后，须纳费，否则地产所有权归之政府。如欲继续使用，必再付按照市值之地价。盖土地为国家所有，非人民所得而私也。卖买房基等事，与此大同小异，如有抵借情事，须往警厅报告，并签名字（须纳费）。以后若生纠葛，以签名簿为据，不恃契纸。

近三年来，青岛一隅，大兴土木，业此者皆获巨利。然利息既大，竞争必烈，亦有故抑价值，兜揽主顾，动工数日挟款潜逃者。故青岛政府特别规定付款方法，筑墙三尺，付十分之一，门窗立好，付款一半，余则待工竣后结清。且青岛工程局督责甚严，先呈房图验看，有不合法则处不准兴造。将次成功时，虽一窗一门，有不坚固或太草率之处，皆须重改。因包工而赔累者，亦时有所闻也。

青岛负山滨海，地势不平，德人凿山开路，升降曲折，一依山势。自岛至劳山柳树台，数十里间，皆为广途。每当星期休息，汽车往来，道旁槐树，清香扑鼻，真快游也。闻德人经营此岛，马路费颇不赀，几至不能支持。后游人日多，汽车捐款骤增，于筑路修路之外，又多赢余矣。

德人好饮酒。每街至少有酒肆一处，肆中装铁管，通造酒厂，欲取酒，则开机关，酒从管中涌出，如自来水。然至晚间八时，德人自公退食，群聚酒肆中，或枯坐，或剧谈，或饮数觥即去，或独酌待旦，座上客常满也。如乘汽车出游，每过酒肆，必狂饮焉。

德人好出游，尤好乘汽车，不分昼夜寒暑。去年冬间，有德人名李希德者，某汽车行主人也，与人博，大胜，饮至甚醉。友人某特在他行雇汽车一辆，再往四方酒肆，沿途李希德指挥驾驶。时夜色已深，偶一不慎，覆入沟中，车内共四人，一伤胁，一死，而身无血迹，李则狼籍不堪，独汽车夫丝毫不伤。李夫人控诸臬署，言其开车不慎。而汽车夫自辩，则谓受命而行，以至如此；况李又为某车行主人，亦不敢不听其指挥。后伤者病愈，为之证明无罪，始得释出。自此以后，德人乘车之兴，亦为稍减。先是青岛汽车公司曾开联合会，议定取价一律。有华人所开之行名何生记，亦加入是会。事后，始知为人所愚，遂至赔累。盖德人雇车，必向德公司，而华人前此之贪图便利者，因价格一律，亦转而信用德人矣。自李希德事发生，岛人雇车，皆向李希德公司，藉以赡养孀妇。而何生记愈无人过问，不可谓非池鱼之灾也。

德人勤俭之风，至可钦佩。门前隙地，皆植蔬菜。欲服牛乳，因取值太昂，改服羊乳，而羊亦家中所饲。每当春夏之交，瓜果甚多，至冬季，则价值昂贵，故多制蜜饯以代之。妇人在家，终日操作，烹饪之美，远胜庖人。故上中之家，每月所入在三四百元左右者，大都用一人兼买办司阍庖人而一之。视华俗之起居奢华、仆从如云者，真不可同日语。而海上寓公，桃源避乱，多闭户不出，不甚与德人交际，仍保存其旧日态度也。

德国法律，男女至二十岁，始得婚嫁，行一夫一妻之制度，违者科罚。其社会道德，至为高尚，不特淫乱之事，绝无所闻。即离婚离居之类，文明国人视为寻常者，在德国也未尝有之。华人在岛，往往一妻数妾，宜若为德人所鄙视。然德人观之，反若有欣羡之意。哲学博士克一君告我曰，据户口调查表，德国未婚男女之数，为一与八之比例（每九人中一男八女），故结婚之际，女子之有才有德而门第广大者，为人选出。余则待字闺中，或有终身不能嫁者，不知将来德国政府何以处此。

德人居青岛三年，必回德国四个月，法律规定如此，不知究为何意。以私见推知，或者欲其不忘故乡，保存德国人之精神欤。今年春间（阴历正月），适以事至青岛。岛人新年礼俗，悉如旧仪，至灯节前三日，则龙灯跳狮高跷诸戏，杂以锣鼓，满街皆是。高跷为梨园中人所扮，大都演英雄侠客之剧，尤以武松故事居多。在商店门口，或私人宅中，歌舞一阕，索赏二三元。自正月初五起，上元止，赏金总数在千元以外，较演剧之利为厚。龙灯至夜中而盛，每夜必至督署及臬署前一游，盖以祝德人也。上元过济南，则仅见数处商店，悬挂灯彩，反不如青岛之热闹矣。某君言龙灯跳狮等事，往往因争利而至群殴，然德人不禁止者，不欲强改该地之习惯风俗也。

华人在青岛，有婚丧大事者，必用执事前导。而济南之业此者，因利太微，且闲多事少，不肯来青。后有人倡议，借戏馆中行头代之，于是一般肩旗掌伞之人，大半装束如武松矣，此亦一种可笑之事实。又山东人相称，呼二哥而忌呼大哥，因大哥乃武大郎，二哥乃武松也。

寓岛华人可分为三级。上级为大人先生，避乱至此，大都不出，其稍微圆通者，则营实业，开公司，或出资本购房产地皮，而转赁于人。中级则为寻常商人，及洋行中司事翻译，每月得数十元数百元不等。下家如苦力及人力车夫，每日得有一元以上之进款。故彼处谋生，较上海、天津等处稍易。惟本处乡民，贫苦特甚，大半种地瓜（即番薯）而食。如有以大米为粮者，即目为富翁矣。因山多田少，且不易种植也。今年春季旱，乡民团麸充饥，形状可怜。夏秋大水，又有战事，天实为之，谓之何哉！

山中造屋，大都以石砌成。农民兼为石匠。今春大旱，所种多枯死。为人佣作，垫土一密达（面积一密达高亦一密达），仅洋五分（山中垫地甚难工价素大），而被雇者皆有忻色，以为大幸云。

青岛市面之佳，在中国为第一。善于营利之妇女，专放数百元无抵押品之借款。通例为每百实收八十，每月三分利息，然竟有只人白手，借如此重利之款，而犹能获大利者。借款须连环保，譬如乙借甲款，则丙保乙，丁又保丙，以在青岛之商铺为限，故放款人亦不至受人愚骗。凡商业之所以能如此发达者，则以法律甚严，故不得不保其信用。犹之青岛流行之小镍币，每十枚易洋一元，若非信用，必不能通用矣。

劳山在青岛东北。语云：泰山虽言高，不如东海劳。劳亦作崂，或误为牢，又误为鳌。或云此山本名鳌，以秦皇封禅至此，欲登此山，发人开路，劳民伤财，百姓怨之，故名之曰劳山云。唐李太白过此，元宗时改为辅唐山。以居道士王旻，故有上清宫下清宫，皆道士之寺观也。登其上，则峰峦洞壑，竞秀争奇。沿途一带，如柳树台、北九水等，皆有胜境。相传曾有道士骑鹤仙去，并言天下名山，皆为释家所占，此山必归

崂山（一）

崂山（二）

道家。偶有僧人结庐此间，屡被仙火焚化，此真为齐东野人之言，或者即为聊斋所载之劳山道士欤。自青岛至柳树台，有马路，汽车可直达，再上须步行矣。

以上所述之事，皆在战事以前。至于八月一日以后，则关系较重，不敢不慎，故概从略。

前作闻见录，已略述青岛情形。惟宣战后事，因关系较重，未曾列入。今青岛已下，又集八月以后，发生各事，约略记之，复得若干则。

今年春间，某寓公在大鲍岛，购地建屋，尝语人曰："姑筑之，姑宅之，然而此间终非乐土，扶桑仙子，垂涎久矣。"当时闻者皆笑其愚。七月中，奥赛开衅，俄德有宣战之耗。消息传来，居人惊恐，有识者早知日本必将加入，青岛难免战祸，遂有尽室远行者。胶督为维持秩序起见，特宣慰华绅，言暂无战事，可不必行。如真有战事，必备火车送出。在岛财产，归青岛政府尽力保护云云。华人信之，众心大安。二三日间，渐相忘矣，是时英国犹未加入也。至八月五日，英德宣战，电信至岛。六日行者遂众，余人多主张不走。或有送眷属至他埠，而独身回岛守屋者。不走之人，互结团体，约明不闻炮声，不离青岛。后闻日本亦有加入之说，胶督通告华绅，言现在英德宣战，青岛政府不能作最后之担保。欲行者，请即速行，火车何日停止，亦不能预告云云。于是众人始悟日人来攻之说将成事实，乃有不得不行之势矣。

宣战后，德人在岛军事上之设施，当事者素守秘密，局外人无从知之。全岛各汽车行载客营业之汽车，尽被督署收去，有避暑劳山中者，至是几至无车回岛。台东镇有炮台，往来劳山必经之处也，至是有德军防守。无论汽车马车，或徒步，只许入岛，不许出岛。虽有私家汽车，亦不能行过。后以电话向督署索得特别护照，劳山游人始克返岛焉。予家一童仆，北九水刘庄人也，闻战耗，乞回家，许之。而台东镇已经有兵防守，被阻回岛。于是宵行偷渡，凡五六次，均不能过，痛哭复来予家。离岛时，听其居空屋中。取所余薪米，悉赠之。今不知如何矣。青岛戒严后，德人稽查信札电报极慎。凡通华文之德人，均派为邮电监督员，特定规则，工作二十四小时，得休息六小时，昼夜不间断。而此数日中，邮电猬集，各员皆疲苦异常。某德人与余家合居，亦任此职。往往夜半归来，痛饮高唱，倦则和衣酣睡，日出又趋往公事房矣。偶与余等谈论，辄以新闻相告，兴致勃然，从未见其出怨言、有怠容也，吁军国精神，可敬也夫。

英德宣战后，德人即于港内布置水雷，海面交通，几至完全断绝。火车每日照常开行，并未间断，亦不加价。惟三等车停止售票，盖暂禁苦力他往。一则岛中迁徙搬运各事，不至无人承应；再则可免少数劳动者之居奇讹诈也。德人雇佣，特定工价，工头每日二元五角，小工每日大洋五角。较之寻常工价，已增一倍有余矣。运行李者，不在此例。

欧洲战事初起，青岛谣言颇甚。街肆小摊，不收用纸币。某大洋货店，不收用德华钞票。事为胶督所知，拘入署中。一处以三百之笞刑，一处以三百元之罚金。市上金融，顿复常度。后又经华绅请求，德华钞票归德政府担保，无论何处，随时可向本行兑现，然后市商小民，能放心安卧焉。

维持会者，宣战后华绅会合议事，维持秩序之团体也，会所在德人魏立贤牧师之藏书楼。先是胶督劝人毋须远行，众人大半亦不作行计，即公推魏立贤为代表，向胶督交涉，要求三事：一、每日必以德国战电译成华文，印传单分送各人，如有危险，当先期通告，火车送出。二、在岛华人之财产（指房产地皮等）及德华银行之信用，归德政府负责。三、市上物价由大众议定，加高数成，不得任意居奇，并拟移李村菜市至青岛。此三事胶督一一照允，惟菜市一层，因有难办之处，未曾实行。华绅之在岛者，大半加入此会，并于魏牧师处各存相片一张。后数日，风声渐迫，自济南至青岛之车，停止载客，惟维持会之会员，在会中存有照片者，因送眷属行李至济，既出尚可复入也。

德人对待华人，及欧美诸国之人，与平时无异。至于强迫华人执兵役之说，则绝无此事。德国兵制，过四十五岁者，无须入伍。虽有爱国男儿，存老当益壮之心，请于胶督，为后备兵，然始终未邀允准。惟分给枪支，使守卫市街，任警察之责而已。

华人离岛，大半乘火车。虽仆役围人，及人力车夫，皆有资能购头二等车票（十二元、八元）。最后两星期中，劳动者每日所入，平均在十元以上。及八月（念）〔廿〕五日，予乘津浦车过济，遇素识之人力车夫。据云，（念）〔廿〕三日离青岛，匿火车头中逃来，虽未得携出行李，然半月所入，在百元左右，回德州老家，亦可为富家翁也。

华人去青岛，沿胶济各站居留，济南最多，青州、潍县等处次之。盖该处离青岛较近，易于复入也。每日火车开行，坐客甚拥挤。老弱妇女，不良于步，往往被挤倒地。二等列车不敷用，取三等代之，席地而坐。暑热汗臭，所受之苦，不可胜言。然乘车者，携小包，据一隅，视为大幸。谓从此以后，生命已可无忧。亦有年长之人，责其后辈，谓跋涉受苦，皆为多事，即不去青岛，亦不至有险。此一时热极之言，过后亦当自笑。其实不去青岛，生命一层，尚可无虑。盖岛中建筑，大半有地窖，厨房役室，皆在窖内，居其中可避炮火。惟市中米谷苹果，无从购买。饮食起居，诸多不便耳。

搬运行李，索价甚昂。然大众不得不搬，惟有听其居奇而已。或讹言胶济车不准携行李，华人大起恐慌。实则铁路定章，久已如是：凡箱笼笨重之物，一概归慢车转运，另购行李票，不得随身携带也。悦来客栈（名"悦来公司"）附属转运公司，代人运行李，两星期中，共发六七千元之财。此栈自开办时，即获重利，临了又厚载而归，不可谓非佳运矣。

下等社会，小本营业者，无力乘车回沪。华绅数人，议请求胶督，电上海招商局轮船到青，载贫民归乡土，费值稍廉，且可以多运行李也。后招商局派安平来，未曾进口，已有在码头守候者，而雨师风伯，复来施虐，艰苦之况，殆难殚述。船泊岸，众人一拥而登，上下三层皆满。行李箱笼，无法运上，而签名发电诸君子，反无立锥之地。愤极者倡言：凡未曾先购船票之人，一概不准登舟。或言此时同在患难中，不必复事意气。如强迫太甚，愚者急而投海，狡者立酿巨变，两方无益。后德警出而干预，令船上之人，重复登岸，行李运载完毕，然后以次登舟。头等舱客最先，官舱房舱诸客次之，通舱客又次之，不限人数，来者不拒。此着行后，秩序稍复，否则不堪设想。某海军官以载客太多，过于常数（原定每次仅载七百人，此次增至二千余），若遇风浪，恐生危险，又将干涉，或劝其通融办理乃止。

每日火车开行之先，必有德国军官，上车稽查。某次车开之前，一武员在二等车内，拉一德人下车，未几车开，此德人又在车内，杂华人中，蜷伏一隅，不数十步，站上挥红旗令停，前德武员又来，仍擒此人下车。或云：此人为后备兵，不愿任兵役，故逃。或云：此人为某处某店之伙，应征兵之命而来，后又有令每店当留一人守货，故又离岛。惟未曾取得正式执照，乃致为兵官稽留。二说未知孰是。

英德宣战后，新建华屋有尚未竣工者，辄弃之不顾。华人自营之大商店，大半移至济南、青州一带营业，余则封锁。市中已无米蔬，鲜果亦缺，牛羊肉尚有售者，惟价极贵。德人所设肆，多歇业，饭肆面包房，每日开一两小时。肆主衣黄色军服，一人奔走，过时则闭户下键，趋往操场演射击矣。一至夜间，全市路灯尽熄。高楼及面海之屋，不准燃灯。恐英舰或来袭击，以是为标准也。

德华银行，始终未曾止付，惟门口有兵监督，鱼贯而入，不得一拥而进。至于内容及信用，则丝毫与平日无异。

原载1915年《小说月报》第6卷第1期、第2期

留得青山在

洪　深

北地在十月杪，树上的叶子，应当都是黄落了。然而青岛还没有落，青岛的树上，依然是青的。有人说青岛的好处，就好在青上；如果没有这些树，青岛便和别的都市一样，不见得有什么出色了。这句话也许是真的。

但是青岛的树，不是原来有的。《即墨县志》上虽也说劳山有松有槐，但你如果到劳山深处去看一看，你就知道那部志书是有多少年未经续修了。至于游人足迹常到的地方，所看见的花木，都是人工种植的。在接收青岛以后，中国人主持的农林局，一向还知道努力，在他们以前的日本人，也费过一点心思。而在日本人以前的德国人，更曾倾用全力来经营他们理想中的"东亚立足点"。会泉炮台周围，可以隐蔽炮座的松林，不是他们经意造成的么！满山满谷凡是没有房屋的地方，就生长着的几十万株德国槐树，不是他们从他们的"父乡"移植来的么！

而且，德国人不只是种树，又种果子。桃，苹果，梨，葡萄，牛乳的，龙眼的，玫瑰的，尤其是玫瑰的——嗨！——记得十来年前，中国刚从日本人手里接收回来的第一个夏天，我乘了榊丸从青岛回上海，携了十几篮水果，在上海码头上被一位英国的官员截住，说我带得太多了，定要我纳税；我揪了一球玫瑰葡萄，请他尝尝；他吃到嘴里，说了声"嗨"；他再也不留难，便放我走了——嗨！

而且，德国人不只是自己种树种果子，还教导中国人去种。他们设立了农林试验场，试验有了效果，毫不珍秘地都告诉了本地人。果子呀，花生呀，质地一天天好起来了，出口的数量一天天多起来了，农民的生活一天天也比较地宽裕起来了。所以某一年中国政府要对德国宣战，许多中国人会不赞成，力说中国人不可去打击那唯一待中国人好的恩人；他们说中国别处不也有租借地么，不也有外国人么！为什么香港的中国人，没有学到什么！为什么大连的中国人没有学到什么！这种话听上去好像很有理由！可是那些亲德的先生们，未免太以少见多怪了！他们不晓得帝国主义，可以有种种不同的演出！他们没有喝过英国人教导土人植出来的锡兰茶！他们没有吃过日本人教导土人种出来的朝鲜苹果。

松槐无恙，青岛"大衙门"顶上的国旗可是已经换过三次了！据说，最蚀本的是德国人。他们下了不少本钱，原为作百年之计的，不料仅仅十五年，青岛就换了主人了！可是青岛现存的树木，大半还是德国人种的；青岛现在的繁荣，也是建筑在德国人殿下的根基上的。

三年以前，另一个帝国主义者，抄袭了德国人在前世纪末的故智，也是无中生有地对中国大兴问"罪"之师，这就是"九一八"事变。而事变的结果呢，东北四省是暂时地失去了，而青岛却也是暂时地繁荣起来了。因为一般阔人时髦人，一向往北戴河去避暑的，现在害怕有人要在那里生事（那里离大连太近了），成群地都到他们认为比较安全的青岛来了。于是领地呀，租地呀，抢买地呀，把地价抬得甚高！而开山呀，填谷呀，构造房屋呀，把那原有的使得青岛出色的树，逐渐地但很坚决地斫去了。

我和一位德国朋友，一位在青岛"换主"以前就认识的德国朋友，有一晚在一家啤酒店里闲谈，谈起青岛的"树"。他是一个犹太人。我听他口气，确像是恨希特勒的，不过他更恨法国！他说树么，明年一月十三，二次世界大战就要开始了。因为德国需要萨尔的煤铁，但法国偏不肯让物归原主！萨尔举行人民投票的一天，正是大流血开始的一天。《圣经》上说的，将来救犹太人的，是东方日出之地的一个强国。所以日本应当在此时机进攻我们背后的敌人苏俄。而为了保护战线侧面的安全，日本必然须从青岛进兵到那在战略上必争的地点。你不知道么，在青岛的英国人已经在那里预备行动了；上星期英国领事馆曾发给他们的侨民许多登记书，要他们详细登记他们底可以携带的财物，以及临时可以运集人和财物的汽车。

登记的事，我确听见一位英国朋友说，但是我总不信日本和德国竟敢这样不顾死活的和全世界作战。

德国朋友长吸了一口啤酒；他道，大战的来不来，极简单地只系于一个问题，就是德国究竟已经准备得成不成！我敢说是已经准备成了！上一次是铁和汽油的战争，这一次是毒气和毒菌的战事。你听见过么，现在有种毒气，是无色无臭无味；比空气重所以风吹不散；不必经由呼吸，从皮肤上即可钻入人体；而且一见血就可使血凝结，如毒蛇牙里的毒汁一样，不过更加利害百十倍；身上的衣服，脚上的牛皮都是不能御止的么！你可晓得，德国有一种小型潜艇，可以像汽车似的由一个人伏在里面驾驶着，装载一个极大鱼雷，在洋面上可以随意追逐战舰，碰上了是连艇连人连战舰一起炸光的么！你可晓得……我今天酒喝得太多，在这里说醉话了。我们谈别的罢！

这也许是他底醉话！我也只好当作他是在说醉话！所以我心里仍是在盘算着，青岛的青山，怎样可以留得住！

原载1934年《太白》（半月刊）第1卷第5期

青岛一瞥录

范烟桥

山东之有青岛，如江苏之有上海，然上海只宜于工作，而青岛则不啻一大别墅也。在未经收回以前，遗老依为护符，巨贾都有别业，因交通、地势、气候，在在舒服而便利也。

上海、青岛间，每日有轮舶往来。济南、青岛间之胶济铁路，设备与整理为中国铁道之巨擘，每日有通车三次，区间车尚不在内。因之南北货运，胥以青岛为承转机关，即天津或大连之南航轮舶，亦须在青岛停泊。近年津浦南段时生阻碍，南北往来假道于青岛者益繁，则青岛之重要，可以概见。又以德日两度经营，海口防御，渐成东亚重地，则军事上亦不可小觑者矣。

俯瞰青岛

青岛的街道

胶济路车站甚密，计有五十站之多，平均十余分钟，即须停靠一次。站台多植樱花，花时照眼，皎然如雪，亦特征也。车厢间敷饰甚美，头等以玫瑰紫丝绒作座，锦席为帘，并有汽窗，可以启闭。车过沧口，即沿海而行，即胶州湾之右弧也。中间在淄县有铁桥，架淄水之上，约有一里之遥，冬春水涸，黄沙见底。自青岛至沧口，有汽车路可通，因其间皆工厂所在也。

夜车自济南至青岛，抵海适在日出以后，碧波如镜，孤艇浮沉，晨光熹微，空明清爽，此境难得也。

青岛全市一大山耳，其街道建筑，悉依其山势之高下，而曲折布置。最难者，屋舍形式，绝少雷同，闻当时德国提督，刻意经营，以美为归，居民建筑，先具图缋，其有因袭，即令改制，故各具面目。又以人少地宽，室之四周，颇有回旋余地，即以第一旅馆论，其外观，固一极有匠心之别墅也。

全岛分两部，一部属大保岛，一部属青岛。旧时租界则为大保岛，今尚有日本街之名目。日本街为日人经营之商店麇集之所，在山之半，地形特高，仿佛更上层楼，所售卷烟，依然无税，亦可异矣。

街道极为修整，俱系柏油所浇制，故其平如砥，且于道左别筑一石板之复道，其两边之距离，足够大车两轮之辗过，故一切载货之车，均循此以行，绝不紊乱，而正道不致受重过量，损坏自少。此等护路办法极善，然非平时警察指挥监督不为功。

青岛气候调和，虽盛夏亦不炎酷，晚凉往往胜衣，且多微雨，几乎无日无之，其细如丝，顷刻即止，所谓乍阴乍晴，如南中熟梅天气也。其故殆在近海，水气上蒸，故候忽变态，因之道路间无灰砂扬起，有如天然之洒水器矣。

汽车极适用，遨游海滨山涯，非此不乐，赁值极廉，每小时仅两元耳，即轿式亦不逾三元。

春初海虾上市，亦称明虾，购时以两虾相并，故又称对虾。每对极贱时，只七八分耳，运至济南，已不甚鲜美。若在青岛，不必加以佐品，但置油酱略煮，即肥美嫩白，异常可口。虽海上亦有之，不及青岛所产者远甚。

德人治青岛，于隙地必造林，故今日所过，皆葱葱林木，无濯濯童山。惟收还后，偷伐渐众，不肖军人，甚至货以入己囊，若不禁阻，数年以后，疮痍满目矣。

第一公园最大，有土路，如螺旋，可以行汽车，渐升渐高，略不费事，俄顷之间，林木亭榭，已低落于车轮之下，且左右皆绿树成荫，非常悦目。中有澄清亭，为岛民纪念毕庶澄氏之建筑物，费一日一夜之工而成，毕氏自书联额，极意气飞扬之概，今年死于刑戮，不越一句，悉撤去无留。

园中樱花亦极多，夹道而立，花时弥望如雪，则为日本人所留之痕迹矣。即胶济路各车站，亦有樱花，惟较岛上为早开，最盛之三日，开园游会，券售五元，中日本人相集狂欢，有宴会，有舞会，盖犹是曩岁日本人管理时之遗风未沫也。

神社为日本人媚神之所，其体制甚宏伟，甬道两侧，骈植樱花。花讯中设饮食肆于树后，并有自携蛮楄，席地野宴者，盖犹吾国古代之踏青也。神殿非进香不得入，若掩入，必遭呵禁，设位不设像，燃香不燃烛，珠帘下垂，一尘不染，状甚肃穆，其侧有穿祭服者守之。殿右置亭榭，蓄鸽、熊、猴、鹤诸动物，收拾甚整洁，盖以园林之法布置之也。

炮台有三处，最低者最大，有机械可以旋转，其炮位在下，拨动绝不费力，其建筑之伟大巩固，不胜惊叹。惜德人离岛以前，将紧要处捣毁破坏，虽欲修理，其费已不赀矣。

青岛炮台遗迹

海水浴设备甚完美，名汇泉浴场，夏令每至夕阳将坠时，士女纷集，裸裎跳荡，活泼泼地，真无遮大会也。然华人性怯，习之者少，薄而观之，则大有人在也。

阳历五月，日本人有一种辟邪之习俗，如中国之端午然，门外悬一巨大布制之鲤鱼，亦有以纸制者，肆中有神像出售，擐甲荷戈，戟髯紫颜，殆钟馗之武化欤。

岛上有高丽妓，喜作中国装，不钮而结，蟠发于顶，则又如日妇矣，居日本街，其住处称馆。

最繁盛之市街为山东街，然亦只如晨间之上海虹口耳。

有日本剧场，其门外所揭之广告，绘怪异之图画，极触目。即各店铺之新物上市，门面无适当之地可以露布，则制为三角形之木架，置于水门汀路之边缘，行人一目了然，而绝不碍于观瞻，此法极有思致。

岛上中国报纸有《中国青岛报》《青岛时报》《大青岛报》《青岛新报》《胶澳日报》诸家，日本有《山东新报》之青岛版，本埠可以零售。每得一较新之消息，即大书于纸，露市门外，绝不居为奇货也。

劳山在岛之东，地理书称高三千八百尺，相传秦皇欲望三神山，命人民叠石加泥以增其高，故名劳山，所以示民怨也。然察其地形，奇石参差，颇有玲珑剔透之观，殊非人力所能致。自青岛抵山麓，汽车行一小时，往返费十五元。山道平坦，俱系黄砂铺成，宛延盘旋而上，故登山不甚费力。若坐小汽车，可以渐登山半。山阴有柳树台、北九水诸胜，以时间匆促，只在柳树台小憩。有日本式矮屋，侍者出汽水、啤酒、咖啡相饷，同行者出所携罐食面包大嚼，快极一时。山阳有上清宫、下清宫诸胜，须驾舟浮海而往，只可俟诸异日矣。此山亦经德日人点缀，故得登临便利。且遍山皆树，尤觉生趣盎然，（挽）〔晚〕近颇脍炙人口，其实不过如吴中之天平，尚不及其曲折多姿也。

原载《紫罗兰》1927年第2卷第17号

劳山纪游

蒋维乔

劳山周围百余里，距青岛市七十里，亦名牢山。顾亭林序黄侍御《劳山志》有云："秦始皇登此山，是必万人除道，一郡供张，四民废业，千里驿骚，于是齐人苦之，而名曰劳山也。"此言推原命名之意，比较得当。余于丁巳、壬戌、乙丑曾三至青岛，两次因船停不久，仅游全市。壬戌本拟登劳山，至观川台，土人传述山上有匪，亦未克游，心向往之久矣！癸酉之夏，乃约张君伯岸同游，而徐君培基，则自潍县来，约会于青岛。自沪至青，往返十日，游罢归来，记之如下。

七月二十五日晴。晨五时起，六时半赴实学通艺馆。七时张君伯岸雇汽车偕往虹口招商北站，登普安轮船。九时开行。一路无风浪，海风吹来，甚凉爽。余在舱面，饱吸空气，并尽日观毕《劳山志》八卷。志为明黄侍御宗昌所编。侍御系东林党，有节概，此志中多有寄慨之语。若论志书体裁，则殊欠翔实，不甚合也。晚间有雨，风浪较大，海中起雾，轮缓缓行，时时放气，以资警戒。九时即睡。

二十六日晴。晨五时起，气候甚凉，易夹衣，即至舱面行深呼吸。是日阅毕丁仲祜所著《肺病易愈法》。午后三时，抵青岛。伯岸之熟友东莱银行经理顾君逸农，明华银行经理张君绸伯，均在岸迎接。乃以行李交中国旅行社，而至利民饭店住宿。未几，顾君来，谈移时，导至东莱银行参观。今夕此间银行各行长，在青岛咖啡馆，欢迎上海来此商界要人，邀伯岸及余作来宾，余素性习静，不喜参加此等形式宴会，谢之。顾君亦不强，偕伯岸去。余独回饭店，预定游劳山日程。徐君培基及其弟裕基，于午后六时，自潍县赶到，决定明日一同赴山。余与徐君昆仲，偕往海滩栈桥观海。夜潮拍岸，凉爽如南方之秋天。栈桥者，逊清时甲午中日之战，我海军覆败，后李鸿章改就胶州湾，为海军根据地，故筑此桥，为海舰碇泊之所。名为桥，实一深入海中之码头，德人占据后，更用木接续建造，长至三百五十米。今市政府又斥资二十万，用水泥续建，并于堤端筑一亭，正对青岛。登此望海，最为爽豁，遂成青岛第一风景。回时购罐头食物。九时半洗浴，十时睡。

二十七日晴。晨五时起，徐君培基昆仲已来。进点心毕，即乘汽车离青岛市，向西北行三十里，至李村。又三十里，至九水。九水发源于劳山顶之巨峰，因柳树台之分水岭，分为北九水、南九水。北流较大，南流较小，此即南流者，通称则略云九水也。屈曲成涧，涧上有别墅，题曰观川台。石壁镌七律二首，为洪述祖手笔，今为

胶州湾（一）

胶州湾（二）

日本妓所有，开设敷岛旅馆。昔洪氏为宋案匿居于此，欧战后青岛入日本之手，凡房屋地契交割，皆须在日领署注册。迨青岛交还中国时，洪已被戮，日总领事某眷一妓，遂倒填年月，伪造洪氏生前将此屋售与日妓之契据，在署注册，乃归此妓所有。述祖之子洪深，曾到此清理此公案，卒不能胜诉也。台后山峦层叠，石皆斜方形，间以绿树，有倪云林画意。沿涧行数转，过一石桥，曰弹月桥。再东北行十里至板房。停车，余与伯岸换乘肩舆，每乘规定每日价洋四元。伯岸鉴于去夏华山之游，步行甚苦，要余同乘。培基兄弟，则因到处作写景画，非步行不可。上坡，过竹窝村，丛竹稠密，下临清流。五里，到柳树台。先至劳山大饭店，店中经理栾君心圃，本胶济铁路职员，在此经营饭店（此地本德国大饭店及提督别署原址，日本攻青岛时，德国人自行焚毁。栾君刻苦经营已三年，劳山之阴，唯此为中国自营之饭店，余皆外人所设也）。栾君为人，精干而有思想，为余等规定游山日程。余本拟先登劳山之顶，栾云："今日有雾，山上必雨，登临既不便，即强登亦不能望远。"乃决先游靛缸湾、北九水、骆驼头三处。余嘱店中，预备野外午餐四分，制好后即出门。向东北循观劳石屋大路而行，道旁有德国兵营，皆残破无人迹，亦德人自行焚毁者。二里许，至观劳石屋村。再折而东南行，林木蓊蔚，上蔽日光，涧水声喧，愈上愈大，逾涧中乱石，曲折践流而过。石皆圆滑，或蹲或立，大者如象，小者如巨卵，奔流循石罅急转，或垂直若带，或回漩如池。五里，至双石屋村，峰头有二石如屋，故名。涧中木石夹立，奔流到此，已成短瀑，长不过五尺余，故呼为小瀑布。乡人支竹席于树荫下，设茶亭，坐而观瀑，胸襟为爽！自双石屋以上，石罅中短瀑，随处皆有。左右逾涧，虽仍履乱石而过，而涧之两旁，新筑石磴或高或下，皆甚整齐。五里，至石门峡。两旁有险峻山岭，对峙如门。中间巨石横卧，急湍乘之，如是者两重，故又称崖门。土人以其严肃可畏，讹为衙门，称前者曰大堂，后者曰二堂。崖尽处即鱼鳞口。再行里许，至靛缸湾。有瀑三节，可十余尺，此即劳顶巨峰之水，自两岩之凹处，奔泻而下，名为鱼鳞瀑，汇而成半圆形之潭，作深碧色，故土名靛缸湾。自柳树台至此十五里。番禺叶恭绰于对面摩崖，刻"潮音瀑"三字。此瀑最大，合以下小瀑，流至保合桥，汇而为溪，则称北九水。其下流为白沙河，青岛市与即墨县之交界也。市工务局于瀑之对面崖上，新建石亭，尚未完工。登亭望之，则瀑之全身可见，其第一节最细，第二节较大，泐石成坎，自坎倒泻。第三节为最阔，而土人则于潭旁架木为亭，设茶座。时已午，余等即在此出携来午膳食之，且食且观，乐乃无极。忽有蒙蒙微雨，食毕，即止。一时，遵原路折回，至双石屋。向西北行，约三里，至北九水庙。自靛缸湾至此十里。庙在北九水之西，一老道居之。余乃往庙侧之小学校，见有男女学生六七人。教师为刘君绍杨，即墨人也。据云："系初级小学，学生三十人，不收学费，但收书籍费，不放暑假，惟减少教授时间，而放麦假、秋假，麦假两周，秋假三周。经费每年四百五十六元。附设民众学校，每晚讲授二时，每月经费十二元。"自此折回，至河西村，过段子岭。向西，路皆乱石，陂陀不平，乃下舆步行，攀石过涧，约半里，突见高峰斜锐侧出，如头仰空，即所谓骆驼头也。石纹却奇突，然不过一险峻之峰峦，而无足奇。自北九水至此，五里。斯时又雨，在岩下避之。再折回，过河西村，向北行，而至北九水。水自劳顶合诸峰之水，至此汇成大溪。岸周巨石，或横或立，老树成荫，两岸有茶亭多处，隐约林中，疏落有致。溪上本有保安桥，为水所毁。今架石通之，度桥向西南行，回至柳树台。因登台远望，台高四百四十公尺，四围槐树、枫树独多，而无柳树。舆人云："柳树台，乃下面之村名也。"今日往来计行四十五里。四时，回劳山饭店，盥洗啜茗。九时洗浴后，夜间大雷雨，声震瓦屋。

二十八日。晨七时起，以大雾漫山，恐未能出游，略为观望。舆人来，则云可行。遂于八时半出发，仍循观劳石屋北行，折西南至北九水，则与昨日所见大不同。溪水之大，已将石梁淹没。舆人赤足，再以两人左右扶舆过梁，水尚没及半身。急湍之声，远及数里。既而又渡一涧，至双石屋村，昨日所见之小瀑，已大至数倍。且各石罅中如此类之瀑，多至五六支。若再上至靛缸湾，其大更可想见。昔年在华山遇雨，得饱观瀑布，今劳山亦然，可谓巧矣！自双石屋向东北登峰，路极砠确，榛莽蔽塞。下则涧流溅足，上则短松碍眉。其树之高大者，则荫蔽天日，如行黑夜中。上坡下坡，曲折高低而达冈脊。舆人云："此名臭蒲涧。"由冈而下，绕行密林中约数里，远望石墙茅檐，隐于岩窝中者，即蔚竹庵。抵此为十时三十分。庵高五百八十公尺。其后倚高峰，左右冈峦，环拱若墉。山半有高大之森林，庵前修篁成丛。自庵左望岭脊缺处，涧水如断续白练，狂奔石罅而下，即所谓滑溜口也。庵建于明神宗万历年间，清嘉庆间重修。据闻劳山道家不同宗派者，只此一处云。庵中道士有五六人，客来烹泉进茶，但室内幽黑不洁，余等嘱其在天井中置座而饮之。自庵再东北上坡，皆无途径可寻，惟不规则之乱石，或圆而滑，或锐而角，有时流水没踝，攀登之艰，舆人喘汗，致失足颠蹶，余等时时下舆步行。树头水滴，足底泉流，衣履为之尽湿。至岭脊凹处，名滑溜口，高九百公尺。山高风烈，驻足不稳，云雾四合，对面不能见人。忽然雾开，沧海一角，突现眼前，即劳山湾之仰口。

盖逾滑溜口，即自山阴翻过山阳，可以望海也。由口而下，峭岩陡削，不易着足，亦下舆步行，或扪危石，或践黄沙，逦迤以进。一时一刻，抵明道观。自蔚竹庵至此，通称八里，实不止此数。观建于唐代，新近修筑，其前有两大银杏，右边巨石，刻"明道观"三字。进门有客室三楹，至为精洁。道人苏姓，出为招呼，余嘱其蒸馒头，以为午饭，开罐头物食之。食毕，在正殿之左，遥望棋盘石，乃是对面山岭一斜方石，平卧侧出，相传两仙人在上弈棋，有樵夫在旁观之，及毕回家，则家人早故，已隔世矣。此等山头平石，到处多有，不过以神话而成古迹耳。二时三刻，从明道观后登峰，其路更艰。从陡削石跟，攀援而上，有石斜列，高至四五尺者，亦手足并用，猿猱以升。至岭脊，称棋盘北口，高八百八十公尺。自口下又见劳山湾。斯时雾消日出，海作蔚蓝色，小岛如螺，矗出海面。再上坡下坡，四时而至白云洞。自明道观至此，亦称八里。白云洞高四百四十公尺，清乾隆时明道观王真人来居斯洞。乃一横卧石，旁有两石支撑之，俨如厦屋。内供玉皇、太乙、老君三尊，入内异常清凉。后有古松，生于石隙，蟠屈如车盖，覆于洞上。洞左右有石崖，左名青龙，右名白虎。登青龙顶，可望劳山湾，道人云："此处观日出最宜。"以时晏不能久留，沿青龙崖侧石级而下，有横穴，题曰卧风窟。窟旁为地藏殿。洞所占地位甚仄，而势特秀美。洞外皆乱石错列，随山势高下，以达海边。而老松成林，枝干或上出如盖，或斜出如轮，或侧下如张网，间以竹林。盘山、黄山之松石，不是过也！从洞左上坡，处处可以见海。三刻至钓龙嘴，一岬略为方形，伸入海中，故名。青岛市工务局新绘市区全图作雕龙嘴，而《劳山志》雕作钓，似以钓为是。此处海面愈宽，大小岛屿错列，曰车门岛。再折而东南行，经钓龙嘴后，复向西南而至钓龙嘴村。村前新筑汽车道，此系海军司令提倡修筑。北接王哥庄，南抵太清宫。汽车自青岛来，可直达于此。过石桥后，折而西南，即登华严寺前盘道。道阔而平，两旁夹以大树，气象宏大。再上为曲径，夹以丛竹，益觉幽深。华严寺为劳山唯一僧庙，盖山中皆道观也。山门高处，因地势建藏经阁，内贮龙藏。阁前面海，可观日出。正殿不称大雄宝殿，特称那罗延殿，因对北面高峰之那罗延窟也。后为观世音殿，观音殿左精室三间，为客房，殿右为慈沾和尚祠。慈霑和尚，明末人，以那罗延窟，在昔为诸菩萨止息处，就故址修此寺，营殿宇、经阁、禅堂。后憨山大师德清，亦尝至此。寺中藏有憨山手书，登小金山妙高峰律诗八尺巨幅。余请寺僧出示之，问："尚有憨山未刻遗稿否？"答云无之。寺中四时花木皆备，有黄杨高三丈余，二百年前物也。有僧办两级小学校，常年费二百元，教师一人，所收皆附近村童，不取学费。慈霑和尚塔院，即在小学之下。院门外有金鱼池二，长方形，以龙头引泉水喷入池中。观毕，至寺前华峰饭店，已七时半矣。余等今夕宿于此。每人每日房金一元，饭食西餐一元六角，中餐八角。店中无浴室。饭后以温水拭身，十时后睡。

附憨山大师诗：

独上高台眺大荒，飞来寒翠湿衣裳。
一林寒吹生天籁，无数昏鸦送夕阳。
厌俗久应辞浊世，濯缨今已在沧浪。
何当长揖风尘外，披服云霞坐石床。

二十九日晴。晨四时起，至店右巨石顶看日出。适有黑云一片，遮蔽海面日出处，未能看得亲切，遂回。盥洗早餐毕，七时出发，循新筑路向西南行，一路观海，洪涛拍岸，如翻匹练。逾长岭，八时一刻抵黄山村，下临黄山口。三刻抵青山村，下临青山湾。自村后登岭，有洞水自石下泻，阔丈余，若锡以嘉名，亦可称胜景。就对面大石，坐观久之。再登岭，乱石崎岖，疑前无路。下而复上，遥望红瓦石墙，隐于绿树间。舆人曰："此明霞洞也。"及至洞下，竹径长里许，幽深曲折，行于绿云之中，虽日午连登数十石级，亦不觉热矣。洞高六百五十公尺。道人冯坚一肃入海岳真人祠，乃精室三间，遍悬书画。余等啜茗稍憩，道人以所绘八仙墩风景八幅见示。乃以小舟泛海，自太清宫起，历绘八仙墩之全景。八幅合而为一，笔势之秀，与岩石之奇相称！未几，馒头蒸熟，佐以四碟小菜供客，余等并出罐头品食之。午后，道人导观洞景。洞北山石镌明代孙紫阳真人行述。是洞开创于明代，真人乃明霞洞、白云洞、明道观之祖师也。洞亦与白云洞相类，乃大石横卧，旁支二石而成。清顺治年间大石自上压下，洞门陷没，故"明霞洞"三字，已离土不过一二寸，仅其右留一穴，名存实亡矣。道观构造为一字式，来时遥望红瓦作顶者为正殿。殿西另开一院，北屋向南，为观音殿。西屋向东，即海岳真人祠。院中花木繁多，凭墙外望，山光海色，皆收入眼底。一时，与道人别，由小径下，行于石隙丛莽中。约三里，抵上清宫，宫高一百九十公尺，建于宋，为云㠛子刘志坚修真处，今仅旧屋数进，甚为萧索。宫前有银杏二株，高十余丈，大可十围，二千年以上古树也。时雷雨忽至，遂入西偏客室暂避。雨止，寻邱长春真人遗迹，宫外西面浑元石上，有石刻绝诗十首，宫内东偏岩上，有青玉案词，皆真人手笔也。出宫南行，小径险仄，或逾石而过，或侧身由石旁悬下，或上危岭，仰则斜松横阻，俯则荆榛碍足，其路之难，较昨日白云洞至华严寺尤过

之。遥望八水河瀑布，以时间不及，未能往。四时至海滨，是
为太清宫湾。湾内筑石堤，长可数丈。堤畔就石上置灯，为停
舟入港之标识。太清宫本名下清宫；上清在山上，下清在海
滨，当是一家。今则上清贫而太清富，其规模雄阔，为劳山道
观之最。宫前大道，阔四五尺，长及半里，两旁竹林，广可十
数亩。行于竹径，与明霞洞前相似，但彼曲而此直耳。宫外有
水泥所拓广场，为海军陆战队运动之所，盖陆战支队驻于此
也。余等进宫后，道人张崇秀，导观一周。正殿题曰都会府。
其前亦有银杏二，较上清为小。殿中供三官像，院内有耐冬
树，高可二丈。东院为监院室及客房，西院为三清殿。院内耐
冬一株，老干可合围，上分二枝，左右侧出，用木支持。道人
云："此树名已见于《聊斋志异》，其古可想见矣。"又西为关
岳殿，再西为三皇殿。院中富花木，而西院尤多。耐冬之外，
有黄杨、牡丹、绣球。斯时复闻雷声，乃汲汲出观，西北行，
已有小雨。及青山而雨遂大。六时，回华峰饭店，各人已淋漓
尽致矣。恐受冷，各饮白兰地一杯。晚餐后，以温水拭身，八
时即卧。是夕因连日劳顿，卧甚酣。

　　三十日。清晨五时起，七时出发。沿海边大道向东北行，
经南洼至钓龙嘴。八时一刻，过仰口。仰口有新筑之战壕，当
平津紧急时，此间水陆皆有防御工作，仰口为险要地。日本攻
德时，支队即由此登陆也。复经长洼至石哥塔、小王庄。十时
一刻，抵王哥庄。此处有市集，五日一集，今日正逢赶节。因
路中无午膳处，在此地购馒头、汽水。市集在三官庙前，培基
与伯岸往购物，余在庙西之修真庵前略徘徊，读庵前碑文，乃
王重阳之传道处也。海军陆战支队，亦分驻于此。十一时，由
王哥庄后小径向西南。过崖下、南山二村，遂登土阡岭，过马
头涧。十二时三刻达岭顶。高三百二十公尺。余等在此处，出

馒头、汽水、罐头物，共作野餐，以为人生一世，似此野餐，能有几次。然天若妒之，今晨出门即有雨，时作时止，及食甫毕，而雷雨大作。在此途中，前后十余里，绝无人家可以暂避，不得不冒雨行。余服新制防雨布短衣裤，以为可无虑，然雨较昨日为大，卒不能御，竟连里衣湿透。急行回至劳山饭店，为午后二时。去湿衣，沐浴休息，晚九时半睡。

三十一日晴。晨五时起，出房外至庭中吸空气。王君鼎禹，同坐普安轮船来青岛，昨日亦到劳山饭店。一见余，即问是因是子否？其人颇学道，亦由道入佛，读过余之《静坐法》，卷端有照片，故见而知之也。王君闻余等将登劳顶，亦加入游团。七时一刻出发，由东北上坡，过松风亭。登岭，八时半至小劳顶，高八百公尺。至此稍息。斯时大劳顶尚隐于雾中，风吹雾散，忽然一现，未几又复隐没。由此下坡上坡，如是数次，至鹊崮岗，高八百十公尺。自冈而下，复上至煤石屋，再下至煤石东坡，高八百二十公尺。自此直登黄花顶，高八百九十公尺。其左有大石，矗立如门，右边石跟，有隙，阔尺余，深约八九尺。余与培基侧身悬下，得一洞，高不过三尺，深广约二尺，对面石上镌"黄花洞"三字，人坐其中，外面不能见。相传明永乐帝起兵赴北平，经过此地，土人被杀几尽，惟有二人避此得免云。由顶左转，见双石柱对峙，高各十余丈，俗呼秋千谷。再折而南，山岭大石数十，骈列如屏。由此下而绕上，方达劳山顶。顶亦名巨峰，高一千零九十公尺。今日柳树台并无雨，而山上则浓雾作小雨，时雨时晴。及将到顶，愈高则雨益大。顶巅有四五大石，下丰上锐，石旁有空，昔者德人曾杙铁柱，贯铁锁，俾便登临，今则无之。培基谓余能上否？余以手攀石尖，足插孔中，俯身而上，凡越三石，乃至绝顶。此处东南北三面，可望大海。西面俯看群山，远见即墨，惜乎今日大雾，惟茫茫云海而已！余自顶下，培基继上，余人皆不能也。雨复至，即匆匆下，已十二时。择一平石上，出携来西餐食之。顶下有泉，自石隙下流，为劳山最美之泉，以瓶取之，用作饮料，甘冽逾常，胜过冰水。食毕，雨又至。急由原路而返。二时半抵劳山饭店，整理行装。三时，店主栾君心圃，自驾汽车送余等回青岛。仍与伯岸宿新民饭店。洗浴更衣休息，晚十时睡。

八月一日晴。晨七时起，与伯岸至楼上十六号访王君汉强。未几，汉强复来谈天。渠为国货展览会事，即日须赴威海卫开会。徐君培基昆仲来。十时，偕出至鸿新照相馆，合摄劳山游侣一影，以作纪念。午后，偕伯岸往东莱银行访顾君逸农。余拟往观海水浴场，逸农以汽车陪余等往。至浴场，今日风浪较大，然中外男女入浴者，仍不少。技术精者，竟能跃入海水深处。复至海滨公园，余等即别逸农下车，在海滨游览。至六时半方回店晚餐，九时即睡。

二日先雨后晴。往明华银行访张君绷伯，伯岸欲观其搜藏古钱，渠出所藏，甚为美富，大概清代钱币，应有尽有。十时

海滨公园

别回。十二时，顾君逸农以汽车来接余等至俄国饭店午餐。餐毕，仍以车送余等归。午后三时，与伯岸同往海滨，由栈桥东沿海行，至接收纪念塔。且行且赏海景，直至海滨公园、青岛水族馆。馆有听潮轩，在彼饮冰。时月已东升，步月而回，饭于万佛临素菜馆。至九时回店，洗浴，十时睡。

三日晴。晨七时，赴普安轮船，伯岸送余往。安顿行李毕，别去。少顷船主露出消息云：上海有飓风，今日恐不能开，已发电至沪局，三刻钟即有复电。后顾君逸农亦送客登船，船主已宣布改在明晨六时开行。于是客人纷纷登岸，逸农亦招我附其汽车而去。余至新民饭店，下车寻伯岸不见，遂独往第一公园游息，坐树荫下，饮劳山汽水，至十二时回船。午后，阅毕仲祜所著《深呼吸与身心之改造》。

四日晴。晨六时启碇。进黑水洋，有风浪。午后入黄海即平。是日，阅毕仲祜所著《生命一夕谈》。

五日晴。十二时船抵上海招商北站，一时返家。

原载《因是子游记》，商务印书馆1935年版

青　岛

闻一多

　　海船快到胶州湾时，远远望见一点青，在万顷的巨涛中浮沉；在右边崂山无数柱奇挺的怪峰，会使你忽然想起多少神仙的故事。进湾，先看见小青岛，就是先前浮沉在巨浪中的青点，离它几里远就是山东半岛最东的半岛——青岛。簇新的，整齐的楼屋，一座一座立在小小山坡上，笔直的柏油路伸展在两行梧桐树的中间，起伏在山冈上如一条蛇。谁信这个现成的海市蜃楼，一百年前还是个荒岛？

　　当春天，街市上和山野间密集的树叶，遮蔽着岛上所有的住屋，向着大海碧绿的波浪，岛上起伏的青梢也是一片海浪，浪下有似海底下神人所住的仙宫。但是在榆树丛荫，还埋着十多年前德国人坚伟的炮台，深长的甬道里你还可以看见那些地下室，那些被毁的大炮飞机，和墙壁上血涂的手迹——欧战时这儿剩有五百德国兵丁和日本争夺我们的小岛，德国人败了，日本的太阳旗曾经一时招展全市，但不久又归还了我们。在青岛，有的是一片绿林下的仙宫和海水泱泱的高歌，不许人想到地下还藏着十多间可怕的暗窟，如今全毁了。

　　堤岸上种植无数株梧桐，那儿可以坐憩，在晚上凭栏望见海湾里千万只帆船的桅杆，远近一盏盏明灭的红绿灯漂在浮标上，那是海上的星辰。沿海岸处有许多伸长的山角，黄昏时潮水一卷一卷来，在沙滩上飞转，溅起白浪花，又退回去，不厌倦的呼啸。天空中海鸥逐向渔舟飞，有时间在海水中的大岩石上，听那巨浪撞击着岩石激起一两丈高的水花。那儿再有伸出海面的栈桥，去站着望天上的云，海天的云彩永远是清澄无比的，夕阳快下山，西边浮起几道鲜丽耀眼的光，在别处你永远看不见的。

过清明节以后，从长期的海雾中带回了春色，公园里先是迎春花和连翘，成篱的雪柳，还有好像白亮灯的玉兰，软风一吹来就憩了。四月中旬，绮丽的日本樱花开得像天河，十里长的两行樱花，蜿蜒在山道上，你在树下走，一举首只见樱花绣成的云天。樱花落了，地下铺好一条花蹊。接着海棠花又点亮了，还有踯躅在山坡下的"山踯躅"，丁香，红端木，天天在染织这一大张地毯；往山后深林里走去，每天你会寻见一条新路，每一条小路中不知是谁创制的天地。

到夏季来，青岛几乎是天堂了。双驾马车载人到汇泉浴场去，男的女的中国人和十方的异客，戴了阔边大帽，海边沙滩上，人像小鱼一般，曝露在日光下，怀抱中是薰人的咸风。沙滩边许多小小的木屋，屋外搭着伞篷，人全仰天躺在沙上，有的下海去游泳，踩水浪，孩子们光着身在海滨拾贝壳。街路上满是烂醉的外国水手，一路上胡唱。

但是等秋风吹起，满岛又回复了它的沉默，少有人行走，只在雾天里听见一种怪水牛的叫声，人说牛躲在海角下，谁都不知道在那儿。

一九三〇年

南行杂记

朱自清

前些日子回南方去，曾在天津丸中写了一篇通信，登在本"草"上。后来北归时，又在天津丸上写了一篇，在天津东站亲手投入邮筒。但直到现在，一个月了，还不见寄到，怕是永不会寄到的了。我一点不敢怪邮局，在这个年头儿；我只怪自己太懒，反正要回到北平来，为什么不会亲手带给编辑人，却白费四分票，"送掉"一封虽不关紧要倒底是亲手一个字一个字写出的信呢？

我现在算是对那封信绝了望，于是乎怪到那"通信"两个字，而来写这个"杂记"。那封信仿佛说了一些天津丸中的事，这里是该说青岛了。

我来去两次经过青岛。船停的时间虽不算少却也不算多，所以只看到青岛的一角；而我们上岸又都在白天，不曾看到青岛的夜——听说青岛夏夜的跳舞很可看，有些人是特地从上海赶来跳舞的。

青岛之所以好，在海和海上的山。青岛的好在夏天，在夏天的海滨生活；凡是在那一条大胳膊似的海滨上的，多少都有点意思。而在那手腕上，有一间"青岛咖啡"。这是一间长方的平屋，半点不稀奇；但和海水隔不几步，让你坐着有一种喜悦。这间屋好在并不很像"屋"，说是大露台，也许还贴切些。三面都是半截板栏，便觉得是海阔天空的气象。一溜儿满挂着竹帘。这些帘子卷着固然显得不寂寞，可是放着更好，特别在白天，我想。隔着竹帘的海和山，有些朦胧的味儿；在夏天的太阳里，只有这样看，凉味最足。自然，黄昏和月下应该别有境界，可惜我们没福受用了。在这里坐着谈话，时时听见海波打在沙滩上的声音，我们有时便静听着，抽着烟卷，瞪着那袅袅的烟儿。谢谢C君，他的眼力不坏，第一次是他介绍给我这个好地方。C君又说那里的侍者很好，不像北平那一套客气，也不像上海那一套不客气。但C君大概是熟主顾又是山东人吧，我们第二次去时，他说的那一套好处便满没表现了。

我自小就听人念"江无底，海无边"这两句谚语，后来又读了些诗文中海的描写；我很羡慕海，想着见了海定要吃一惊，暗暗叫声"哎哟"的。那知并不！在南方北方乘过上十次的海轮，毫未发现海的伟大，只觉得单调无聊，即使在有浪的时候。但有一晚满满的月光照在船的一面的海上，海水黑白分明，我们在狭狭一片白光里，看着船旁浪花热闹着，那是不能忘记的。而那晚之好实在月！这两回到青岛，似乎有些喜欢海起来了。可是也喜欢抱着的山，抱着的那只大胳膊，也喜欢"青岛咖啡"，海究竟有限的。海自己给我的好处，只有海水浴，那在我是第一次的。

去时过青岛，船才停五点钟。我问C君，"会泉（海浴处）怎样？"他说："看'光腚子'？穿了大褂去没有意思！"从"青岛咖啡"出来时，他掏出表来看，说："光腚子给你保留着回来看罢。"但我真想洗个海水澡。一直到回来时才洗了。我和S君一齐下去，W君有点怕这个顽意，在饭店里坐着喝汽水。S君会游泳走得远些；我只在浅处练几下。海水最宜于初学游泳的，容易浮起多了。更有一桩大大的妙处，便是浪。浪是力量，我站着跟跄了好几回；有一回正浮起，它给我个不知道冲过来了，我竟吃了惊，茫然失措了片刻，才站起来。这固然可笑，但是事后真得劲儿！好些外国小孩子在浪来时，被滚滚的白花埋下去，一会儿又笑着昂起头向前快快游着；他们倒像和浪是好朋友似的。我们在水里（歹）〔待〕了约莫半点钟，我和S君说："上去吧，W怕要睡着了。"我们在沙滩上躺着。C君曾告诉我，浴后仰卧在沙滩上，看着青天白云，会什么都不愿想。沙软而细，躺着确是不错；可恨我们去的时候不好，太阳正在头上，不能看青天白云，只试了一试就算了。

除了海，青岛的好处是曲折的长林。德国人真"有根"，长林是长林，专为游览，不许造房子。我和C君乘着汽车左弯右转地绕了三四十分钟，车夫说还只在"第一公园"里。C君说："长着呐！"但是我们终于匆匆出来了。这些林子延绵得好，幽曲得好，低得好，密得好；更好是马路随山高下，俯仰不时，与我们常走的"平如砥，直如矢"的迥乎不同。青岛的马路大都如此；这与"向'右'边走"的马路规则，是我初到青岛时第一个新鲜的印象。

C君说福山路的住屋，建筑安排得最美，但我两次都未得走过。至于劳山，胜景更多，也未得去；只由他指给我看劳山的尖形的峰。现在想来，颇有"山在虚无缥缈间"之感了。

九月十三日夜

原载1930年9月22日《骆驼草》第20期

图画中的青岛

石评梅

　　青岛的风景，我已听见过朋友告诉我，所以早就深印在脑海中，我常常在理想中有一个青岛据着，但和实际上的青岛是一点也不同。六月十九号的清晨，我们坐着马车去参观：一路风景之美俨然图画，前有碧青的大海，后背翠螺的山峰；两旁小树，剪得非常整齐，嫩绿可爱；洋式的楼上，都是绛黄色的房顶，覆满了紫的藤，红的花，绿的草。道路的清洁，较东交民巷之外国租地，尤讲究。在青岛的街上走，和游园一样的舒适。

　　青岛私立中学校，今年四月二十号开学，为刘子山先生所创办，地址同经费，皆刘先生所捐助；刘先生系东莱银行股东云。校舍建于海滨，空气清鲜，风景优美；学生在此读书，诚不知几生修到？至接待室楼上，极目远眺，俯望大海荡漾，青翠一碧，红瓦如鳞，一间有绿树荫蒙，较登黄鹤楼望长江，风景甚殊。学生皆一律着黑色制服，学生精神稍欠活泼，课堂内异常严肃。共有一班学生四十余人，分两组，AB两组，英文和算术，学生外籍者多，内地人甚少。教室光线充足，清洁，壁作西湖色，故不伤目力，寝室在楼上，每屋约可住五六人，皆一律铁床，覆以白毯，整齐清洁之至。举目一望，水天一色；海光山色，云霞满目；想当夜阑人静时，凭窗远眺，对此美景，当不忍负此佳景在黑甜乡中！一幅图画包围着，其日夜之静养，当可产生几个大诗人大文豪！

青波荡漾，云山苍茫，由窗中望去，有清溪，有小桥，有山有树，碧荫如幕，朱房碧水，隐约其中。学生客厅，以围屏障之，隔为游艺室，有乒乓房。

此校虽系初办，但职员皆异常热心；青岛中学，仅此一处，故我甚望该校日益发达！青岛教育，实利赖之。

由此校出门坐车，路经树林，成坡形，两旁树木阴森，碧绿可爱，时闻花香鸟语，入耳清脆可听。俄而至日本中学，门如宫门成圆形，大理石做柱石，以花纹砌地。此校共四百人，有五级，经费每年十二万。学生下课上课以喇叭为号，精神异常活泼！设备甚完全，在山东采集的动物标本最多。据云此校之设备，比日本国内之中学校为更完全。物理化学实验室，设备亦完全。武道场——即体育房，分两部分，中间部分为柔道，外边为剑击，柔道之地板有弹性，可免危险，旁有洗澡室、脱衣室。

画图教室，壁上有各种油画，风景皆青岛本地风景。露天操场，设备完全，有水平杠、铁杠、跳高架等。大礼堂兼音乐教室；壁上挂历代帝王像，中悬"天壤无穷"四字。略一参观遂到日本女学校去。

日本青岛高等女学校，建于大正六百十七年，学生三百余，共分八班，每班分两组，此外尚有补习科；经费每年七万。博物同理科器械室同实验室相连，设备极完全，与女高师同。作法教室，即家事实习室，铺席于地，有一块深色之木窗，离地约有二尺，中有一花瓶，插花按季节；门外有铁茶具一，有假垫二。日本的女子教育，是专为做成贤妻良母的，所以缝纫、烹饪特别注重。体操场甚大，正上课，学生精神活泼，姿势正确；这一点中国学生，我参观一周所见，几无一校能比得上；此次远东失败诚然！史地标本室，有上古时代至今日之模型。寄宿舍有洗面室、理发室、浴室、阅览室、面会室、病室、储藏室，楼下有炊事室。寄宿处同讲堂间隔，不在一处。

胶济商埠屠兽场，已成立二十年，德人所建，共需八十四万马克，现为中日合办，有机器做冰室、细菌检验室、藏肉室，设备甚完全，皆分部分宰割，日可宰数百头。以铁钻罩于牛（或猪羊）首，以锤一击即死，然后解剖为各部分，分售于外，或做成罐头售于国外，以国外售者为最多。并有陈列室，陈列各种成绩在内。据云六时内可宰牛八百五十头，猪羊一千头。

下午三时出发游青岛名胜，一路至龙江路，路甚平坦，两旁杨柳荫浓，日本中学学生在道旁赛跑，有几个体育教员，一路监督。于此见日本人对于体育之热诚，无怪其在远东运动会夺得标旗了。

海上烟雾迷漫，浪花一层层推来，激石成白花，淙淙可听；至德国炮台，草地有两个外国人，睡着呼吸空气。其上有个炮台，转到树林后，拾级而下，有炮台密室，中有机器，可转炮眼的方向，以前此地系禁地。兵房建于地下，我们都执着烛进去，满地皆水，尚有烂木，堆在地下；再进去，有德兵煮好之牛肉一锅，现尚保存为古迹。中有汽锅汽炉，皆已锈绿不堪。登炮合一望，大海青碧，中有小岛，上建一灯塔，即青岛是。

第一公园，风景甚美，两旁遍植樱花，叫樱花路；中有忠魂碑，系日本为其阵亡兵士所建。惟尽属人工，故无甚曲折。又至外国茔，皆为极美丽之石镌，上有各种花纹，同刊成之人物。凡雕工良者，多被日本人拿去，尚有掘去痕迹。有中国女子坟，系一广东人，同德国人结婚，死后葬此。以铁栏栏之，上刻一极美之女像，手拈玫瑰花一枝，含笑低首，西装而中国人的面貌。旁有两个女神，长着翅，可惜一个手臂已击断。坟上花香扑鼻，蛱蝶纷飞，较我国之荒冢凄凉，别有风致。似觉泉下人可含笑静眠，无感着惨凄的景象。

参观督办公署，同省长行辕，即昔日德人之领事馆，建筑之美，莫可形容，灯皆极美丽之流苏，毯皆极绒厚之花纹，玻璃砖砌地，云母石作顶，壁悬极美丽之风景画。有花房，有跳舞场。种种花样之帐幔垂地，寂寂无声，不禁令人生一种今昔之感。

青岛地既傍海，且可直泊岸，故在商业上极便利，一下轮船即可直接上火车，此天津、上海不如青岛。但航权操之外人手，上岸者又都是外国货，在我国的利益殊无可图。教育私立学校最宜，因青岛为特别区域，对于济南不能脱离，不能混合，故经费甚困难，不易开办，现拟办青岛大学云。

森林有三十英里，青岛海水多，河水少，森林可以为间接取水用。北方山枯，有森林可润泽空气，又可加美风景；但民多砍伐，只好每年多植。

在青岛逗留约一日，由青岛私立中学，转来女高师拍来电报，令我们从速回去行毕业式，所以我们只好赶回去。晚上私立中学校，给我们开欢迎会，我因头痛未去。日本女子高等学校，给我们送来糖果数种，第一组来的时候，曾请她们聚餐，因为我们走的匆忙，故给我们送东西来；这也是友谊周到处。

原载 1923 年 9 月 4 日至 10 月 7 日《晨报副刊》

青岛日记

胡 适

　　1930 年，中国科学社在青岛开会，胡适前来参加会议，并拟了《中国科学社社歌》。此时，胡适的老朋友杨振声、梁实秋、宋春舫等都在青岛大学任教，从胡适的日记中可以看出这次会议的盛况。

十九，八，八

昨夜太热，在电风扇下睡觉，今早觉得肚子不好。

十二点半到青岛，杨金甫、宋春舫、蒋丙然三位在岸上相候。春舫邀我住在他家——福山路新一号。房屋很清静，设备都好。

下午与春舫谈。何思源来谈。

金甫邀在顺兴馆吃夜饭。见着赵太侔、周钟麟诸君。

十九，八，九

春舫邀往游观全市，到炮台、观象台，两处风景都好，观象台上可望见崂山。春舫说，青岛可看的地方尽于此了。

今天肚子还不好，有点胀疼。

晚上是青岛的海滨大会，我同春舫一家去看。有各种爆仗烟火，无甚可观，而人山人海，民众来者真不少。

十九，八，十

春舫有三子一女，长子已入约翰高中，次子年十二，在家中读书。今天我问他们要作文本子看看，始知他们还在作古文，教者文理不高，学者受苦不浅。我劝春舫改革，恐未必能听。

蒋丙然先生借疗养院邀我吃午饭。我因肚子不好，春舫托院中唐医生给我诊断，说无他病，仍是肚子未清。

下午到杨金甫寓，太侔也住此，我们谈了几个钟头。

十九，八，十一

肚子仍作痛，睡了半天。医生来诊一次。

周钟麟君来，说王叔鲁先生昨日寻我未遇，今天他要走了，很想见我一谈。我扶病同周君到他家中，见了叔鲁，和他的第三、四、六女遵侗、遵偶、遵俣。周夫人是沈葆德女士，本是熟人。

下午回来，服了药，泻了两次，后来无可泻了，而肚痛更厉害。足足痛了四个钟头。我忍不住了，又怕真是盲肠炎（因为痛在小肚下右侧），故写条子给春舫请他请医生来打止痛针。恰好医生在他家吃夜饭，他来看了，也有点着急，便叫人去取药囊。后来打了一针，把痛止住。

但打针前我已觉要呕吐，后来吐了不少黄水；打针后睡下，时时醒来，口干渴，把一大壶茶都喝完了。虽无温度表，我自知是发烧。这几项都是盲肠炎的表征。

上午任叔永、张子高从北京来。谈编译会的事，他们看了我的计划草案。

十九，八，十二

上午肚痛稍好。

蔡元培先生与杨杏佛来；韩竹坪（安）来，杨津生来；市长葛敬思先生来。勉强一谈。

上午唐医生来，我把昨晚的事告诉他，他说，这是盲肠炎了，凡有四证：①痛处在右下肚；②肚中有瓦斯；③呕吐；④发热。

他不准我起床见客，用冰袋放在肚子上。

以后实秋、一多、金甫、太侔诸君来，皆不能起来见了。

十九，八，十三

仍用冰袋，仍睡了一天。

热度渐没有了。到半夜只有三十七度，半夜后三时只有三十六度四。

实秋、一多、太侔来。我请他们先拟一个欧洲名著一百种的目，略用"哈佛丛书"为标准。

这几天看了春舫所藏的许多剧本。中文剧本如余上沅改译的《长生诀》，刘大杰《十年后》与《白蔷薇》，王独清的《杨贵妃之死》，郑伯奇的《抗争》《危机》《合欢树下》，洪深的《贫民惨剧》《赵阎王》，皆不成东西，使我失望。

田汉译的日本现代剧三种，其中《婴孩杀戮》（山本有三）与《男人》（小山内董）两种很可读。

欧阳予倩的《潘金莲》，我也读了，还可读。

十九，八，十四

读Ostrovsky（奥斯特洛夫斯基）（1823—1886）的剧本四种：

A Protegee of the Mistress（《女被保护人》）

Poverty and No Crime（《贫穷与无罪》）

Sin & Sorrow（《罪孽与懊悔》）

It's a Family Affair（《家庭纠纷》）

第三种最好。此人是俄国十九世纪的大剧作家，而译本不多。

读C. E. Bechhofer（C·E·贝奇霍夫）译的Five Russian Plays（五部俄国剧本）：

一、Nicholas Evreinov：*A Merry Death*（尼古拉·伊万雷诺夫：《愉悦之死》）

二、Nicholas Evreinov：*The Beautiful Despot*（尼古拉·伊万雷诺夫：《美丽的暴君》）

三、Von Vizin：*The Choice of a Tutor*（冯·维齐：《导师的选择》）

四、Chihov：*The Wedding*（契诃夫：《婚礼》）

五、Chihov：*The Jubilee*（契诃夫：《佳节》）

最有趣的是书的叙。此书出版在一九一六年，而序中说，"契诃夫不是一个大作家，他实在是一个新闻记者，他的作品没有永久的重要"。盖棺定论真不容易！

前几天到青岛大学图书馆，看见架上有夏曾佑的《中国历史》约百余部，我讨了一套来，病中重读一遍，深佩夏先生之功力见地。我想代他整理一遍，作一新版本。

十九，八，十五

今天好了。热没有了，肚子也不疼了。

李石曾来谈。此君又不知在这儿玩什么把戏了！

上午无事，靠在床上想《哲学史》中《儒教的成立》一章的组织仍不很满意，拟改作如下（稿附后）。

文化基金会的科学教育顾问委员会今天下午到我寓处来开会，出席者：王季梁、张子高、姜立夫、叶企孙、竺藕舫。任叔永和我列席。尚有李仲揆、胡步曾、胡经甫、颜任光、秦景阳未到。

他们报告中学教科书的状况，似散漫得很。书铺编书固然不行，然百忙的学者委托几个百忙的学生编书，也是须慎重审查的。

晚上任叔永与张子高来，细谈编译委员会的事，把人选大致决定了。似分二组：

甲组　丁在君（丁文江　字在君）　赵元任　陈寅恪　傅孟真（傅斯年　字孟真）　陈通伯（陈源　字通伯）　闻一多　梁实秋

乙组　王季梁　胡经甫　胡步曾　竺藕舫　丁西林　姜立夫

十九，八，十六

今天南归。

上午到青岛大学，看杨金甫、蔡先生，见着太侔、实秋、杨允中、胡刚复、一多等。

十一时上船，春舫送我上船，唐家珍医生来送行。同房者为伍连德医生，及黄开平君，黄君为黄佐廷先生之子。

　　1930年10月，胡适乘船路过青岛，本想船停泊后，约请青岛大学杨振声、梁实秋、闻一多、赵太侔四位旧友上船欢聚，无奈风高浪急，无法靠岸，胡适在日记中记录下了当时的情景。

十九，十，一

今早七时船应泊青岛，但今早忽大风，船不能进口，在口外停了一整天。我昨天电约杨金甫、梁实秋、闻一多、赵太侔四位来船上早餐，竟成虚邀了。我盼望他们今天不曾在岸上久等。

写《自传》一段。

古诗常有"衣带缓""带围宽"的话，我近来始觉其主义之真。病后皮裤带太宽，今早不能不在皮带上钻一个新孔，距旧孔约一寸。

十九，十，二

今天还是大风，船不能入口。

早上望青岛，海水是翠玉色，山是深绿色，岛上房屋多是红色砖作屋顶的，远山是灰色，更远山有轻雾，在日光里成了紫色。

午后一点得信，决计不泊岸了，只有一只船来接到青岛的客人上岸。我写了一信给金甫、一多、实秋、太侔，来托客人带上岸付邮。

下午一时高兴，写了一纸"中国哲学小史"的纲目，并且写了第一章的一半。

读完何译的《史学史》，误处真不少。我没有原本，已可断定不少错处。

胡适1931年应青岛大学校长杨振声邀请讲学，其演讲的题目为"文化史上的山东"，除演讲外，胡适还物色翻译莎士比亚戏剧的人选。当时，胡适住在宋春舫办的万国疗养院。

廿，一，廿五

同船的人甚少，有一位顾净缘，研究佛法，颇可谈。他是季高之堂兄，曾在京都住三年。我们谈得很相投。

他说大村西崖有一部大书，名《密教发达志》，寻求密宗的演变历史，其见解颇与我相同。此书用汉文，我可以读。

十二时，船到青岛，杨金甫、闻一多、梁实秋、杜光埙、唐家珍医生来接。即住在疗养院中。

同在顺兴楼吃饭，饭后访春舫，候他的病。回到金甫寓中大谈，谈北大事，谈努生事，谈翻译 Shakespeare（莎士比亚）的事，畅快得很。

又在顺兴楼吃晚饭，加邓仲纯、秦素美、方令孺、陈季超、周钟麒、蒋右沧、谭声传，诸君。

我同一多从不曾深谈过，今天是第一次和他深谈，深爱其人。

廿，一，廿六

不曾出门。杜光埙来谈，与他同吃饭。下午一多、实秋来谈。谭敜曾拿纸笔来，要我写字。写了两副对子，四张单条。

与一多、实秋谈翻译 Shakespeare（莎士比亚）的事，他们都很热心。

大致是决定用散文，便不妨用韵文试译几种，如 *Tempest*（《暴风雨》）之类。

我提议邀几个人试译几百首英国诗，他们也赞成。

晚上到顺兴楼吃饭。

因为金甫要我在青岛大学讲演"文化史上的山东"，故今晚我到李锦璋家去借了几本《史记》《汉书》，翻了半点钟，记下几条要用的材料。

回寓写演讲稿，到一点多始睡。

廿，一，廿七

上午在寓，李锦璋与李汉屏来谈。蒋右沧来谈。有电报局中两个职员姚、张两君来访，问了许多问题，姚是信梁漱溟的，张似是信Marx（马克思）的。我劝他们多读书。

到顺兴楼吃饭。青大诸友多感寂寞，无事可消遣，便多喝酒。连日在顺兴楼，他们都喝很多的酒。今午吃酒尤不宜，故醉倒了李锦璋、邓仲纯、陈季超三人，锦璋甚至跪在地上不起来。

我的戒酒戒指到了青岛才有大用处，居然可以一点不喝。

下午三点去看胡若愚（青岛市长）。李石曾想把他拉到北京去做市长；石曾不得意于南京，又想用这种人去勾结东北，包办北京文化了。

下午四点在青岛大学讲"文化史上的山东"，说"齐文化"与"鲁文化"之区别，并指出"齐学"的重要。听者满座，约六百多人。

晚上先在金甫家，与实秋、一多、金甫谈。金甫肯回北京大学，并约闻梁二君同去。所踌躇者，青岛大学不易丢手。我明天到济南，当与何思源兄一商。

晚饭又在顺兴楼吃，主人为周钟麒及杜光埙两君。散席后，即上火车。此次住疗养院两日半，开账乃至四十八元之多，还说是九扣！（院中现无一病人；夏间人多，多是旅客。但用"疗养院"之名，可不纳旅馆捐。）此款及胶济津浦车费（$40.50）皆由青岛大学付了，甚可感谢。

杨、闻、梁、周、杜、周夫人、方秦二女士、蒋右沧、谭敦曾皆来送行。锦璋醉卧，令他的两个儿子来送。汉屏在四方站上车来送别。皆可感。

青岛素描

王统照

　　从北平来，从上海来，从中国任何的一个都市中到青岛来，你会觉得有另一种的滋味。北平的尘土，旧风俗的围绕，古老中国的社会，使你沉静，使你觉到匆忙中的闲适，小趣味的享受。在上海，是处处模仿着美国式的摩天楼，耀目的红绿光灯，街市中不可耐的噪音；各种人民的竞猎，凌乱，繁杂忙碌，狡诈，是表现着帝国主义殖民地的威风派头。然而青岛，却在中国的南方与北方的都会中独自表现着另一副面目。

　　"青山，碧海，红瓦，绿树。"康有为的批评青岛色彩的八个字，久已悬悬于一般旅行者的记忆之中。讲青岛的表现色，这几个形容字自然不可移易。初到那边的人一定会亲切地感到。

　　我早有几次的经验，不是初来此地的生客。然而这一个春季，我特别在这个美丽的地方借住于友人的家中，过了几个月。有许多很好的机会，使我看到以前所未留心的事物。

　　这地方的道路，花木，房屋的建筑，曾经有不少的人写过游记，似乎不必详谈。然而从另一种的观察上看去，这里一切的情形是混合着德国人的沉重，日本人的小巧，中国固有的朴厚。经过重要街道，你如果是个留心的观察者，可以从街头所有的表现上看得出。

　　譬如就建筑上来说，这是最能显示一国的民风与其文化的。青岛在荒凉的渔村时代，什么也没有。自从世界上震惊于德国兵舰强占胶州湾以后，一年一年的过去，这里完全变样了。为了德人强修胶济铁路，沿铁路线的强悍的山东农民作了暴征的牺牲者，人数并不很少；可是在另一方面，为了金钱，为了新生路的企图，靠近胶州湾几县的农民，工人，用他们的汗血与聪明，在德国人的指挥之下，把青岛完全改观。深入大海中的石壁码头，平山，开道，由一砖，一木，造成美好坚固德国风的高大楼房。他们有的因此得了奇怪的机会，由一个苦工后来变为有钱有势的人物，有的挣得一份小家私，不在乡间过活，也有的一无所得，或者伤了生命。但青岛的建设事业与其说是凭了德国人的头脑，还不如说是胶东穷民的血汗。自然，一般人都颂扬德国人的魄力。然而我看到这几十年前的海滨渔场，现在居然变为四十多万人口的中等都市，这期间的辛苦经营，除掉西方的机器文化以外，我们能忍心把中国一般苦工的力量全个抛去？

欧战之后，乖巧的日本人承袭了德国人强占的军港，于是太阳旗子，木屐的响声，到处都是；于是又一番的辟路，盖屋；又一番的指挥，压迫。无量的日本货物随着他们的足迹踏遍山东的全境。而一般在这个地方辗转求生的中国人，只好把以前学会的德语抛却，从新学得日本言语，文字，再来做一次的奴隶。

这是有什么法子！"在人矮檐下，怎敢不低头！"于是中国人的心目中觉得那週非前时可比了。德国人像一只掠空的鸷鹰，他单拣地面上随时可以取得的肥鸡，跑兔；至于小小虫豸则不足饱他的口腹。他是情愿把小小的恩惠赏给奴隶们的。可是××人却不然了。挟与俱来的：街头的小贩，毒品的制造者，浪人，红裙队，什么都来了。一批一批的男女由大阪、神户向这个新殖民地分送。于是以前觉得尚有微利可求的中国居民也渐渐感到恐慌。因为对××人的诅恨，更感到德国人的优容。直到现在，与久居青市的人民谈起话来，说到这两位临时主人，总说："德国人好得多，××最下三烂！"这是两句到处可以听到的话。

主人是换过了，虽然待遇不比从前好，怎么样呢？因为各种事业的开展仍然最需要苦工。而山东各县的景况恰与这新开辟的都市成了反比例。连年内战，土地跌价，一般农民都想从码头上找生路。于是蓝布短衣，腰掖竹烟管，戴苇笠的乡民也如一般××的找机会的平民一样，一批一批地由铁路，由小帆船运到这可以憧憬着什么的地方中来。

从那时起，军港的青岛一变而为纯粹的商港。聪明的××人知道这里还不是久居之地。也不作军港的企图。把德人的修船坞拖回他们的国内，德人费过经营的沿海要塞的炮台，内部完全破坏，只要有利可图，能够继续占有德人在沿铁道的企业，如煤矿，林业，房舍，种种，他们一心一意来做买卖。直待至太平洋会议时，摆了许多架子，在种种苛刻的条件下，算是把这片土地付还中国。

历史，自有不少的聪明历史学家可以告诉后人的，现在我要单从建筑上谈一谈青岛的混合性。

看一个国家或是一个地方的文化，善于观察者从一方面即可推知其全体。即就建筑上说，很明显的如爱斯基摩人的雪屋，热带地方人住的树皮草叶的小屋，近而如日本人好建木板房子，而中国北方就有火炕。由于气候，习惯，建筑遂千差万别。从这上面最易分别出一国家一地方的民性。至于更高尚的，如东方西方古代的建筑，何以意大利有许多辉煌奇异的教堂，而埃及则有金字塔？正如中国有著名的长城一样。所以有此的缘故，并不简单，要与其一国的地理，历史，风尚，人民的性质俱有关系。这不是几句话可以说明的。

德国的建筑移植到中国来，当然青岛是一个重要地方。在初时一般人只知道德国人在大清府（这是一个不见于历史的名词，乃是山东胶东一带人民在二十年前叫青岛的一个自造专名词，到底是大青还是大清，却无从知道）盖洋楼，自然是在几层上面，有尖角，有石柱，有雕刻，有突出嵌入的种种凉台，窗子，统名之曰洋式而已。实在直到现在，凡是留心的人还能由这些先建的洋楼上，看出德国人的沉鸷刚勇的气概。例如青岛著名的建筑物，现在的市政府与迎宾馆，以及当年德国人的军营，现在的山东大学与市立中学。那些建筑物，除掉具备坚固，方正，匀称，高大的种种相之外，你在它们旁边经过，就觉得德国人凡事要立根很深的国民性有点可怕！同时也还有其可爱之点。当初他们对这个港口实在是花过本钱的。究竟不知是多少万马克汇来东方，经营着山路，海堤，森林，铁路，一切事他们早打定了永久的计划，所以都从根本上着想。建筑也是如此。现在凡过青市生活略久一点的人，走到街上，单凭看惯的眼光，便能指出这所房子是德国人盖的，那是××的玩意，是中国式房子，十有八九错不了。自然的分别，就譬如眼见各人的面目不同一样。

有形势与作风，自古代，建筑是与音乐，绘画，并列入文艺之内的。因为它表现着时代精神与人民生活性的全体，而愈长久的建筑物却愈能代表那一个国家一个地方的最高文化。端庄中具有稳静的姿态，严重形式上包含着条理与整齐。不以小巧见长，同时也不很平板。恰好与日本人的建筑物相反。日本在维新以后，初时处处惟德国是仿，然而连形式也不对。由日本占青市后建造的神社及其他住房上看，很清楚，他们只在玲珑，清秀上作打扮。是一个清瘦精细的女孩，而没有"硕人其颀"的神态。至于完全出自中国人的意匠所盖的房屋，除却照例的二三层商店房式之外，其他的住房多半是整齐，方正，很能在新形式中仍存有固有的风姿。近年也有几处从上海移植来的所谓立体建筑物。

青岛的建筑是这样混杂着。可以由此推知以前的青岛是如何受了外国的影响。

"不错，这名称不是空负的。据我所到的地方，就连德国说在内，像这么美丽适于居住的城市也不多。"

正是一个春末的黄昏，我的亲戚C君——他是一个留德的医学博士——在凉台告诉我，因为我们又谈到这东方花园的问题。

"我爱这边的幽静，而又不缺乏什么，可是有人说这边没有中国文化，但怎么讲呢？文化两个字解释起来怕也费劲！自然许多人在热心拥护古老的文化精神，是什么呢？你说……"我呷着一口清茶望着电灯微明下的波光慢慢地说："哼！文化！中国的古老文化不是上茶馆，抽水烟，到处有的杂货摊？什么东西只要古香古色的那就是！……至于说真正的中国固有文化的精神，你以为在那里？难道在北平，在济南，在各个大都会里？我们到那些地方也只看到古老文化的渣滓，真正可爱的古文化的精神在那里？……"

"所以啦，我以为在这里反倒清静些。……"他感慨地叹着，又加上一句断语。

"本来我对这一句话也认为有点难讲。这地方没有中国古老的文化，也许容易造成一个崭新的地方。因为以前没的可保守，所以一切事都容易从新作起。虽然是否能造成另一种更好的文化还不可知，然而至少要把那些文化的没用的渣滓去掉，也并不难，——我知道这边的人民诚实，朴厚，做起事来又认真，虽然不十分灵活，可是凡到本处来的人却很能了解，又配上这么幽静而又待发展的地方，在国内，青岛的将来是不缺少好希望的。"

C君因为我的乐观，便在小桌上用手指敲一下道：

"你可不要忘记了××人！"

这是每个在青岛住的久稍有点知识的人时时容易想到（这）〔的〕一个严重问题。××人，虽然似乎大量地把这个地方奉还原主，然而铁路的价值，保留的房产，沿铁道线的种种权利，依然都在他们的掌握之中。兵舰是朝发夕至，对于这个好地方的未来，谁也怕××人再来伸手！

"你想这边××的余势还有多少？重要商业与航运的便利，几乎全被他们所操纵。现在青岛的平和能维持到那一年，天知道！——可是这也不必多虑了。想不了那一些！另外我可告诉你，为什么近十年来这海边小都会人口渐渐加多？不是做生意的人说不好么？不景气么？然而各县，各乡村中的不安定较这里更利害，就是使吃饭便好，那些用手脚来谋生的人往外跑，一年比一年多，各处一例。所以在这里也看出人口增多，而事业并不见大发展的原故。"

他怕我不明白这种情形，所以尽力的解释。但是我正在靠山面海的凉台上向四方看去。稀稀疏疏的电灯光映着那些一堆一撮，高下错落的楼房。海边就在我们坐的楼下。银色的波涛有节奏似的撞着石堆作响。静静的海面只有几只不知那国的军舰，静静地停泊着。黑暗中海面的胸衣慢慢起落。在安闲平静中包藏着甚么中国，日本，农村，商业的重大问题。这时我另有所思，答复C君道：

"唉！这人间的苦恼，永久的争斗，从古时到现在，没有演奏完了的时候，今夕何夕？你看，这么好听的涛声，这样好的境界之中！……"

"你是'想今夕只可谈风月！'哈哈！……"

"……"

"是的，本来人是在环境中容易被征服的动物。刺激愈重，动力愈大。从前在德日帝国主义者的铁骑下的中国居民，虽然是被保护者，可是他们究竟还感到压迫的不安。现在大家除却作个人的生活竞争之外，在这幽静的新都市中住惯了的人，差不多随了环境也都染上一种悠闲的性质。就以生活较苦的人力车夫来作比，你看他们与上海，天津，汉口，北平各处他们的同行可一样？"

"不同，不同。青岛市的车夫穿得整齐，他们争坐也不像别的地方那么厉害，甚至吵骂，挥拳头。差不多这是谁都看得出来的。"

"原因？……原因就在这里的钱较容易赚，虽然生活程度并不低于别的都会。外国人多一点，贫苦生活的竞争是有的，然而比别的都会也还差些。"

我听了C君的结论，不敢十分相信，然而也无可以驳他的理由。我忽然注目到凉台下面的几棵樱花树，电光下摇动她的花瓣落在青草地上。

"啊！是了。这几天我只从街道旁边看到樱花，没曾专往公园的樱花路上去观观光。……"

"这还是日本风的遗留。自从日本人占了此地之后，栽植上不少的樱花树，每年还有一个樱花节在四月中举行几天，与在日本一样。现在这节日自然取消了，可是每年花开的时候，车马游人依然是十分热闹。春季与盛夏是青岛最佳的时候，——所以无论如何，青岛的居民是谈不到秋冬令的感受与刺激的！"

青岛太平路

C君俏皮地这么说，我也明白他也有点别感，话并不直率。可是我一心要拉着他外出游观，便与他订明于第二天一早出发往公园与青岛市外。

沿着海岸的太平路、莱阳路，随了汽车队的穿行，这真给我以重游的满足。一面是碧波明净的大海，一面是山上参差的楼台。汇泉一带的新建筑与团团的一大片草场那么柔又那么绿。未到公园以前便看见比乡镇赛会热闹得多的游众。公园的玩艺很多：水果摊，咖啡店，照相处，小饭店，都在花光树影下叫卖着。不是看花，简直是"人市"。

实在这广大的中山公园的美点并不止这几百株的樱花身上，有许多植物从德人管理时代移植过来，名目繁多，大可供学植物者的参考：据说因为德人要试验这半岛上究竟宜种何种植物，但尽量地撒布下各种植物的种子。……再则是最娇美的海棠在这边也成了一条路，路两侧全是丽红粉白的花朵，其实比满树烂漫的樱花好看。

青岛的海水浴场

剪平的草地，有小花围绕的喷水池，难于一一说出名字的各种松柏类的植物，熏人欲醉的暖风，每个人都很欣乐地在这自然的美景中游逛，说笑。我因此记起了C君夜来的谈话，不禁使自己也有点惘然之感！

因为太喧闹了，我们便离开这里往清净的海水浴场去。

还不到海浴的时候，一大片沙滩上只有那些各种颜色的木板屋，空虚地呆立着。没有特制大布伞，没有儿童的叫嚷，没有女人的大腿与红帽。静静地看，由这处，那处，一层层泛荡过来的层波，轻柔地在沙边吞啮着。恰巧这不是上潮的一天，浅水，明沙，分外显得有趣。我们脱了鞋袜用海水洗过脚，在沙滩上来回地走着。看这片深碧色浮映着一种可爱的明光的圆镜，斜对面的青岛山，小小的山峰孤立在那里，披上春天的薄衣。小的浪花疲倦地，迟迟地，似一个春困的少女的呼吸，由不知何处来的那股冲动的力量使她觉到不安，可又不能作有力的挣扎。沙是太柔软了，脚踏下去比在波斯织的毛毯上还舒适。是那么微荡地又熨帖地，使脚心的皮肤感到又麻又痒的一种快感。

风从海面斜掠过来，挟着微有咸湿的气味，并不坏，因为一点也不干燥。

空中呢，在这海边的天空是最可爱的，尤其是春秋的时候，晴天的日子那么多，高高的空中，明丽的蔚蓝色，像一片彩色的蓝宝石将这个海边的都市全罩住，云是常有的，然而是轻松的，片断的，流动的彩云在空中时时作翩翩的摆舞，似乎是微笑，又似乎是微醉的神态。绝少有板起青铅色的面孔要向任何人示威的样儿。而且色彩的变化朝晚不同。如有点稍稍闲暇的工夫，在海边看云，能够平添一个人的许多思感，与难于捉摸的幻想。映着初出海面的太阳淡褐色的微绛色的云片轻轻点缀于太空中。午间，有云，晴天时便如一团团白絮随意流荡。午后到黄昏，如果你是一个风景画家，便可以随时捉到新鲜、奇丽的印象。从云彩，从落日的渲染，从海对面的山色上使你的画笔可以有无穷的变化。

这上午我同C君在沙滩上被什么引诱似地坐了许久的时候，时时听到岸上车马来回的响声。

C君为要另给我一种印象，叫了一部马车把我们载到东西镇去。

那像青岛市中心的首、尾。东镇在以前是与市区隔着一条荒凉的马路，两旁还是野田。这些年那条路却成了日本居留民的中心地带。由日本神社的下面往东走，好长的一条辽宁路，两旁的生意至少有一半是挂着日文的招牌。这是公共汽车与各处长途汽车向市外走的要道。东镇原是一个小小的村庄，现在成了工人小贩的居住区。自然，马路、电话、汽车，那样都有，可是旧式的黑板门，红门对小店铺的陈设，冷摊的叫卖者，仿佛到了中国较大的乡村一样。这里很少摩登的式样。有不少的短衣破鞋的男子，与乱拢着髻仍然穿着旧式衣裤的女人。小孩子光着屁股在街上打架。拾蚌螺的贫女提着柳条筐子从海边回来。这便是青岛的贫民窟么？不对，究竟得算高一级的。不过当我们的马车经过几条冷落的小街道时，看见矮矮的瓦檐下，门口便是土灶，有的还有些豆梗，高粱，似是预备作燃料用的。窄窄的红对联不免有"一元复始，万象更新"的吉利话。三个两个穿红裤子蓝布褂的女人，明明是乡间的农妇，可是满脸厚涂着铅粉，胭脂，向街上时用搜索的眼光找人。经过C君的告诉，我才知道这是最低等的卖淫者，大约是几角钱的代价吧。这边有的是普通工人，干粗活的，拉大车的，有一种需要的消费，便有供给的商品。

"你没看见那些门上有一盏玻璃罩的煤油灯？那便是标识，经过上捐的手续，她们便可在晚上点灯，正式营业——其实这些事谁还管是夜里，白天！"

C君即速催着马车走过，我疑的他这位医学家是怕有什么病菌在空中传布吧。

由东镇再转出去，便是著名工厂地带的四方。触目所见全是整齐的红砖房子。银月，大康等日本人的纱厂都在这里。男女工人在上工放工时，沿四方到东镇的马路上，全是他们的足迹。山东全省人民日常穿的粗衣布料，这里便是整批的供给处。不错，几万的工人在这到处不景气氛围中，似乎容易发生失业的问题。在青岛却差得多，生意与一切便宜的关系，横竖各个乡村谁不需要一件洋布衣服穿，价廉而又广泛的推销贩卖，这个地方的各个大机器很少有停止运动的时候。

四方这地方就因为若干大工厂的关系，变为工人居住的区域，又加上胶济铁路的机厂也在这里，所以我们在这一带所见到的便是短衣密扣的壮年男子，梳辫剪发的花布衣裳的姑娘，煤灰，马路上的尘土，并且可以听到各种机件的响声。

西镇是紧接着青市的中心市区，除了经过火车道上面的一条大桥之外，并无什么界限。虽然也似乎杂乱，却较东镇整齐得多。小商店与一般职员的住房很多。

日落时马车在青市的最西偏处。那是著名的马虎窝。海岸上的木板屋与草棚，中间有不少的家庭在这荒凉的地方度日。

"这才是青岛的贫民窟。你瞧：与南海岸的高大楼房相比，以为如何？……"C君问我。

"那个都市不是这样！到处都是一律。但我总想不到在这美丽的都市也还有这么苦的地方。"

"傻人！愈是都市愈得需要苦力。没有他们怎么能造成各种享受的事物。一手，一足的力量是一切最需要的。而上级的人士宝贵他们的头脑，更宝贵他们的手足，机械还不能支配一切，于是苦力便需要了。所以你以为东镇的小屋是最低等，瞧这儿？……"

我在车中不停地注视。矮矮的木屋，有的盖上几十片薄瓦，有的简直是用草坯。鸡栅便在屋旁，疲卧的小狗瞪不起警视的眼睛，与西洋女人身后的狼犬不可比量！全是女人，孩子，她们的男子这时正在赚馒头吃的地方工作，还没有回来。

澎湃的涛声在这片荒凉的海岸下响着单调的音乐，向东望，几处高高矗立的烟突，如同一些高大的警察在空中俯瞰着一切。

"平民的房屋现在正在建筑着，然而怎么能够用。这不是一个问题？"C君说。

我没回答他。马车穿过这里，一些黄瘦污脏垂着鼻涕的孩子前前后后地呆看。

渐走渐近，不到半点钟而市中心的红绿光的商标已经放射出刺激视觉的光彩，而流行的爵士音乐，与"我爱你"的小调机片声音，也可以听得到了。

夜间，我独自在南海岸的杂花道上逛了一会，想着往海滨公园，太远了，便斜坐在栈桥北头小公园的铁桥上面前看。新建成的栈桥，深入海中的亭子，像一座灯塔。水声在桥下面响得格外有力。有几个游人都很安闲地走着，听不到什么言语，弯曲的海岸远远地点缀着灯光，与桥北面的高大楼台的相映，是一种夜色的对称。

一天重游的所见，很杂乱地在我的脑中映现。我想：不错，这么静美而又清洁，一切并不比大都市缺乏什么的好地方，无怪许多人到此来的很难离开。可是从另一方面说，还不是一样，也有中国都市的缺陷。或者少点？虽然静美，却使人感到并不十分强健。理想的境界本来难找，可是除却沉醉于静美的环境中，想一想中国都市的病象，竟差不多！譬如这里，已比别处好得多，然而有什么更好的方法可以使这个静美的地方更充实与健康呢？

我又想了，这问题是普遍于各大都市之中的。……

一九三四年三月十九日

避暑地日记

（1934年7月6日—8月14日）

郁达夫

一九三四年七月六日，星期五，旧历五月廿五日，晴热。

自前两星期起，杭州日在火炎酷热之中。水银柱升至百零五六度以上，路上柏油熔化，中暑而死者，日有七八人。河水井水干涸，晚上非至午夜过后，晨之二点，方能略睡，床椅桌席，尽如热水壶。热至今年，大约可算空前，或亦可谓绝后，不得已，偕家人等于上午八时乘早车去上海，打算附便船至青岛小住一二月，因友人汪静之、卢叔桓等曾来信邀过。

七月七日，星期六，旧历五月廿六，晴。

上海多风，所以较杭州凉些。自昨日午后起，至今日止，为接洽杂务，买书，购食物事，忙到了坐不暇暖。晚上风大，水银柱降至八十四五度，因得安眠。

七月十二日（旧历六月初一），星期四，晴。

自七月九日起，天气又变热了，上海在江湾路的曼兄寓内，温度也高到了百零二度。午前九时，偕霞与飞及汪静之氏上船，十一点开行，一时出吴淞口，船内闷热。

入晚，已过蛇山，渐觉凉冷，夜睡竟非盖棉被不可。

十三日（六月初二），星期五，晴。

午后一时入港，遥见绿阴红瓦，参差错落的青岛市区，天主堂塔，虽尚未落成，然远看过去，已很壮丽。在青岛西北大港外第二码头上岸，立海关外太阳下候行李，居然汗也不流，大约最高也不过只有九十度的温度，青岛果然是凉。

晚上尤冷，盖棉被睡，气候似新秋。

十四日（六月初三），星期六，晴。

昨晚宿青岛市立中学汪静之同事卢叔桓君寓内，今日移至广西路三十八号骆氏楼上。将什物器具等粗粗租定，居然成一避暑客矣。骆氏，杭州人，住青岛将十年，房客房东，亦很能相处。

十五日（六月初四），星期日，晴。

昨夜有骤雨，今日晴，凉冷如秋。午前又出去买了些日用品，午后有人来访，陪他们出去走了一圈，回来小睡，醒后已是吃晚饭的时候了。

晚饭后，上海滨去看本地小市民等洗浴，更至胶济车站一带去走到了七点。

天上有蛾眉月了，以后的海滨，当更加美丽。

十六日（六月初五），星期一，雨。

夜来雨，晨起未止，大约又须落一天了；青岛终年少雨，只在伏里有几次，我来适逢雨天，不可谓非幸事。

居住已安定了，以后就须打算着暑假中的工作程序，大约卢骚的译稿，汪水云的诗，以及德文短篇一二篇的翻译，为必做的工作。此外则写些关于山东，如青岛，崂山，曲阜，泰山等处的记载，或者也可以成一册书。

能否创作，还是问题，若有适当的材料，则写它一两个短篇，也并不难。以后第一当收敛精神，第二当整理思想，第三才是游山玩水。

接天津王余杞信，谓胶济、津浦路免票，可为我办，望我秋后去北平一游。

萧觉先氏来，约于明日去吃晚饭，我因不在家未遇。买一茶我春集一册，德田秋声小说集一册。

读伊藤左千夫氏小说《野菊之墓》，只有感伤，并无其他佳处，我所不屑做的小说，而日人间却喧传得很，实系奇事。按伊藤为歌人，大约他的诗歌，总要比小说好些。

接家信，知小孩奶妈奶少，颇觉焦急。

十七日（六月初六），星期二，阴。

晨六时起床，早餐后，上港务局的旗台山顶上去看了青岛全境。昨日起闷热，有八十七八度内外的热度，欲写作，微嫌太热。大约此地只能住至八月十几里，九月初非回杭州不可，而北平又须去一走，所以在青岛的日子，不得不略减少些。

阅天津《大公报》，知友人刘某病殁在北平协和医院，此去或可以去一吊。

想起了一个从前想做而未写的题材，是暴露资产阶级的淫乱的，能写一二万字，同 New Arabian Nights 中的短篇有相似的内容，题名本想叫做《芜城夜话》，继思或可以作成自叙传中的一篇，将全书名叫作《我的梦，我的青春！》也未始不可。

晚上萧君请吃夜饭，在潍县路的可可斋，今天读日本杂志上的短篇两篇，觉得杉山平助这位新作家，将来很有希望。

向晚天气忽转凉冷，似二月中旬，青岛真是怪地方。

晚饭后上黄岛路（中国三四等妓馆密集处）及临清路（朝鲜妓馆街）等处去走到了十点回来睡觉。

十八日（六月初七），星期三，阴。

时有微雨，天凉极，是江南梅雨期的样子，难怪华北要涨大水了。

午前出去闲步，想买一本植物图鉴来对查青岛的植物，不果。午睡后，当再出去走走。

下午复去青岛市东南北各部延边走了一圈，更上贮水山、青岛山，及信号（旗台）山等处登眺到夜，青岛全市的形势，已约略洞晓了。五时后回寓，有青年诗人李君来访，今天的青岛《正报》上，并且更有署名蜂巢者撰文一篇，述欢迎我来青岛及欲来相访意。

晚上月明，和自上海来访的林微音氏，在海滨漫步。

十九日（六月初八），星期四，晴。

晨起即作蜂巢氏覆书，早餐后，上街去，买全植物园鉴一册。查青岛的植物，树以豆科的刺槐树（acacia）为最多，其次则为松科之松、壳斗科之栎与栗树，与筱悬木科之筱悬木（platanus）等，此外如银杏杂木，种类极多，不能详记。

午后汪静之约我去汇泉炮台游，上市中去看了他们，和四五人同去炮台，台右有观澜亭，马福祥建。

晚上在市中吃晚饭。

二十日（六月初九），星期五，晴。

晨五时即起床，上台西镇去走了半天，回来作北平孟潇然信。

午后有青岛《正报》馆的赵怀宝（蜂巢），张紫城两氏来访，晚饭后在栈桥纳凉。

二十一日（六月初十），星期六，晴。

晨起去大港站附近走了一圈，买柳田国男著之《雪国之春》一册，纪行小品杰作也。接曼兄书，知江浙已下雨，凉了，深悔此一行，白费了许多精力与金钱。

午后小睡，拟为杭州《东南日报》写一篇通信，明日寄出。

二十二日（六月十一），星期日，阴，微雨。

午前在家读《珂雪词》，觉好的词也不过几首而已。午后与房东骆氏夫妇上四方公园去玩了半天，归途且过芙蓉山上的全圣观去喝了一回茶，后遇雨，坐了汽车回来。

二十三日（六月十二），星期一，阴。

风大，似有雨意，避暑地的闲居，觉得有点厌倦了。午后有《北洋画报》记者陈绍文氏来访，同来者为陈之妹陈小姐及女国术家栾小姐等。栾小姐貌很美，身体亦强健，在青岛接见的女士之中，当以她为最姣艳温柔。

晚上无风，热度约有七十五度内外，因苍蝇和臭虫作祟，睡不安稳。

二十四日（六月十三），星期二，晴。

晨六时即醒，为苍蝇缠起者也，读青岛及崂山地志等三四篇，大约去崂山，总在这五六天内了。

打算写一点东西，可是滞气又来，难动笔矣。读田山花袋之《缘》，为《蒲团》之后集，前数年，曾读过一次，这一回是第二次了，觉得不满之处颇多，不及《蒲团》远甚。

二十五日（六月十四），星期三，阴。

早晨晚上，真凉，像晚春也像新秋，只中午热一点，大约总也不过在七十四五度至八十一二度之间，若要做工，是最好也没有的温度，但一则因心不安定，二则因住处还欠舒适，这几日，终于无为地度过了。今晨五时起床，肠胃似略有未善，大约一二日后定能恢复的。

访杨金甫，不遇，改日或可和他一道上崂山去。

午后李同愈君来访，并以伊自著之小说集《忘情草》一册见赠。同去马克司酒家喝啤酒，真系德国的Hofbräu（德文，宫廷啤酒），味极佳，可惜价钱太贵一点。

晚上大风雨，彻夜不息。接王余杞及虎侄信。

二十六日（六月十五），星期四，雨。

夜来大雨，今晨稍止，但满天云雾未收，时复淋降。午前十时，访同学闵君于胶济路局，托办免票，大约八月十三四当首途去北平。午后时雨时晴，睡起，出去小步，金甫杨振声氏来访。

晚上山东大学文学生舒连景、张震泽、纪泽长、周文正四人来谈，坐至十一点，他们去后，雨又大作，颇为他们担心，路上大约要淋湿。

二十七日（六月十六），星期五，阴，闷，潮湿。

颇似南方黄梅时节，空气湿极。读一位白俄N. A. Diakoff的记载，文笔颇流利，不知他何以会流浪到暹罗去的。该书系用英文写成，为盘谷一印刷所所印行。书名*In the Wilds of Siberia*（英文，《在西伯利亚荒野中》），为他的许多记述革命战起逃亡经过的作品中的一小册子，虽仅百页内外的记事，但也有一点像小说似的风味。斯拉夫民族，实在是富于文学的天才，难怪制度改革之后，依然有大作品出来。

晚上同学闵星荧在可可斋请吃夜饭，同席者有潘国寿等老前辈。饭后更上Charleston舞场看跳舞至午前一点，醉了。

二十八日（六月十七），星期六，阴晴，热至八十七八度。

午前六时起床，宿醉不醒，勉强至海滨走了一圈，上日本食堂去吃了一餐早餐，头晕稍瘥。

坐车去四方，由第五分局派人导游，至隆兴纱厂参观。中午杨金甫招去吃饭，谈到午后四时，约定共去崂山。

晚上天仍热，时有微雨。

老邓约明晚去伊家吃饭。

二十九日（六月十八），星期日，雨。

晨起大雨。午前写了半天信。午后汪静之、卢叔桓来，邓仲纯也来，便同去吃夜饭。邓小姐绎生，十年不见，长得很大了，吟诗作画，写字读书，都有绝顶天资，可惜身体不强，陷入了东方传说的妇女的格局。妹宛生，却和她姊姊完全相反，是一位近代的女人的代表。

三十日（六月十九），星期一，雨。

晨起想起了几句诗，可作青岛杂事诗看者："万斛涛头一岛青，正因死士义田横，而今刘豫称齐帝，唱破家山饰太平。"

终日雨，闷极。下午汪静之来，同他出去吃冰，吃了五毛钱，两人已不能再吃了。

三十一日（六月二十），星期二，晴。

晨起，欲去沙子口，卒因公共汽车无规律故，白花了五毛钱，而至东镇。此间之公共汽车，并不以时刻为限，只看座客多寡而定开否，故有时坐待一天两天，若客不多亦不开。但一上车即须买票，票买后即不开亦不能退。而买票时，且问你以最终之目的地，所以有时有人买一两元票，亦只能废去。自湛山至沙子口一带的风景绝佳，但公共汽车必绕李村而去，海岸风景，一点儿也看不到，而自青岛至沙子口之公共汽车，且须换车两三次至四五次不等。

午后睡起，去吃冰淇淋，闲走到夜。这几天又凉了，今夜且有大雾。

八月一日（六月廿一），星期三，晴。

晨九时去崂山，约定之杨金甫不来。经李村，九水等处，十一点到板房，步行上山，凡三里，至柳树台之崂山大饭店，午膳。饭店为德人所造，今则已为中国之一狡商租去。值事者董某，貌尤狞恶。德人名该处为Mecklenburg Hans，今北九水庙山上，尚存一堡，土人名曰麻姑楼，想即音译讹传者。

由柳树台东北面下山，经竹窝，观崂石屋（该处有民十四年，绅农领地契据勒石碑二），沿溪而至北九水庙。亦有饭店、小学、保安分驻队等设置，山上即麻姑楼，近旁且有德侨民之野营在，似系商人等的避暑天幕队。从九水庙起，路渐狭，沿大石壁与清溪，七八里而至靛缸湾之瀑布。中途由王云飞氏别业处北面上山，五里可至蔚竹庵。庵有老道，名李祥资，高密人，住此处三十余年矣，山路开辟，皆由伊一人经营。山腹亦有小村落，仅茅屋数间耳。附近一带，统名双石屋村。更有河东村、河西村等名，界限不清，东西杂出，足见十余年前，为荒山官地，居民不多。而柳树台无柳树，竹窝中不见竹，尤觉可笑。观崂石屋路旁，有大石一，上刻壬子年丰润张人骏与同人莅游题记。靛缸湾瀑布旁，有"空潭泻春"四大字刻石，为民国二十二年四月，郑元坤所书。对面石上之"潮音瀑"三字，系民国二十年八月番禺叶恭绰所题。

自台东镇至崂山，一路上瓜田，树林，耕地很多。田间立矮碑无数，系变相之贞节牌坊。九水与九水庙之间，王子涧旁，有连捷桥题名碑，碑色很古。北九水庙前之保合桥，系光绪二十年、三十年修建者，桥旁有勒石碑记。我所见之碑文，以柳树台西南下竹窝村中，段氏妇之节烈碑为最古，系同治四年所立。该村中，似以段姓为大族，因道旁墓碑，姓段氏者独多也。

登崂山大饭店南大楼，向西南望去，除王子涧上之千岩万壑，石山树林外，能遥见胶州之远山，海色迷茫，亦在望中。

崂山之胜处，系在东海上之白云洞，

崂山九水

华岩寺，黄山，青山，明霞洞一带，他日当以海船去游。

海船上岸处之沙子口，以及青山，黄山一带，民风极淫荡，曾游其地者，类能道之。居民多以捕鱼为业，渔夫外出，渔妇遂操副业以购脂粉衣饰，计亦良得。

清游一日，计花钱七八元，花时间十小时，步行五六十里，喝汽水、啤酒无数，在溪中入浴三次，傍晚七时到青岛寓居，人倦极，晚上又睡不安稳，大约因白天行路多也。

在路上缓步之中，且走且吟，也成了几句打油诗："堂堂国士盈朝野，不及栾家一女郎，舞到剑飞人隐处，月明满地滚清霜。"系赠栾氏女郎者。"果树槐秧次第成，崂山一带色菁菁，民风东鲁仍儇薄，处处瓜田有夜棚。"过李村九水一带，见瓜田内亦设有守夜棚台。

八月二日（六月廿二），星期四，晴，闷热。

上午三时即醒，起来去栈桥稍坐，步行至大港第一码头，候房主人之次子上船去上海。八时半返寓，热甚，杨金甫来访，约于明日午后三时半，去青大与学生谈话。今午闵龙井君请客，为星荄闵氏之侄，同席者都系新闻界中人。尤以《正报》（自吴社长以下）、《光华报》（马社长以下）两报同人为多，喝酒至午后二时始毕。走到了夜，才回家，天热极，将八十七度。以后青岛要一天比一天热了，打算在十日内动身上北平去。

去青大讲演事，因天热，改至后日。

八月三日（六月廿三），星期五，晴热。

天怕将热至九十度以上，因晨起即热，有八十四五度也。剃头洗澡后，精神为之一振。又补成崂山杂诗二十八字："柳台石屋接澄潭，云雾深藏蔚竹庵，十里清溪千尺瀑，果然风景似江南。"（自柳树台东去至靛缸湾蔚竹庵等处）

因去青岛在即，又做了几首对人的打油诗："京尘回首十年余，尺五城南隔巷居，记否皖公山下别，故人张禄入关初。"系赠邓仲纯者。与仲纯本为北京邻居，安庆之难，曾蒙救助。"邓家姊妹似神仙，一爱楼居一爱颠，握手凄然伤老大，垂髫我尚记当年。"为仲纯二女绎生、宛生作。"共君日夜话钱塘，不觉他乡异故乡，颇感唐人诗意切，并州风物似咸阳。"赠居停主人骆氏，钱塘乡亲也。"王后卢前意最亲，当年同醉大江滨，武昌明月崂山海，各记东坡赋里人。"赠杨金甫，系十年前武昌旧同事。

晚上天热，十时上床。

八月四日（六月廿四），星期六，晴。

晨起，访汪、卢于市中，约于下礼拜二去崂山东海岸。又做了二十八字，是赠他们两人的："湛山一角夏如秋，汪酒卢茶各赠授，他日倘修流寓志，应书某为二公留。"我之来青岛，实因二君之劝招。

午后小睡，三时半去山大，与男女生三十余人相见，不取讲演仪式，但作座谈而已。

晚在杨金甫处吃饭，与李仲揆遇。

八月五日（六月廿五），星期日，阴，时有雨来。

晨六时起，送仲揆于车站，约于去平时相访。回来后写信十余封。午后卢、萧两君来，晚上去会泉路四号可乐地吃晚饭，主人为皮松云、杜光埙两位，同席者有李圣五氏等五六人。

八月六日（六月廿六），星期一，晴。

晨起作王余杞信，告以将于十二号动身去平。访黄女士于介卢。晚上在汪静之处吃晚饭。今日热至九十度，为青岛空前的高温，有栾女士为我舞剑，梁女士、余女士等来谈。

接陶亢德来催稿快信。

八月七日（六月廿七），星期二，晴。

打算于去青岛之先，为《人间世》《论语》各写一点东西。《论语》以诗塞责，《人间世》则拟以一两千字之随笔了之。

计不得不应付的稿件，有四五处，略志于下，免遗忘：

《当代文学》；

《文史》；

《良友》；

《东南日报》。

午后大雨，天候转凉。晚上闵龙井兄弟及张季勤君来谈，为《正报》抄录《青岛杂事诗》一份，由闵君携去。

八月八日（六月廿八），星期三，晴。

午后黄振球小姐来谈，坐至晚饭前。晚上接邵洵美快信，系夹催自传稿子者。定于八月十二日晨乘七点早车去济南，今日立秋。

八月九日（六月廿九），星期四，阴，时有阵雨

秋后第一阵雨，天气渐渐凉矣。午前料理行装，仍以书籍为多。明日晚上有应酬，后日休息一日，大后日早晨可以上车北去。成诗一首，系赠青岛市各报记者的：

"一将功成万马喑，是谁纵敌教南侵，诸君珍重春秋笔，记取遗民井底心。"赠《正报》《光华报》闵龙井、蜂巢诸同人及前《民国日报》萧觉先氏。

午后，友人俱集，吴伯萧君亦来访。在回澜阁前，摄了一影，大约《北洋画报》下二期将登印出来也，摄者为该报记者陈氏。在日本民团贩卖部，买了廉价书十余种，都系文学书。

明晚有约去吃晚饭，后日中午亦有约。

八月十日（阴历七月初一），星期五，晴。

昨日接林微音信，汇了前借去的拾元款来，午前去取。并发《人间世》社，杭州横河小学的信。

买了些路上去用的杂物，及书籍之类，心旌摇摇，似已在路上了。

今晚上卢叔桓君招饮，在亚东饭店，明午亦在该处，系吴炳宸先生的东道主。

晚饭后，步行回来，青岛市上的夜行，当以今晚为最后一次，明日须预备早睡也。

八月十一日（七月初二），星期六，阴，闷热。

今晨闷热异常，怕将下雨，明晨不知能晴否？一番秋雨一番凉，今年北地的夏天，大约已从此过去了。

有学生庄瀛海来信，谓急欲一见，以快信作覆，令于午后三四点钟来。

居停主人及其他熟人送来食品杂件很多；天涯聚首，不论新知旧好，倍极情亲，古道昭然，犹存季世也。

中午与吴炳宸、赵天游诸公饮，居然因猜拳而醉了酒。叫局时曾叫了素兰来，北人南相，原也不恶，伊居平康二里，某巨公已纳款而未娶，系怕三姨太太，四姨太太等吃醋的缘故。

晚上来送行者络绎不绝，十时上床。

八月十二日（七月初三），星期日，阴。

七时由青岛上车，昨夜来大雨，天气凉极。来站相送者，有房主人骆氏夫妇及伊子汉兴，市中汪静之，卢叔桓，山大吴伯萧，王瑭（碧琴），李象贤，闵氏叔侄，《正报》蜂巢，社会局萧觉先，《北洋画报》记者陈绍文诸君。

向西行十一小时，过胶州、高密等处，涉潍水、淄河，遥望云门、首阳等山，齐国王陵，傍晚六时前到了济南。

阴晴天气，济南亦遭大雨之后，道路坏极。晚宿平浦宾馆，臭虫蚊子极多。

访李守章夫妇于济南寓居。

八月十三日（七月初四），星期一，晴。

晨起即去李氏寓，与李氏夫妇历访趵突泉、金线泉、黑虎泉诸处，后上千佛山，遥望华鹊两峰，点扼黄河之上。午饭在院西大街一家南方馆吃的，饭后即绕历城学宫之东出大明湖。坐船访历下亭、张公祠、北极阁、铁公祠等处后，赶至津浦车站，坐五点零五分特快过黄河北行。

晚宿车上，凉极，薄棉被已觉不够。

八月十四日（七月初五），星期二，晴。

晨八时余，抵正阳门车站，十年不见之北京故城，又在目前了，感慨无量。

到巡捕厅胡同寓居住下后，历访同乡金任父、孙百刚诸人，以后大约要为酬酢与游逛，废去二十日工夫了。

晚上访张水淇夫妇于中央饭店，在丰泽园吃晚饭，同席者有傅墨正等故乡前辈。

选自《达夫日记集》，上海北新书局 1935 年 7 月版

青岛　济南　北平　北戴河的巡游

郁达夫

　　带青带绿的颜色，对于视觉，大约是特别的健全；尤其是深蓝，海天的深蓝，看了使人会莫名其妙的感到一种愉快。可是单调的色彩，只是一色的色彩，广大无边地包在你的左右四周，若一点儿变化也没有，成日成夜地与你相对，日久了当然是也要生厌的。青岛的好处就在这里，第一，就在她的可以使你换一换口味；第二，到了她的怀里，去摸索起来，却也并不单调。所以在暑热的时候，去住一两个月，恰正合适。

　　无论你南边从上海去，或北边从天津去，若由海道而去青岛，总不过二三十个钟头，可以到了。你在船舱里，只和海和天相对，先当然是觉得愉快，觉得伟大，觉得是飘飘然遗世而独立，羽化而登仙的样子；但一昼夜过后，未免要感到落寞，感到厌倦；正当你内心在感到这些，而嘴里还没有叫出来的时候，而白的灯台，红的屋瓦，弯曲的海岸，点点的近岛遥山，就净现上你的视界里来了，这就是青岛。所以从海道去青岛的人对她所得的最初印象，比无论那一个港市，都要清新些，美丽些。香港没有她的复杂，广州不及她的洁净，上海比她欠清静，烟台比她更渺小，刘公岛我虽则还没有到过，但推想起来，总也不能够和青岛的整齐华美相比并的。以女人来比青岛，她像是一个大家的闺秀；以人种来说青岛，她像是一个在情热之中隐藏着身份的南欧美妇人。

青岛的特色之一，是在她的市区的高低不平，与夫树木的青葱。都市的美观，若一味平直，只以颜色与摩天的高阁来调和，是不能够引人入胜的；而青岛的地面，却尽是一枝枝的小山，到处可以看得见海，到处都是很适宜的住宅区。就是那一条从前叫弗利特利希大街，现在叫中山路的商业通衢，两端走走，也不过两三里路，就到海边了；街的两面，一走上去，就是小山，就是眺望很好的高地。

从前路过青岛，只在船楼上看看她的绿树与红楼，虽觉她很美，但还没有和她亲过吻，抱过腰；今年带了儿女，去住了一个夏天，方才觉"东方第一良港""东方第一避暑区"的封号，果然不是徒有其表的虚称。

海水浴场的设备如何，暂且不去管它，第一是四周的那么些个浅滩，恐怕是在东亚，没有一处避暑区赶得上青岛的。日本的海岸，当然也有好的，像明石须磨的一带，都是风光明媚的地方，可是小湾没有青岛的多，而岸线又不及青岛的曲。至于日本的北面临日本海的海岸呢，气候虽则凉冷，但风浪太大，避暑洗海水澡总有点不大适宜。

青岛，缺点当然也是有的，第一，夏天的空气太潮湿，雾露太多，就有点儿使人不舒服；其次则外国的东方舰队，来青岛避暑停泊的数目实在多不过，因而白俄的娼妇来赶夏场买卖的，也混杂热闹到了使人分不出谁是良家的女子。喜欢异国颓废的情调的人，或者反而对此会感兴趣，但想去看一点书，做一点事情的人，被这些酒肉气醉人的淫暖之风一吹，总不免要感到头昏脑涨，想呕吐出来。我今年的一个夏天就整整地被这些活春宫冲坏了的，日里上海滨去看看裸体，晚上在露台听听淫辞，结果我就一个字也没有写，一册书也没有读，到了新秋微冷的时候，就匆匆坐了胶济路车上北平去了。明年我就打算不再去青岛，而上一个更清静一点的海岸或山上去过夏天。

劳山的风景，原也不错，可是一般人所颂赞的大劳观、靛缸湾一带的清溪石壁，也只平平，看过江南的清景的人，对此是不会感到特异的美感的；要讲伟大，要耐人寻味，自然是外劳沿海一带，从白云洞、华岩寺到太清宫的一路。我在青岛的时候，曾有一位小姊，向我说过石老人附近，景色的清幽，浮山午山庙周围，梨花的艳异；但因为去的时候不巧，对于这些绝景，都不曾领略，此生不知有没有再去的机会了，我到现在，还在怅念。

由青岛去济南的道上，最使我感到兴奋的，是过潍县之后，到青州之先，在朱刘店驿，从车窗里遥望首阳山的十几分钟。伯夷、叔齐的古迹，在中国原有好几处，但山东的一角孤山，似乎比较得有趣一点，因为地近田横岛，联想起来，也着实富于诗意。洁身自好之士，处到了这一种乱世，谁能保得住不至饿死？我虽不敢仰慕夷齐之清高，也决没有他们的节操与大志，但是饿死的一点，却是日像一日，尽可以与这两位孤竹国的王子比比了，所以车过首阳之后，走得老远老远，我还探头窗外，在对荒山的一个野庙默表敬意。至于青州的云门山，于陵的长白山、白云山等，只稍稍掉头望了一望，明知道不能去登，也就不觉得是什么了不得的名山胜地了；可是云门的六朝石刻，听说确是货真价实的历史上的宝物。

到济南城后，找着了李守章氏，第二日照例地去游千佛山、大明湖、趵突泉、金线泉、黑虎泉等名胜。自然是以家家流水、户户垂杨的黑虎泉（现在新设了游泳池了）一带，风景最为潇洒。大明湖的倒影千佛山，我倒也看见了，只教在历下亭的后面东北堤旁临水之处，向南一望，千佛山的影子便了了可见，可是湖景并不觉得什么美丽。只有蒲菜、莲蓬的味道，的确还鲜，也无怪乎居民的竞相侵占，要把大明湖改变作大明村了。就在这一天的晚上，我们离开了李清照、辛弃疾的生地而赶上了平浦的通车，原因是为了映霞还没有到过北平，想在没有被人侵夺去之前，去瞻仰瞻仰这有名的旧日的皇都。

北平的内容，虽则空虚，但外观总还是那么的一个样子。人口增加，新居添筑，东安、西单两市场，人海人山；汽车电车的声音，也日夜的不断。可是，戏院的买卖减了，八大胡同里的房子大半空了，大店家的好货也不大备了，小馆子的顾客大增，而大饭庄的灯火却萧条起来了。到平之后，并且还听见西山都出了劫案，杀死了人。在故宫里看了几日假古董，北海、中央公园内喝了几次茶，上三贝子花园、颐和园去跑了一跑之后，应水淇之招，我们就一直地到了山海关内的北戴河边。刚在青岛看海看厌了的我们，这一回对北戴河自然不能像从前似的用上级形容词来赞美了。不过有两件事情，我总觉得北戴河要比青岛好些。第一，是汽车声音的绝无；第二，是避暑客人的高尚。不过话也要说回来，在鹿圈上面的那一家菜馆里吃饭的时候，白俄女人的做买卖的也未始不曾看见，但数目少了，反而以为万绿丛中一点红，这一块肉，倒是少她不得的。

北戴河的骡子，实在是一种比黄包车、汽车、轿子更有诗意的乘物。我们到了车站，故意想难难没有骑过骡儿的映霞，大家就不坐车而骑骡；但等到了张家大楼，她的骑骡术已经谙熟了，以后直到离开北戴河为止，她就老爱在骡背上跨着，不肯下来。

北戴河的气候，当然要比青岛的好；但人工的设备，地面的狭小，却比青岛差得很远。东山区域，住宅太多，卫生状况也因而不好，我以为西面联峰山下，一直到海滨的一段，将来必定要兴盛起来。但自第五桥，沿海上南天门去的一路，风景也真好不过。

尤其是南天门、金山嘴的一角，东望秦皇岛、山海关，南临渤海，北去鸽子窝也不过两三里地的路程；北戴河的海山景色，当以此地为中心，而别庄不多，那娘娘庙的建筑，也坍败得不堪，我真觉得奇怪。还有那个三皇殿哩，再过两年，

渤海湾

怕庙址都要没处去寻了，我不懂北戴河的公益所，何以不去修理修理，使成一避暑的游息之所。

这一次在北戴河住得不久，所以像汤泉山、背牛顶的胜水岩等处，都没有去成。但在回来的路上，到了滦口，看看阳山、碣石山等不断的青峰，与夫滦河蜿蜒的姿势，就觉得山水的秀丽，不仅是江南的特产了，在关以内和关以外，何尝没有明媚的山川？但大好的山河，现在都拱手让人拿去筑路开矿，来打我们中国了，教我们小百姓又有什么法子去拼命呢？古人有"马后桃花马前雪，出关争得不回头"的诗句，希望衮衮诸公，不要误信诗人，把这些好地方都看作了雪地冰天，丢在脑后才好！

附：郁达夫青岛杂事诗二首

其　一

湛山一角夏如秋，
汪酒卢茶各赠授。
他日倘修流寓志，
应书某为二公留。

其　二

柳台石屋接澄潭，
云雾深藏蔚竹庵。
十里清溪千尺瀑，
果然风景似江南。

廿三年十一月廿八日于杭州大学路寓所

选自《达夫游记》，上海文学创造社1936年3月版

游劳山记

傅增湘

　　劳山之名闻之夙矣。僻居北地，而风物雅似南中，顾亭林为黄长倩序《劳山志》，已粗述其概。至诗家所传，如王渔洋《赠劳山隐者诗》有"半月白日出，风雨苍龙吟"之句，刘直斋源渌、高南阜凤翰皆有劳山诗传诵，而即墨张扶阳尤盛称九水之幽秀，特为长篇纪之。王培荀《乡园忆旧录》亦言劳山之胜未易穷究。北地所少，惟水与竹，劳山则多瀑而盛竹。询诸朋侪曾事幽探者，谓为实然，非齐人自夸其乡土也。余二十年来曾再至青岛，欲穷其胜，然以途兼海陆，游者必舟车并进。山深民梗，行人时有戒心，故皆至柳树台而止，徒窥门墙而未升堂奥，心窃憾焉。夏初游华山归，少息尘鞅，扃户不出者数月。仲秋八月，周君养庵有事于青岛，乘便将游劳山，折柬相邀。余谓游劳固符夙愿，然必期以中秋日太清宫海滨玩月为宜，以其地其时合之，可云二妙也。

　　十一日。早车行抵津门，夜九时自津发，与养庵会于车室。翌晨过济南，易车而东，入夜十时抵青岛。沈君治丞来迓，下榻于高六弟仲礼家。

　　十三日。与养庵同游海滨名迹。夜，治丞治酒相招，饮于张君子厚家，同座者胡秀松、刘幼樵、周羖甫、路金波，皆旧识也。良宵佳会，谈宴至欢。秀松、治丞兼为料量山游诸事，咸臻周洽，真有宾至如归之乐矣。

十四日。八时行，侄婿张悦甫方读书于青岛大学，欣然愿偕。乘车出市，三十里至李村，又三十里至九水。涧上有洪颖之别居，涉水往观，就涧中叠石为屋。台榭环周，轩窗四起，后有曲池，小桥宛转相通，题曰"观川台"，石壁刻七律一章。盖甲寅以后，避祸匿迹于此数年，今为倭妇所居，设客邸焉。颖之在津同馆相识，曾记其逸事一篇，兹附之后幅。沿涧行，数转益幽，十里至板房，上坡少转，得小村落，名竹窝。修篁万竿，清流数曲，颇类吾蜀风景。逾岭约五里至柳树台，山势忽展，自青岛来游者，车行至此止。有德国旧时医院，二楼荒凉壁立山阿中，有新屋数楹，俄人所设客邸也。行二里至官桥石坞，有居民数十家，路旁巨石有张安圃年丈题名，时为壬子三月。自板房入山皆东北行，至此折而东。五里双石崖，亦山中小聚，以峰头二石如屋得名。临涧人家就石上设茶亭，小坐听泉，风生两腋。循涧东南曲折而上，四里至鱼鳞口，双嶂夹水，峻削如门，涧上大石穹然，横卧斜坠，跋涉极艰。又里许至靛缸湾，横冈曲转，环峙如垣墉，中开一凹，飞瀑下垂，长约数丈，三折而落，势短而肥，颇似雁荡之马尾瀑，余拟以此名之，叶誉虎于对崖摩刻"潮音瀑"三字，窃恐其不类也。瀑流岩下，潴水成潭，作蔚蓝色，故土人以靛缸称之。潭上支木为亭，覆以松枝，坐此观瀑，京雒淄尘为之涤尽。由此趋蔚竹庵，正道当从原径出涧，至双石屋，乃越北岭而达，导路人觅小径行，可免迂回七八里之劳。乃踏涧流而过，缘峭岩直上，乱石丛莽，樵径依微，殆绝人迹。攀藤梢，扪石角，蒲伏而进，汗出如浆，不及一里，已作牛喘，百步之内，或一再息。约三里，幸及岗头，望见岩扉隐约在松竹翁翳中。折而北，下行三四里，至蔚竹庵。时过亭午，道人炊黍相饷，佐以野菌松花，甘滑腴美，过于鱼肉。道人谓性凉易泄，不敢饱食也。庵当连峰下，后倚翠屏，左右冈岭环拱如城，长松细竹，与山色岚光苍秀映发，洵不负此佳名矣。

出庵东上指米窝口，行松径中殆十里，绿不漏天。杉松细叶如针，其种来自海东，干直中材，日人据青岛所植，至今甫十余年，袭石插崖，捎云拂日，可名松谷。今日所历诸山，以此径最为幽邃，惜丛密阴森，冒屦牵衣，至不堪投足，似宜披榛芟蕆，辟启通途，树色山光，轩豁呈露，使道出其间者可心曳杖徐行，恣情吟赏也。十里越米窝口。初意欲由此赴明道观，登巨峰劳顶，以日色向暮，云气沉阴，计程恐及曛黑，乃改向没日岭而行。下长岗，盘旋枯山涸涧中，触目荒寒，景色悽慄。降及岭半，乃闻水声，雏松弱柳，渐出没于长坡断陇之间。及过没日岭，则群峰秀拔，冠以巨石巍峨，倒植横欹，欲飞欲坠，备诸奇态。扪壁披林，绕至山阳，则白云洞在焉。时暮色微范，沧溟缥缈，烟云出没，气象万千，回视楼台参差，掩映于翠涛紫霭之间，直飘飘然有凌云之气矣。下榻南轩，推窗望海。夜雨一阵，少顷，微月淡云，海气凄迷，日出奇观恐无缘窥见也。

十五日。晨起，观白云洞，乃一大石，横压欲坠，双石交撑之，中余一穴，纵横二丈许，道流奉神像其中，遂呼之为洞。洞两旁石崖夹峙，左龙右虎，元气浑仑，雄伟无匹，已自可惊。尤奇者，后有蟠松，从石脉中迸裂而生，枝干蟉屈，怪伟如龙，被覆洞背殆满，而群松戢戢，腾拿争赴，苍鳞翠鬣，环绕四出，不阶尺土，而具飞天腾海之观，真神物也！洞门银杏双株，壮可合抱，余题名石柱，以志岁月。屋宇就石隙构架，高下曲折，错落有致。余等揖别道士，循峻级而下，引首回望，光景奇绝。其地上倚崌岩，俯瞰碧海，意象已高迥无伦。此山自劳顶分支而来，奇峰叠嶂，飞腾奔赴，至此忽为大海所迫，郁怒不得骋，于是崇岗绝巘，回旋腾踔，灵奇之气，悉萃于兹。自巅至趾，怪石鬼礧，如屋如囷，如塘如轮，或烂若垂云，或崛若天柱，其错落纷坠者，更若鲸横鳌拚，纵横跋扈于岩壑之中，而奇松千万，更杂然破石而出，拔地而出，如龙鳞凤翼，横天塞海，游翔于熊罴犀象之丛，以争为雄长，此幽玄洞府乃高踞于石林松海之间，以总揽其全盛。明岁倘纵我优闲，当囊书载笔，结夏于此，朝夕吟哦，以饱领此趣也。

下山行五里，降至海滨雕陵嘴。沿道松横石怒，险仄至不可步。近海岸则可接新筑广衢，车马驰骋无阻矣。遵海岸而南，经小黄石、范岭、前后村、八水河、黄山诸处，二十余里抵青山口在此午馔。自此入山，沿涧上行，涧旁有三折瀑，视鱼鳞口为瘦。再上达岭头，旋降至涧底。见松篁满谷，循折而上，行竹径中约里许，秀倩幽深，浓翠如滴，仰首见丹甍连云，询为"明霞洞"。"曲径通幽处，禅房花木深"，殆可为此地咏也。入门连上数十级，轩楹精洁，景物明丽。询古洞，云在山后。养庵及悦甫往探之，云有辽金题名，考为"玄真洞"，非明霞也。煮茗少息，凭栏极望，南山如列屏，山外碧海如镜，院中花木鲜新可玩。

询上清宫，即在山右下方，沿竹径下，踏涧西行，乱石塞路，丛篠钩衣，人行其间，至无径可觅。约三四里，达上清宫。道士童姓，安徽寿州人，居此五十年。山门银杏三株，皆千年物，殿前旧有耐冬，明季清初人多吟咏之，询之道士，言少时曾及见焉，今枯死已四十余年。导观邱长春石刻，在寺右浑元石上，为绝句十首。寺后岩上为《青玉案》词，字径五六寸，笔力浑健。余藏有金刻本《磻溪集》，诗载集中，词乃佚去，或为编辑时所遗也。词云："乘舟共约烟霞侣，策杖寻高步，直上孤峰尖险处，长吟法曲，浩歌幽韵，响过行云住。凭高目断周四顾，匝地风波吞岛屿，玉山不见，霄凝望似入钧天去。"（疑有夺佚。）门外一碑兀立，知为元延祐朱晕所撰，养庵告道士明岁当遣工椎拓。宫建于宋，盛于元，四山环拱，双涧夹趋，林木参天，气象雄伟，天然幽静，灵区妙域，此为甲观。养庵暗堪舆，以形势观之，谓为千年不败之地，今乃摧颓荒寂，萧索可怜，岂时会未至耶，抑人为之也。

由此达下清宫，本有环山大路可通，时已薄暮，趋捷经而行。穿怪石乱松而出，登绝岭，更悬縆而下，下临奔涧，巨石或卧或立，含岈嵬累，横松障其上，丛莽塞其下，攀挽披拂，仅乃通人，约五六里抵海滨。下清宫一名太清宫，在海岸尽处，大启道场，殿宇宏丽，推为山中群院之最。郭道士及董君楷森迓于道旁，下榻东院南楼。布置略定，导游内外一周。正殿前银杏树双株，视上清差小，然寿亦数百载。西院耐冬一株，枝干蟠奇若龙虬，本围殆七八尺，道士言已千年。又西小殿，壁嵌元碑二通，乃元世祖敕谕护教之文，养庵手录其文以归。西院竹木森蔚，山榆结瘿如石，黄杨劲干如铁，极奇古之致。其他玉兰、紫薇、木槿、牡丹，蕃植满院。耐冬内外凡数十株，谛视之，即吾乡之山茶花。此花北方多植之盆盎，每本值数金，山中乃独茂异，高可齐檐，花时红艳如锦，历冬春不凋。闻昔时有人自海舶携种而来，水土和腴，遂尔繁衍，顾亭林谓"地暖多发南花"，正谓此也。步出西门，绿竹万竿，中通幽径，海畔筑石为长堤，中包小港，为舣舟避风之所。沿海而东，循山路返寺，入菜圃一观，瓜茄椒豆，秋蔬十亩，足支全观终年之食。是日，适逢佳节，晚餐时同人举盏相庆，俄而月上东峰，与养庵、悦甫同步海岸赏月。初行竹林中，金影布地，晶光上浮，若玉烟之笼被，清奇独绝。嗣乃登堤放瞩，海波浪碧，天宇横青，上下通明，回顾吾三人联臂行歌，如置身冰壶玉镜中，飘飘然殆欲仙举。良宵胜赏，人生三万六千日，能似此者复几回耶，当为诗以纪之。风露侵衣，不敢久留，回至宫门，坐松阴下，煎龙井雨前茶，赏月品泉，清泠之趣使人意迥，十年尘土肠胃，一宵涤尽矣！入室寻郭道士纵谭，渠曾住华山五六年，询山中事甚悉。正殿以秋节讽经，乡人坌集，铙钹齐鸣，香灯萦绕，夜午犹喧。余爱玩月色，独坐耐冬树下，流连景光，松韵潮声，一时俱寂，顾影徘徊，不知身在何许矣。

十六日。晨养庵在观左右摄影，访邱长春摩崖诗，遂别去。出观左转，乔松满壑，石路舒平，盘折于千章万个之中，直送至岭头，翠幄高张，如行理安山中，北方所希觏也。岭上设太清小学。逾岭下趋，七八里入青山口，与昨日来路合。顺新筑大道而北，经黄山口、八水河、范岭、前后村、小黄石，计程约十余里，左山右海，曲涧横岗，时有疏松秀草，点缀其间，遥望峰峦秀异，长林蔚然。折而西上，二里许至华严寺。寺前山径平夷，逶迤斜上，修竹夹之，绿影萧森，石净如扫，韬光云栖，差堪仿佛。路旁塔院，方池亘于前，平桥跨其上，清风徐来，引人入胜，策杖行吟，数曲抵寺。住持纯裕居此已五十余年，殿宇崇宏，庭阶修洁，临门经阁构架方新，可知其经营之力矣。正座为那罗宝殿，以正对南峰那罗洞也。山中皆道观，独此地为僧寮，憨山大师曾驻锡于此，客厅悬手书钜幅，雅健绝伦，不愧名笔，其他字画亦尚可观。院中，丹桂高丈余，山茶、紫薇皆百年外物，牡丹十数丛，间多异品。纯师言，三月半牡丹正开，群花齐放，绚烂可观，约余明春来寺小住，闻之颇为神往。经楼庋龙藏全部，闻颇完善，不及披览。纯师前往燕京数年，询京中诸寺衰落情况，辄为惋叹。余因书数语于殿壁以志慨。日晷逾午，与纯师坚定后约而别，然私衷殊为怅恻也。

　　出寺里许，折而北，石壁多摩崖大书，有"山海奇观"四字，字大逾丈，最为雄伟，乾隆巡抚惠琳所书。僧言，巡抚竟以此事被劾去职，可谓风流罪过也。下至马路，治丞以车来迓，即遣散行从，登车急行。经近海一村，名仰口。闻欧战时，日本海军即由此登陆，以袭青岛后路，德营因之不守，亦沿海险要也。又北过小王庄、王哥庄，皆沿海坦途。旋西转入山，经大、小劈石至大劳观。观在芙蓉峰下，连嶂四合，芳原中启，畦垅错落，林木青葱，闻春时梨花极盛。其北即为九水，观制简陋，门外俄人新设旅邸，亦虚无人焉。自此西行，过五龙涧、乌衣巷而抵李村。沿途山势坡坨，溪流回绕，槃阿秀野，所在成村，鸡犬桑麻，熙怡自得。出李村渡河，行三十余里回青岛，盖由华严寺登车，以至入市，为程一百四五十里，经三时而达，入山幽寻，以此径为深焉。夜秀松张筵俱乐部相饯，路太史金波以游明霞洞、华严庵、太清宫三诗相示，今春与子厚、治丞诸君同游所作也。余即揽其奇胜，亦欲发为咏歌，而行程短迫，不及构思，异日当探求载籍，追摹胜概，以记游踪，庶几不负此行耳。

选自《藏园游记》，北京工业出版社 1995 年版

崂山环游记*

沈鸿烈

此次环游崂山，于民国二十三年十月廿六日出发，十一月一日回市，先后七日，环游崂山一周。又于大环行线之外，划多数小环形线。按照预定计划，循之以行，遂获表里兼收，游览殆遍，水陆合计，为程六七百里。论其时间之促，与游程之远，盖为前人所未觏矣，兹举游览经过，分段述之如下：

一　环游宗旨

此次宗旨，与寻常游览不同。寻常游山，或寄情风物，或书写性灵，要以骋心悦目为主。此行宗旨，重在考察山川形势，规划整理方针，交通如何布置，名胜如何保存，俾后来者得以恣情山水，获登临之便宜，供身心之修养。所以，为将来大多数游人设想，而非仅为吾辈三五人计一时之快乐也。

尝谓游山与国民之修养有大关系。习于攀岩涉水、冒雨凌风，则体格日臻健康而胆气自壮；习于云光离合、景物雄奇，则思想日臻美化而心境自超；登山须赖自力，故足以养成独立

---

* 本文有删减，部分标题为编者所加。

自尊之心；登山并须结伴，故足以养成爱群合作之习。至于，藉游览以广个人之见闻，藉旅资以增地方之财富，又其余事也；故近代民族莫不奖励登山。彼习居平原者，欲求一登高处所，恢宏眼界而不可得；甚且不惜巨资筑为层楼高塔，以相号召。今有名山而不事登临，有胜景而不知领略，岂不负此自然之嘉惠耶？年来青市奖励游山，不遗余力。

对于崂山部分，亦尝借箸代筹，培植林木，以增自然之美；保存古迹，以著历史之光；修治道路，整饬馆舍，以供旅宿之便。顾来者犹以道路崎岖，时间仓促，不获深入偏游，引为憾事。得其偏而失其全，睹其表而遗其里，使山灵与游侣交臂相失，必非来者之初心也。今后方将推而广之，增其所未能，发潜探险以见人力所至、无所不达，是则斯游之微意也夫！

二　环游之路程

此行出发之先，预拟一行程次序。按其距离远近，行程难易，预为假定，照此进行。嗣以每日兼程并进，按照原拟程序。时间尚获有余。故每日辄于预定程序之外，就程途之便益，增益一二所。兹述七日行程经过如下：

崂山环游记（一）

十月廿六日，是为环游之第一日。早七点，自市府集合出发，乘汽车循李塔路向北行，八点抵月子口；换乘山轿，沿白沙河东行半里许，访普同塔遗址，是明末自华上人之塔墓也。原有莲台寺，久废，仅存此塔。塔分五级，建筑质朴，惜西北一角已颓其址，尚待修补，以存古迹。往年因有匪人匿迹其间，警察为预防计，累石（杜）〔堵〕门，冀销萌于未然。塔门原镌"普同塔"三字，前属员司，已为拓取。但塔中旧碑碣，是否犹存，尚待考耳。

由莲台下小冈，乃循毕塔路东行约半里，有渡口架石为梁。渡河而北，经华阴集之西，向西北行约一里余，抵凤凰峰之南麓，访慧炬院之遗址。相传，寺建于隋开皇中，今久废，旧碑无存，仅余乾隆中叶重修短碣，语焉不详。旧殿何年倒坏？亦不可考，仅余石柱十余，枯立蓬蒿中，上镌施主姓名，殆明代遗物欤？茅屋三椽，或云清同治中修。昔有杨姓夫妇居此五十余年。据云，自彼之来，既未见有僧。明李太后所颁海印寺之栴檀佛像及藏经，初移于此，今不知流落何所矣！由慧炬院西登小山，上行可半里许，盖王乔崮之西麓也。登高一望，白沙河横于其前，河北诸村历历在目，山势盖尽于此。由此而西，概属平原。故西麓之神堂口，为墨西入山之要道。由胶县平度来者，必出此途也。

下山仍过慧炬院，前经华阴集，北穿过楼里头村东行约三四里，遂登黄石宫。昔人建道观于此，原分上中下三级，今宫圮已久。昔人所称巨岩当道，人由洞中过者，以及古柏参天云云，概不可见，仅存一洞。黄石公坐其间，或曰此老君之像也，洞前古藤一株，洞东残碑三座，悬崖上镌邱长春之《青天歌》，及"玉液嵓清虚庵"六大字，差可辨识。偏西又有"採芝"二字，大俱盈尺。由洞前循原路而降，沿道岩石颇有摩勒。距洞不足半里，殆即昔人所称之下黄石乎？若上黄石更在中黄石之上，以时促道险，未及往访矣。坐黄石宫洞口，南望华楼石门诸峰即在目前，白沙河介乎其间，又一涧自东北来入之，即墨涧也。父老相传，往年涧水为灾，华阴集正当其冲，集东市街毁去三分之一，迄今数十年，犹未获恢复也。

　　自黄石宫南下里许，过黑涧，十二点达康公祠。祠在山麓，平冈横出，上多松石，虽不如黄石宫之高伟，而秀则过之。祠祀康霖生，清康熙间宰即墨，有惠政，殁于任所，邑民为建二祠，此其一也。祠西为市立杨家村小学，村距祠东里许，近村多附课于此，即墨境之楼里头村，间亦来此附课也。

　　在康公祠午餐后，一点卅分向华楼出发。南渡白沙河西经响石村，由山阴大道上约三里，经松风口迎仙岘、十八盘、梳洗楼，而入华楼宫。此为明清士大夫习游之处，故后山道路，昔年颇称修治整齐，近年数为匪窟，来者日稀，负此名山矣。因属公务人员助庙祝规划，拟就旧有屋宇略为整理，此为西北区憩息之所。盖华楼之妙，不仅本身富有丘壑，自成格局，又可北眺王乔，南瞻巨峰，眼界开阔，陟降不劳，山中所希有也。宫中元明摩勒甚富，惜多漫漶，因属公务员司，涧以绿油，藉资辨识，亦便保存。余等登凌烟岗，访仙岩、天液泉，及南天门，诸胜，遂自山之西阿，经南天门前东去。越一涧，折而西行，访蓝氏华阳书院遗迹，至则仅见残屋数椽，昔年之文昌阁旧圮，院前摩勒亦难句读。涧畔所题诸字，尚留陈迹耳。由此沿涧东去毕家村，时已四点，因本日犹有余力，急乘汽车驰赴大崂村，更换山轿赴神清宫。

　　神清宫与大崂观、大崂村作三角点之鼎足式。今以路联之，均经新修，展宽夷平，较昔日之崎岖山阿者为便利矣。宫中屋宇，历经谆属庙祝重修。面南新筑一树，焕然改观。此时，夕阳在山，光照林际，益觉相映增色矣。五点半下山，约二里抵大崂观宿。大崂观，在白沙河南岸；游九水峡谷之胜，必出此道；而赴王哥庄海滨各处者，亦可假此休息，诚所谓东道主人也。往年，屡属庙祝整理庙宇，并为借箸规划，助以资财，今已更新。昔之厩舍当门者，今已移于东偏别院，山门宏

崂山的峡谷

峡谷中的溪流

启，颇具规模，院宇整洁，与昔之人畜同栖者，迥然改观。又
于十亩竹园中，筑小亭，寓坐其中，恣眺河渚风物之美；晚霞
来自重嶂之外，光彩照人，此观盖有起色矣。

晚餐后，因与僚属计议，日后整理山林方案，拟从筑路入手。惟所经过白沙河岸北诸村落，均极贫困。县政府经费支绌，当然无力经营，日后如其划归青市，由市经费年支二三万元，补助各村，或尚得勉力为之耳。

崂山环游记（二）

十月廿七日，是为环游之第二日。早六时即起，早餐后，复循后殿纵览殿宇建筑及院中碑碣。七点乘汽车出发，循大庄路向东北行，经南北岭劈石口及石人河诸村，南抵王哥庄；折而北，循即墨汽车路，经王山口浦里峡口；在峡口，庙僧出迎道左，因下车登小山巅，相其附近形势。

峡口者，山脉南北，由此分行，与南北岭相类。但此间冈陵卑下，不若南北岭之雄峻耳。南望三标三峰，衔接其前，尚在数里外；西望则"不其"为最高，峡北为烟台山，东连豹山，向东北走降为平冈矣。询之寺僧，庙盖墨城准提庵之下院，是与华严寺皆同一源也。

因辞寺僧，乘车而去；九点至大桥，欲访康成读书处遗迹，沿途询之村人，多瞠目不能答。询以黄家书院，闻有知者；但云书院不知在何处，仅闻此名耳。证以地图，尚列有黄家书院之名，因准此方向循不其山之南，向正西山口行去，道至此，歧为二。西北去墨城；而入山者须西南行。乃换乘山轿，经东葛家夼，循不其山（亦称铁旗山）南至崖里，是处道又有歧，询之村人云，南道棉花，盖赴黄石宫黑涧之小道也。西通百福庵，则赴即墨西乡之道也。遂西行，就山口处登高远望，因间隔数峰，北望不其山正峰不得见；东望三标，益形雄峻峭拔，南北三峰相联，每一峰又各附有数十小峰，森立如剑戟；村人谓三标不可上，所言盖不虚也。南望王乔崮，则见大岩耸立巅上，距所立处，尚间三四岭。王乔崮殆偏踞岭之西麓，故在山阳眺之，远不如自山阴南望之为伟观也。由此西望墨西诸村，历历在目。盖崂山北脉，尽于不其，不其以西，无复有高岗大岭矣。

百福庵在不其西阿，游人自山头已瞭见之。因即循崖西下，曲折入庵，寺宇宏敞，建筑视华楼聚仙诸宫观转为富丽。庵中有萃光洞，庙碑乃清康熙五十六年，邑人黄鸿中所撰也。出庵西下，经庵后铁旗后诸村，环不其山之北麓，复抵西葛家夼村，时已十二点，因就场圃野餐。场供晒谷之所，经石碌压过，其平如砥，且甚洁净。并就村农购取地瓜萝葡藉以供餐，备尝田家风味矣。

午餐毕，一点半，远望不其山作别，循小涧东行，二时至大桥乘车。更由原路往王哥庄，赴鳌山卫，抵卫已三时半，稍息即赴汤上，访温泉，取水一瓶，携归化验。此间道路崎岖，由卫至汤上二十里，大部未能通车，行程多出于徒步，比及回卫，已逾六钟，因就海军陆战队营舍宿焉。汤上温泉，温度颇适用，惟水中所含原质，尚待化验，日后拟修一路，俾通汽车。浴池及憩息之所，均须别为规划，庶几宾至如归，而不负此天然之疗养院也。

崂山环游记（三）

十月廿八日，是为环游之第三日。早六点起床早餐，即为海军陆战队训话，半小时毕。乘车出发，过王哥庄稍息，又为王哥庄之陆战队训话半小时，时已九点矣。乃发王哥庄，瞬息即达萧旺村，改乘山轿，循萧旺河入山，约二三里，达塘子观。

观在山半，是为文笔峰之西麓，昔郭华野尝读书于此。清末有道人吴介山重修，并延掖县名士林砥生，设帐其中。相去卅年，今则俟无人居，仅存废宇而已。观属修真观所有，因属庙祝更行修葺，并允予资助。此处幽邃，且萧旺河西通北九水，西南通滑溜口；由土浅岭至此有小道，沿途处境甚幽，可取也。

出塘子观，循山北麓，东折就大道，经凤山之西，文笔峰之东，傍海南行五六里。由狮子岩白龙洞后登小冈，过仙人桥，登狮子岩。此山，不高而近海，明清人多宾日于此，题识甚多，并有金源明昌五年之摩勒。因属工务员司，妥为保存，漫漶者拟就原迹镌而深之；其原题未动者，概为加色，以资识别；今后之读碑者，不须以手代目矣。白龙洞中，神像与农具并栖，殊形复杂，此固不仅太平宫一处为然。顾以太平宫之名胜，尤非所宜；因属庙祝去污涤垢，以资清洁；并为增立石柱，以支待倾之洞壁而存胜迹。白龙洞之邱长春题诗廿一首，较其他摩勒，最称完整。宫中之华盖先生碑记，则全文漫漶，仅辨为明昌年间所立耳。

自狮子岩北下，入太平宫午餐。餐后，更登狮子岩小憩。午后二时，乃别太平宫，赴关帝庙。庙祝刘道人导从山径，曲折二三里乃达。庙在平冈上，西望庙后一峰，挺立岭上极秀；日光斜照其上，倍增光华。此庙昔年已废，近经刘道人重修；院落不广，而甚修洁；地灵仍在人杰，即此一端，可以为证。门额空白待题，因许为写三字以奖之。由关帝庙赴白云洞，本以取道楼门为捷，惟余尚需勘查雕龙咀一带，新修路工，出庙仍东行，就大道，由雕龙咀西上，比达白云洞，已近五点矣。

白云观高据山肩，望海为最；乃道人不达，辄以屋宇列最前线，大好岚光，乃为屋宇所蔽；仅余平岩，又为豕牢所占，实为可惜。因为庙祝借箸代筹，俾其改善，一反手间，可望清浊易位，化腐臭为神奇，亦非甚难事也。时已近昏，乃匆匆就

白云洞（一）

白云洞（二）

道，西望明道观行。无奈白云洞附近，松岩最秀，坎坷亦最多；且须越没日岭，过胡塗岭；自明道观后南下，比达明道观已六钟过矣。晚餐后，复展阅地图，参酌明后日行程变动，及日后修路方针。

崂山环游记（四）

十月廿九日是为环游之第四日。早四点半起，即赴棋盘石东小峰上，候观日出。初因有云，光彩颇为减色；候至六钟，日轮乃现；因云气重，故光轮变化较少；又以微风闪烁不定，不似往日所见之变化复杂也。观日毕，复西趋棋盘石，初拟增修磴道，以便登临，继念此石危置悬崖，终有崩颓之虞，不欲奖励游人作逾分之涉险，且石亦无甚奇特，但高出群石一头地，而其四周额物，则登临近小岩上亦得见之，何必多此一举哉，即下复入观中，巡视新修道路，并商榷应行改善之处。由此赴滑溜口及赴白云洞之道，均经工务局新近修过，但余意仍需展宽耳。

七点，别明道观径赴巨峰，就观观前唐天宝题字及画像。遂取西南向，行山阿中二三里，继则循岭脊上行，盖巨峰南北之正干也。将近巨峰，乃由岭脊之东侧，转至西侧，过龙泉崮，下有小泉，镌"原泉"二大字。又上行里许，十点遂达巨峰，计行三小时。登其上，纵眺四周山海，了如指掌，惟东北层峦叠嶂，局势迫促，不可纵眺中边，未若西南两方之尤为明晰也。察巨峰形势，岩盘之露于外者，周围可数千尺。岩上更起三峰，居北者最高且锐，突升其上，二人并立，懔然若不可久留。南一岩较低，下已崩颓，空其中成大罅隙；由隙中可下窥棋盘石、泉心河之风物。又南一岩更低，顶平，余拟建亭于上，藉供游人憩息。盖巨峰居崂之中心，又占最高处，乃附近六七里内，无一建筑，游人颇引为缺憾也。正徘徊间，忽见东海中有云气一缕，自水面上升，既升则化为片云，愈升高则体积愈扩大，片云飞舞，不刹那间，旋即消失；海上风云变化，为吾人所不经见者，不可殚数，惜为时甚暂，急呼摄影者登高摄取，已不及矣。余等留连久之，十二点乃辞巨峰南下。折而东，循第二路线，此道为自巨峰赴明霞洞之路；近经修过，崎岖处迭经斧凿；障者去之使通；高者夷之使平；滑不留足者剚之使滞；差可容足。如此东南行里许，即就紫云崦柳木沟之坦途；二三里乃抵束住岭之崂山森林公司午餐，已一点矣。束住岭者，两涧夹岭而流，汇于其前，束住此岭，故亦名曰夹岭河；实则山由一干歧而为万，水由万源汇而为一。是知河之夹岭而流，岭之见束于水而住，乃其恒态；但此处两涧夹岭并流，成一锐角，斯为罕见耳。

饭后二钟，自森林公司向西南行。初傍涧行，继而涧旁起悬崖，乃趋岭上，是为风岸口，与紫云崦口遥遥相对。自风岸口下窥流清河东岸，有所谓七十二磴石者；巨石层叠而下，自数顶公尺之高山下趋涧底，成天然之阶级，惜阶段少而距离过高，非凡人所克升降耳。乃昔人之取径或循岭脊，或循涧畔，皆因势利导之也。过风岸口，仍向西南曲折行，约二里乃达砖塔岭口。有居民十余户，据岭而居；回望风岸口，道益就卑，然下视西南烟云涧，则砖塔岭犹在天半也。过岭，循烟云涧之西岸，仍曲折向西南下行，过朱家庵子，下抵烟云涧村，时才三点，入寿阳观匆匆一览，观所存铁瓦，即赴大河东。

因为时尚早，乃于原拟游程外，增入迷魂涧一程。自大河东村循凉水河北上，至三岔，道甚平坦，河流成南北直线，颇少曲折。三岔者，东自迷魂涧来之路，东北自茶涧来之路，北自黄花崦李家坡来之路合辙于此，故名。由此稍稍深入，山色愈佳，林木愈密，居民多植楸树，木乔而材直，堪供给船桅屋柱等用。因此时夕阳在山，万绿丛中，杂以红叶，点缀其间，愈形自然之美。由此东上，可通巨峰，折而东北可由茶涧通大圈子，乃南道登山之捷径也。日后拟延长汽车道，自大河东村延至三岔，所费不多，而游程更形便捷矣。流连半小时，乃下山至大河东村已六点矣。宿于市立小学，时学生正休课归家，收获地瓜也。晚饭后，与九水办事处主任、登窑小学校长等议登校新建筑，约明晨往勘视，又接市府转来函电，分别议复。

崂山环游记（五）

十月卅日是为环游之第五日。早六点，乘汽车赴登窑，视察市立登窑小学校新建校舍，及沿路工程。回经大河东，循流清河过聚仙宫，降车一览，即赴流清河，改乘山轿赴梯子石，勘查路工。聚仙宫为胡元古刹，今已残毁不堪，极为可惜。余念此地当南路之冲，循南海滨游天门峰上下二宫，及由砖塔岭上陟巨峰者，俱以此为中心点。议就聚仙宫之旧屋稍为整理，扩客室二三间，俾供游人息足；并于流清河口，增置公安局分驻所、工务局监工处，以保治安，且利交通。

九点自流清河乘山轿，循海滨岭上行，勘视梯子石一带路工。梯子石为崂山著名险道，悬崖傍海，舍此无路可通；而坎坷崎岖，一再起伏，行者稍一不慎，即有下坠深渊之虞。就旧道展宽为二公尺六，山坡概以条石作成阶段，总计二千数百级；昔之蛇行蚁附者，今得阔步其间矣。然山势起伏甚多，自流清河至太清宫，需二小时有半；今后拟延长汽车路，东逾流清河达太平宫，以期缩短游程。此行原议过梯子石后，即循八水河，北趋龙潭，赴上清宫；嗣以河畔小径，不利舆行，乃变计径赴太清宫，比至已十一点半矣。午餐后，黄山青山两校学生来宫相迎，余慰劳之，并捐助每校百元，以供冬季煤火之需。

余以为时尚早，乃觅小舟二，径游八仙墩。是日阴寒，西风甚烈，波涛汹涌，既抵墩下，舟不得泊；乃环墩一匝，过张仙塔下，折而北，泊于晒钱石，乃得攀援而上；更越八仙墩之岭脊上，循径下乃达八仙墩之正面。墩与塔皆由崩崖而成，惟墩处崂山头之极端；崩处若瓜蒂切去一角，切角之平面平如砥，西昂而东卑，逐渐没入海中。其剖面悬崖，又逐层崩落，中虚若堂奥，深可数丈，高亦称是。颓石十余，错落陈列堂中，大者如屋，小者如几，是即所谓八仙墩也。崩崖之东面，自巅至趾，完全剥落，残崖矗立海中，俨然如城阙，高可十余丈，间有罅隙处窈然而黝，深不可测，疑为蛇龙之窟宅也。城阙之上有耐冬树数株，昂首天外，孤芳自赏，亦奇观也。舟子为余言，晒钱石每岁必有仙人晒钱，一度游人往往于此拾得古钱。余等就石罅觅之果捡得数枚，内有宋祥符铸。意者游人中于晒钱之说，乃亦追踪而至以效法仙家之所为欤？余初意由太清宫遵陆修一道，以达八仙墩，至是乃悉其艰险，且为游人之所稀至，纵有来者，仍以舟为便，此路可勿修也。游毕仍从晒钱石乘舟北去青山湾登岸，赴青山小学参观新筑校舍，时已过三点矣。

由青山复乘山轿，经鏖子崮北麓赴上清宫。宫之污秽不治，一如聚仙宫、华楼宫。蒲松龄所志之绛雪，久矣枯去，香玉亦憔悴可怜，其他花木多类是。昔人谓世家必有乔木。乔木不仅表示世家之古朴，且足以表示其家风；惟其家风足则，则故能世泽罔替；否则，世家且不获自保，又遑问乔木耶？余切嘱庙祝将前院之马厩、磨坊、厨房移至旁院，以免污秽当阶，使来者望而生憎；大门亦应恢复昔年坐北向南之原状，面向迎仙桥大道，以揽取八水河方面之风景；旧址原属如此，乃道人误信堪舆家言，以为门对八水河谷口，气泄财散，于宫不利，故改为东向。世外人仍有此类迷信，真可悯也！自上清宫至明霞洞、青山之道，近已饬工务员司，代为修治，今后并将增治八水河之小路，以便游行。

五点，自上清宫沿宫后小冈，径上明霞洞。此本崎岖樵径，近经辟治，乃成坦途。比至明霞洞，已昏黑不辨路径。是日天阴多云，故益形其暗也。晚饭后，大雨骤至，同人颇忧明日之游程：或为雨所阻。灯下乃披图相与研究日后之规划。

崂山环游记（六）

十月卅一日是为环游之第六日。晨兴，即见旭日方升，霁色倍朗，而宿雨沾途尤未干也，乃于寺内纵览一周。登山访玄真洞胜迹，洞额十四字，尚有三之二可识，趺坐洞中，南望沧淇，倍觉清朗。游览即竟，乃辞明霞洞，乘舆向青山行。时方延长海滨之汽车路，由雕龙咀延至青山，于此辟一停车场，改道于村外，遵海滨而行，藉免穿村而过，妨碍民居。昔之坡度过昂者，今已一再夷平，并易土道为石道，预防坡道之冲毁，兹正在工作，不日即可通车。今后由青岛市内乘汽车赴太清宫，三小时余可达，游人益称便矣。

自青山循东海之滨，经过黄山口，黄山、长岭、小黄山、范岭后、范岭前诸村；沿途车道正在分段修治，高者夷之使平，不可夷者，则环之使曲，道之幅度，视前增广，二车并行，绰有余裕，日后更拟推广，越青山口以至太清宫则更便矣。

是日沿途视察，徒步十余里，比达斐然亭下，乃乘车北去。是时阴云密布，骤雨随之而至，冒雨行二十余里，过石人河则土干无雨痕，乃知雨从海上来，尚未达山中也。车过萧旺，王哥庄小学生及陆战队冒雨出迎，余亦降车慰劳之。

午后一点，抵大崂观午餐。饭后，乘轿沿白沙河溯流而上，经一水、二水以至九水。余因溪桥最易冲毁，故改修九水谷中之道，循岭上行，仅于一水作桥渡河而东；由此直达北九水庙，均辟山道，计越四小岭，尚以坡度倾斜太过，不克行车；因属工务员司别为规划，如其开凿过多，又虑有损自然之美；知就涧底旧道，则山洪时为冲刷，道工岁修过巨，无已；仍辟山道，较为一劳永逸也。四点抵北九水。新筑北九水饭店，营业甚佳；店主人方议改建楼屋，余力赞之，并为计划院落之布置，隔离庖厨，点缀篱落，是亦建筑应有事也。入暮阴寒益甚，未昏即雨，夜半更起狂风，震撼山谷。

崂山环游记（七）

十一月一日是为环游之第七日。晓起，狂风未息而雨已止，层云为西北风送还海上，飞驰空际，其速无比；初犹阴雨四布，弥满六合，仅于云开处窥见日光，不出一小时而残云退尽，天空已显蔚蓝色，但风狂仍未稍缓，且气温锐减，行人皆有寒色。途中，遇游侣三人，自云方从棋盘石来，山上冷不可当，力（尼）〔阻〕余等勿前。余等弗愿，仍踏昨宵冰雪，冒风而进，经双石屋、愁不涧以至蔚竹庵。客室较前差形整洁，但入门处正当马厩、豕牢，秽不可状；余切嘱庙祝移于别院。此庵当巨峰北道之冲；余前已修治山道，自北九水经双石屋、蔚竹庵以达巨峰及棋盘石，今后并拟再行展宽；历年以来，关于修庙事项，每苦言之谆谆，而听者藐藐，此又不仅一庵为然也。

出庵更向东南上行，风势亦随山势之高度而愈厉，比至滑溜口，岭上风过处，人几不能起立。昔人行沙漠中，遇大风辄伏地以避之。兹所遇之强风，速度甚大，扑面而来，呼吸为之缓泮，所幸无沙尘耳。由滑溜口向西南行，经长老崮之下，循岭脊向南上陟行不远，岭西无道可通。又折而循岭东上行二三里，乃与棋盘石来路合二为一；乃循前日所经之路，直等巨峰。自滑溜口至巨峰，始终行岭脊上，路甚平坦；但狂风吹人，每过岭口，辄三四人相拥至行；否则力不胜风，必致侧退，正如鼓棹于急湍之中，以力争上流也。

十点半行抵巨峰，即循五指峰向西北下行；经黄花顶之西下趋，曲折至大圈子，德人所组登山会，昔尝建屋于此，以供游人下榻。日军攻青岛时，德人退出，自焚其屋，今仅见颓垣残壁，掩映于荆棘之中。其地前临一涧，西方座山有岩如屏，面东朝，山不高而秀，形如笔架。屋东有道作乂字形，北去柳树台，东去玉鳞口，南去巨峰，西去茶涧。相传昔德人登巨峰，恒自柳树台、玉鳞口入，而由大圈子凉水河出；盖此地属白沙河、凉水河之分水岭，绾南北之中枢。且自此而来，多高峰峻岭；自此而西，山势渐趋卑下；环柳树台、王子涧、大圈子一带，在凉水河、王子涧两流之间，岔道分歧，四通八达；大圈子居高下两脉之间，其为中心良有以也。

余等稍息，即折而东南下行，曲折至茶涧，比达时方正午，自巨峰至此，需一小时有半。茶涧庙，为胶县王氏所筑；王氏清初避兵于此，立庙及家塾；王懿父子相继成进士，死后仍葬青岛，墓在李村苗圃后，今犹存也。庙前仅存三椽旧屋，有王姓居之，盖地已易主矣；王姓烤茶饷客，余等乃居大石上，聚而野餐，且食且眺，眼福与口腹，同时并饱矣。

饭后，一时半辞茶涧庙，又西北越数小岭，经牛角石、屋肘栏，沿肘栏河曲折以达板房，正三点。自茶涧至此，为时亦一小时有半。遂乘汽车回市；七日之行程，乃告结束。

原载《青岛画报》1935年第11—12期

春 风

老 舍

济南与青岛是多么不相同的地方呢！一个设若比作穿肥袖马褂的老先生，那一个便应当是摩登的少女。可是这两处不无相似之点。拿气候说吧，济南的夏天可以热死人，而青岛是有名的避暑所在；冬天，济南也比青岛冷。但是，两地的春秋颇有点相同。济南到春天多风，青岛也是这样；济南的秋天是长而晴美，青岛亦然。

对于秋天，我不知应爱哪里的：济南的秋是在山上，青岛的是海边。济南是抱在小山里的；到了秋天，小山上的草色在黄绿之间，松是绿的，别的树叶差不多都是红与黄的。就是那没树木的山上，也增多了颜色——日影、草色、石层，三者能配合出种种的条纹，种种的影色。配上那光暖的蓝空，我觉到一种舒适安全，只想在山坡上似睡非睡的躺着，躺到永远。青岛的山——虽然怪秀美——不能与海相抗，秋海的波还是春样的绿，可是被清凉的蓝空给开拓出老远，平日看不见的小岛清楚的点在帆外。这远到天边的绿水使我不愿思想而不得不思想；一种无目的的思虑，要思虑而心中反倒空虚了些。济南的秋给我安全之感，青岛的秋引起我甜美的悲哀。我不知应当爱哪个。

两地的春可都被风给吹毁了。所谓春风，似乎应当温柔，轻吻着柳枝，微微吹皱了水面，偷偷地传送花香，同情的轻轻掀起禽鸟的羽毛。济南与青岛的春风都太粗猛。济南的风每每在丁香海棠开花的时候把天刮黄，什么也看不见，连花都埋在黄暗中。青岛的风少一些沙土，可是狡猾，在已很暖的时节忽然来一阵或一天的冷风，把一切都送回冬天去，棉衣不敢脱，花儿不敢开，海边翻着愁浪。

两地的风都有时候整天整夜的刮。春夜的微风送来雁叫，使人似乎多些希望。整夜的大风，门响窗户动，使人不英雄的把头埋在被子里；即使无害，也似乎不应该如此。对于我，特别觉得难堪。我生在北方，听惯了风，可也最怕风。听是听惯了，因为听惯才知道那个难受劲儿。它老使我坐卧不安，心中游游摸摸的，干什么不好，不干什么也不好。它常常打断我的希望：听见风响，我懒得出门，觉得寒冷，心中渺茫。春天仿佛应当有生气，应当有花草，这样的野风几乎是不可原谅的！我倒不是个弱不禁风的人，虽然身体不很足壮。我能受苦，只是受不住风。别种的苦处，多少是在一个地方，多少有个原因，多少可以设法减除；对风是干没办法。总不在一个地方，到处随时使我的脑子晃动，像怒海上的船。它使我说不出为什么苦痛，而且没法子避免。它自由的刮，我死受着苦。我不能和风去讲理或吵架。单单在春天刮这样的风！可是跟谁讲理去呢？苏杭的春天应当没有这不得人心的风吧？我不准知道，而希望如此。好有个地方去"避风"呀！

原载1935年3月24日《益世报（天津版）·益世小品》

暑 避

老 舍

　　有福之人，散处四方，夏日炎热，聚于青岛，是谓避暑。无福之人，蛰居一隅，寒暑不侵，死不动窝；幸在青岛，暑气欠猛，随着享福，是谓暑避。前者是师出有名，堂堂正正，好不威风；后者是歪打正着，马马虎虎，穷混而已。可是，有福之人到底命大，无福之人泄气到底：有福者避暑，而暑避矣；无福者暑避，而罪来矣。就拿在下而言，作事于青岛，暑气天然不来，是亦暑避者流也。可是，海岸走走，遇上二三老友，多年不见，理当请吃小馆。避暑者得吃得喝，暑避者几乎破产；面子事儿，朋友的交情，死而不怨，毛病在天。吃小馆而外，更当伴游湛山崂山等处，汽车呜呜，洋钱铮铮，口袋无底，望洋兴叹。逝者如斯夫，洋钱一去不复返。炮台已看过十八次，明天又是"早八点见，看看德国的炮台，没错儿！"为德国吹牛，仿佛是精神胜利。

　　海岸不敢再去，闭门家中坐，连苍蝇也进不来，岂但避暑，兼作蛰宿。哼，快信来矣，"祈到站……"继以电报，"代定旅舍……"于是拿起腿来，而车站，而码头，而旅馆，而中国旅行社……昼夜奔忙，慷慨激昂，暑避者大汗满头，或者是五行多水。

　　这还是好的，更有三更半夜，敲门如雷；起来一看，大小三军，来了一旅，俱是知己哥儿们，携老扶幼，怀抱的娃娃足够一桌，行李五十余件。于是天翻地覆，楼梯底下支架木床，书架上横睡娃娃，凉台上搭帐棚，一直闹到天亮，大家都夸青岛真凉快。

再加上四届"铁展"，乃更伤心。不去吧，似嫌怯懦；去吧，还能不带皮夹？牙关咬定，仁者有勇，直奔"铁展"，售品所处有"吸钞石"，票子自己会飞。饱载而归，到家细看，一样儿必需的没有，开始悲观。

由此看来，暑避之流顶好投海，好在还方便。

原载1935年7月28日《青岛民报·避暑录话》

青岛与我

老 舍

这是头一次在青岛过夏。一点不吹，咱算是开了眼。可是，只能说开眼；没有别的好处。就拿海水浴说吧，咱在海边上亲眼看见了洋光眼子！可是咱自家不敢露一手儿。大概您总可以想象得到：一个比长虫——就是蛇呀——还瘦的人儿，穿上上不着天，下不着地的浴衣，脖子上套着太平圈，浑身上下骨骼分明，端立海岸之上，这是不是故意地气人？即使大家不动气，咱也不敢往水里跳呀；脖子上套着皮圈，而只在沙土上"憧憬"，泄气本无不可，可也不能泄得出奇。咱只能穿着夏布大衫，远远地瞧着；偶尔遇上个异教卫道的人，相对微笑点首，叹风化之不良；其实他也跟我一样，不敢下水。海水浴没了咱的事。

白天上海岸，晚上呢自然得上跳舞场。青岛到夏天，的确是热闹：白舞女，黄舞女，黑舞女，都光着脚，脚指甲上涂得通红晶亮，鞋只是两根绊儿和两个高底。衣服，帽子，花样之多简直说不尽。按说咱既不敢下海，晚上似乎该去跳了，出点汗，活动活动。咱又没这个造化。第一，晚上一过九点就想睡；到舞场买票睡觉，似乎大可不必。第二呢，跳倒可以敷衍着跳一气，不过人家不踩咱的脚指，而咱只踩人家的，虽说有独到之处，到底怪难以为情。莫若早早地睡吧，不招灾，不惹祸。况且这么规规矩矩，也足引起太太的敬意，她甚至想登报颂扬我的"仁政"，可是被我拦住了，我向来是不好虚荣的。

既不去赶热闹，似乎就该在家中找些乐事；唱戏，打牌，安无线广播机等等都是青岛时行的玩艺。以唱戏说，不但早晨在家中吊嗓子的很多，此地还有许多剧社，锣鼓俱全，角色齐备，倒怪有个意思。我应当加入剧社，我小时候还听过谭鑫培呢，当然有唱戏的资格。找了介绍人，交了会费，头一天我就露了一出《武家坡》。我觉得唱得不错，第二天早早就去了，再想露一出拿手的。等了足有两点钟吧，一个人也没来，社员们太不热心呀，我想。第三天我又去了，还是没人，这未免有点奇怪。坐了十来分钟我就出去了，在门口遇见了个小孩。"小孩，"我很和气地说，"这儿怎样老没人？"小孩原来是看守票房李六的儿子，知道不少事儿。"这两天没人来，因为呀，"小孩笑着看了我一眼，"前天有一位先生唱得像鸭子叫唤，所以他们都不来啦；前天您来了吗？"我摇了摇头，一声没出就回了家。回到家里，我一咂摸滋味，心里可真有点不得劲儿。可是继而一想呢，票友们多半是有习气的，也许我唱得本来很好，而他们"欺生"。这么一想，我就决定在家里独唱，不必再出去怄闲气。唱，我一个人可就唱开了，"文武代打"，好不过瘾！唱到第三天，房东来了，很客气的请我搬家，房东临走，向敝太太低声说了句："假若先生不唱呢，那就不必移动了，大家都是朋友！"太太自然怕搬家，先生自然怕太太，我首先声明我很讨厌唱戏。

我刚要去买播音机，邻居郑家已经安好，我心中不大好过。在青岛，什么事走迟了一步，风头就被别人出尽；我不必再花钱了，既然已叫郑家抢了先。再说呢，他们播放，我听得很真，何必一定打对仗呢。我决定等着听便宜的。郑家的机器真不坏，据说花了八百多块。每到早十点，他们必转弄那个玩艺。最初是像火车挂钩，嘎！哗啦，哗啦！哗啦了半天，好似怕人讨厌它太单调，忽然改了腔儿，细声细气地呐呐，像老牛害病时那样呻吟。猛古丁的又改了办法，啪啪，喔——喔，越来越尖，咯喳！我以为是院中的柳树被风刮折了一棵！这是前奏曲。一切静寂，有五分钟的样子，忽然兜着我的耳根子："南京！"也就是我呀，修养差一点的，管保得惊疯！吃了一丸子定神丸，我到底要听听南京怎样了。呕，原来南京的底下是——"王小姐唱《毛毛雨》"。这个《毛毛雨》可与众不同：第一声很足壮，第二声忽然像被风刮了走，第三声又改了火车挂钩，然后紧跟着刮风，下雨，打雷，空军袭击城市，海啸；《毛毛雨》当然听不到了。闹了一大阵，兜着我的耳根子——"北平！"我堵上了耳朵。早晨如是，下午如是，夜间如是；这回该我找房东去了。我搬了家。

还就是打个小牌，大概可以不招灾惹祸，可是我没有忍力。叫我打一圈吗，还可以；一坐下就八圈，我受不了。况且十几张牌，咱得把它们摆成五行，连这么办还有时把该留着的打出去。在我，这是消遣，慢慢地调动，考虑，点头，迟疑，原无不可；可是别人受得了吗。莫若多一事不如少一事，不必招人讨厌。

您说青岛这个地方，除了这些玩耍，还有什么可干的？干脆地说吧，我简直和青岛不发生关系，虽然是住在这里。有钱的人来青岛，好。上青岛来结婚，妙。爱玩的人来青岛，行。对于我，它是片美丽的沙漠。

对，有一件事我做还合适，而且很时行。娶个姨太太。是的，我得娶个姨太太。又体面，又好玩。对，就这么办啦。我先别和太太商量，而暗中储蓄俩钱儿。等到娶了姨太太之后，也许我便唱得比鸭子好听，打牌也有了忍力……您等我的喜信吧！

原载1935年8月16日《论语》第70期

青岛与山大

老　舍

　　北中国的景物是由大漠的风与黄河的水得到色彩与情调：荒、燥、寒、旷、灰黄，在这以尘沙为雾，以风暴为潮的北国里，青岛是颗绿珠，好似偶然地放在那黄色地图的边儿上。在这里，可以遇见真的雾，轻轻的在花林中流转，愁人的雾笛仿佛像一种特有的鹃声。在这里，北方的狂风还可以袭入，激起的却是浪花；南风一到，就要下些小雨了。在这里，春来的很迟，别处已是端阳，这里刚好成为锦绣的乐园，到处都是春花。这里的夏天根本用不着说，因为青岛与避暑永远是相联的。其实呢，秋天更好：有北方的晴爽，而不显着干燥，因为北方的天气在这里被海给软化了；同时，海上的湿气又被凉风吹散，结果是天与海一样的蓝，湿与燥都不走极端；虽然大雁还是按时候向南飞，可是此地到菊花时节依然是很暖和的。在海边的微风里，看高远深碧的天上飞着雁字，真能使人暂时忘了一切，即使欲有所思，大概也只有赞美青岛吧。冬天可实在不能令人满意，有相当的冷，也有不小的风。但是，这里的房屋不像北平的那样以纸糊窗，街道上也没有尘土，于是冷与风的厉害就减少了一些。再说呢，夏季的青岛是中外有钱有闲的人们的娱乐场所，因为他们与她们都是来享福取乐，所以不惜把壮丽的山海弄成烟酒香粉的世界。到了冬天，他们与她们都另寻出路，把山海自然之美交给我们久住青岛的人。雪天，我们可以到栈桥去望那美若白莲的远岛；风天，我们可以在夜里听着寒浪的击荡。就是不风不雪，街上的行人也不甚多，到处呈现着严肃的气象，我们也可以吐一口气，说：这是山海的真面目。

一个大学或者正像一个人，它的特色总多少与它所在的地方有些关系。山大虽然成立了不多年，但是它既在青岛，就不能不带些青岛味儿。这也就是常常引起人家误解的地方。一般的说，人们大概会这样想：山大立在青岛恐怕不大合适吧？舞场，咖啡馆，电影院，浴场……在花花世界里能安心读书吗？这种因爱护而担忧的猜想，正是我们所愿解答的。在前面，我们叙述了青岛的四时：青岛之有夏，正如青岛之有冬；可是一般人似乎只知其夏，不知其冬，猜测多半由此而来。说真的，山大所表现的精神是青岛的冬。是呀，青岛忙的时候也是山大忙的时候，学会咧，参观团咧，讲习会咧，有时候同时借用山大作会场或宿舍，热忙非常。但这总是在夏天，夏天我们也放假呀。当我们上课的期间，自秋至冬，自冬至初夏，青岛差不多老是静寂的。春山上的野花，秋海上的晴霞，是我们的，避暑的人们大概连想也没想到过。至于冬日寒风恶月里的寂苦，或者也只有我们的读书声与足球场上的欢笑可与相抗；稍微贪点热闹的人恐怕连一个星期也住不下去。我常说，能在青岛住过一冬的，就有修仙的资格。我们的学生在这里一住就是四冬啊！他们不会在毕业时候都成为神仙——大概也没人这样期望他们——可是他们的静肃态度已经养成了。一个没到过山大的人，也许容易想到，青岛既是富有洋味的地方，当然山大的学生也得洋服唧当的，像些华侨子弟似的。根本没有这一回事。山大的校舍是昔年的德国兵营，虽然在改作学校之后，院中铺满短草，道旁也种上了玫瑰，可是它总脱不了营房的严肃气象。学校的后面左面都是小山，挺立着一些青松，我们每天早晨一抬头就看见山石与松林之美，但不是柔媚的那一种。学校里我们设若打扮得怪漂亮的，即使没人多看两眼，也觉得仿佛有些不得劲儿。整个的严肃空气不许我们漂亮，到学校外去，依然用不着修饰。六七月之间，此处固然是万紫千红，士女如云，好一片摩登景象了。可是过了暑期，海边上连个人影也没有；我们大概用不着花花绿绿地去请白鸥与远帆来看吧？因此，山大虽在青岛，而很少洋味儿，制服以外，蓝布大衫是第二制服。就是在六七月最热闹的时候，我们还是如此，因为朴素成了风气，蓝布大衫一穿大有"众人摩登我独古"的气概。

还有呢，不管青岛是怎样西洋化了的都市，它到底是在山东。"山东"二字满可以用作朴俭静肃的象征，所以山大——虽然学生不都是山东人——不但是个北方大学，而且是北方大学中最带"山东"精神的一个。我们常到崂山去玩，可是我们的眼却望着泰山，仿佛是。这个精神使我们朴素，使我们能吃苦，使我们静默。往好里说，我们是有一种强毅的精神；往坏里讲，我们有点乡下气。不过，即使我们真有乡下气，我们也会自傲的说，我们是在这儿矫正那有钱有闲来此避暑的那种奢华与虚浮的摩登，因为我们是一群"山东儿"——虽然是在青岛，而所表现的是青岛之冬。

至于沿海上停着的各国军舰，我们看见得最多，此地的经济权在谁何之手，我们知道的最清楚；这些——还有许多别的呢——时时刻刻刺激着我们，警告着我们，我们的外表朴素，我们的生活单纯，我们却有颗红热的心。我们眼前的青山碧海时时对我们说：国破山河在！于此，青岛与山大就有了很大的意义。

原载1936年山东大学《二五年刊》

五月的青岛

老 舍

　　因为青岛的节气晚，所以樱花照例是在四月下旬才能盛开。樱花一开，青岛的风雾也挡不住草木的生长了。海棠，丁香，桃，梨，苹果，藤萝，杜鹃，都争着开放，墙角路边也都有了嫩绿的叶儿。五月的岛上，到处花香，一清早便听见卖花声。公园里自然无须说了，小蝴蝶花与桂竹香们都在绿草地上用它们的娇艳的颜色结成十字，或绣成几团；那短短的绿树篱上也开着一层白花，似绿枝上挂了一层春雪。就是路上两旁的人家也少不得有些花草：围墙既矮，藤萝往往顺着墙把花穗儿悬在院外，散出一街的香气：那双樱，丁香，都能在墙外看到，双樱的明艳与丁香的素丽，真是足以使人眼明神爽。

　　山上有了绿色，嫩绿，所以把松柏们比得发黑了一些。谷中不但填满了绿色，而且颇有些野花，有一种似紫荆而色儿略略发蓝的，折来很好插瓶。

　　青岛的人怎能忘下海呢。不过，说也奇怪，五月的海就仿佛特别的绿，特别的可爱；也许是因为人们心里痛快吧？看一眼路旁的绿叶，再看一眼海，真的，这才明白了什么叫作"春深似海"。绿，鲜绿，浅绿，深绿，黄绿，灰绿，各种的绿色，联接着，交错着，变化着，波动着，一直绿到天边，绿到山脚，绿到渔帆的外边去。风不凉，浪不高，船缓缓的走，燕低低的飞，街上的花香与海上的咸味混到一处，浪漾在空中，水在面前，而绿意无限，可不是，春深似海！欢喜，要狂歌，要跳入水中去，可是只能默默无言，心好像飞到天边上那将将能看到的小岛上去，一闭眼仿佛还看见一些桃花。人面桃花相映红，必定是在那小岛上。

这时候，遇上风与雾便还须穿上棉衣，可是有一天忽然响晴，夹衣就正合适。但无论怎说吧，人们反正都放了心——不会大冷了，不会。妇女们最先知道这个，早早的就穿出利落的新装，而且决定不再脱下去。海岸上，微风吹动少女们的发与衣，何必再去到电影园中找那有画意的景儿呢！这里是初春浅夏的合响，风里带着春寒，而花草山水又似初夏，意在春而景如夏，姑娘们总先走一步，迎上前去，跟花们竞争一下，女性的伟大几乎不是颓废诗人所能明白的。

人似乎随着花草都复活了，学生们特别的忙：换制服，开运动会，到崂山丹山旅行，服劳役。本地的学生忙，别处的学生也来参观，几个，几十，几百，打着旗子来了，又成着队走开，男的，女的，先生，学生，都累得满头是汗，而仍不住的向那大海丢眼。学生以外，该数小孩最快活，笨重的衣服脱去，可以到公园跑跑了；一冬天不见猴子了，现在又带着花生去喂猴子，看鹿。拾花瓣，在草地上打滚；妈妈说了，过几天还有大红樱桃吃呢！

马车都新油饰过，马虽依然清瘦，而车辆体面了许多，好作一夏天的买卖呀。新油过的马车穿过街心，那专作夏天的生意的咖啡馆，酒馆，旅社，饮冰室，也找来油漆匠，扫去灰尘，油饰一新。油漆匠在交手上忙，路旁也增多了由各处来的舞女。预备呀，忙碌呀，都红着眼等着那避暑的外国战舰与各处的阔人。多喀浴场上有了人影与小艇，生意便比花草还茂盛呀。到那时候，青岛几乎不属于青岛的人了，谁的钱多谁更威风，汽车的眼是不会看山水的。

那么，且让我们自己尽量地欣赏五月的青岛吧！

原载1937年6月16日《宇宙风》第43期

青 岛[*]

老 舍

一 《樱海集》序

我在去年七月中辞去齐大的教职，八月跑到上海。我不是去逛，而是想看看，能不能不再教书而专以写作挣饭吃。我早就想不再教书。在上海住了十几天，我心中凉下去，虽然天气是那么热。为什么心凉？兜底儿一句话：专仗着写东西吃不上饭。

第二步棋很好决定，还得去教书。于是来到青岛。

到了青岛不久，至友白涤洲死去；我跑回北平哭了一场。

这两件事——不能去专心写作，与好友的死——使我好久好久打不起精神来；愿意干的事不准干，应当活着的人反倒死。是呀，我知道活一天便须欢蹦乱跳一天，我照常的做事写文章，但是心中堵着一块什么，它老在那儿！写得不好？因为心里堵得慌！我是个爱笑的人，笑不出了！我一向写东西写得很快，快与好虽非一回事，但刷刷的写一阵到底是件痛快事；哼，自去年秋天起，刷刷不上来了。我不信什么"江郎才尽"

---

* 标题为编者所加，所选文章片断为老舍先生在青岛生活时作品的选择，有删减。

那一套，更不信将近四十岁便得算老人；我愿老努力的写，几时入棺材，几时不再买稿纸。可是，环境也得允许我去写，我才能写，才能写得好。整天的瞎忙，在应休息的时间而拿起笔来写东西，想要好，真不大容易！我并不愿把一切的罪过都推出去，只说自己高明。不，我永远没说过自己高明；不过外面的压迫也真的使我"更"不高明。这是非说出不可的，我自己的不高明，与那些使我更不高明的东西，至少要各担一半责任。

二　我怎样写《骆驼祥子》

从何月何时起，我开始写《骆驼祥子》？已经想不起来了。我的抗战前的日记已随同我的书籍全在济南失落，此事恐永无对证矣。

这本书和我的写作生活有很重要的关系。在写它以前，我总是以教书为正职，写作为副业，从《老张的哲学》起到《牛天赐传》止，一直是如此。这就是说，在学校开课的时候，我便专心教书，等到学校放寒暑假，我才从事写作。我不甚满意这个办法。因为它使我既不能专心一志的写作，而又终年无一日休息，有损健康。在我从国外回到北平的时候，我已经有了去作职业写家的心意；经好友们的谆谆劝告，我才就了齐鲁大学的教职。在齐大辞职后，我跑到上海去，主要的目的是在看看有没有作职业写家的可能。那时候，正是"一·二八"以后，书业不景气，文艺刊物很少，沪上的朋友告诉我不要冒险。于是，我就接了山东大学的聘书。我不喜欢教书，一来是我没有渊博的学识，时时感到不安；二来是即使我能胜任，教书也不能给我像写作那样的愉快。为了一家子的生活，我不敢独断独行的丢掉了月间可靠的收入，可是我的心里一时一刻也没忘掉尝一尝职业写家的滋味。

事有凑巧，在山大教过两年书之后，学校闹了风潮，我便随着许多位同事辞了职。这回，我既不想到上海去看看风向，也没同任何人商议，便决定在青岛住下去，专凭写作的收入过日子。这是"七七"抗战的前一年。《骆驼祥子》是我作职业写家的第一炮。这一炮要放响了，我就可以放胆地作下去，每年预计着可以写出两部长篇小说来。不幸这一炮若是不过火，我便只好再去教书，也许因为扫兴而完全放弃了写作。所以我说，这本书和我的写作生活有很重要的关系。

记得是在民国二十五年春天吧，山大的一位朋友跟我闲谈，随便地谈到他在北平时曾用过一个车夫。这个车夫自己买了车，又卖掉，如此三起三落，到末了还是受穷。听了这几句简单的叙述，我当时就说："这颇可以写一篇小说。"紧跟着，朋友又说：有一个车夫被军队抓了去，哪知道，转祸为福，他乘着军队移转之际，偷偷的牵回三匹骆驼回来。

这两个车夫都姓什么？哪里的人？我都没问过。我只记住了车夫与骆驼。这便是骆驼祥子的故事的核心。

从春到夏，我心里老在盘算，怎样把那一点简单的故事扩大，成为一篇十多万字的小说。

不管用得着与否？我首先向齐铁恨先生打听骆驼的生活习惯。齐先生生长在北平的西山，山下有许多家养骆驼的。得到他的回信，我看出来，我须以车夫为主，骆驼不过是一点陪衬，因为假若以骆驼为主，恐怕我就须到"口外"去一趟，看看草原与骆驼的情景了。若以车夫为主呢，我就无须到口外去，而随时随处可以观察。这样，我便把骆驼与祥子结合到一处，而骆驼只负引出祥子的责任。

怎么写祥子呢？我先细想车夫有多少种，好给他一个确定的地位。把他的地位确定了，我便可以把其余的各种车夫顺手儿叙述出来；以他为主，以他们为宾，既有中心人物，又有他的社会环境，他就可以活起来了。换言之，我的眼一时一刻也不离开祥子；写别的人正可以烘托他。

车夫们而外，我又去想，祥子应该租赁那一车主的车，和拉过什么样的人。这样，我便把他的车夫社会扩大了，而把比他的地位高的人也能介绍进来。可是，这些比他高的人物，也还是因祥子而存在故事里，我决定不许任何人夺去祥子的主角地位。

有了人，事情是不难想到的。人既以祥子为主，事情当然也以拉车为主。只要我教一切的人都和车发生关系，我便能把祥子拴住，像把小羊拴在草地上的柳树下那样。

可是，人与人，事与事，虽以车为联系，我还感觉着不易写出车夫的全部生活来。于是，我还再去想：刮风天，车夫怎样？下雨天，车夫怎样？假若我能把这些细琐的遭遇写出来，我的主角便必定能成为一个最真确的人，不但吃的苦，喝的苦，连一阵风，一场雨，也给他的神经以无情的苦刑。

由这里，我又想到，一个车夫也应当和别人一样的有那些吃喝而外的问题。他也必定有志愿，有性欲，有家庭和儿女。对这些问题，他怎样解决呢？他是否能解决呢？这样一想，我所听来的简单的故事便马上变成了一个社会那么大。我所要观察的不仅是车夫的一点点的，浮现在衣冠上的，表现在言语与姿态上的，那些小事情了，而是要由车夫的内心状态观察到地狱究竟是什么样子。车夫的外表上的一切，都必有生活与生命上的根据。我必须找到这个根源，才能写出个劳苦社会。

由二十五年春天到夏天，我入了迷似的去搜集材料，把祥子的生活与相貌变换过不知多少次——材料变了，人也就随着变。

到了夏天，我辞去了山大的教职，开始把祥子写在纸上。因为蕴酿的时期相当的长，搜集的资料相当的多，拿起笔来的时候我并没感到多少阻碍。

廿六年一月，"祥子"开始在《宇宙风》上出现，作为长篇连载。当发表第一段的时候，全部还没有写完，可是通篇的故事与字数已大概地有了准谱儿，不会有很大的出入。假若没有这个把握，我是不敢一边写一边发表的。刚刚入夏，我将它写完，共二十四段，恰合《宇宙风》每月要两段，连载一年之用。

当我刚刚把它写完的时候，我就告诉了《宇宙风》的编辑：这是一本最使我自己满意的作品。后来，刊印单行本的时候，书店即以此语嵌入广告中。它使我满意的地方大概是：（一）故事在我心中酝酿得相当的长久，收集的材料也相当的多，所以一落笔便准确，不蔓不枝，没有什么敷衍的地方。（二）我开始专以写作为业，一天到晚心中老想着写作这一回事，所以虽然每天落在纸上的不过是一二千字，可是在我放下笔的时候，心中并没有休息，依然是在思索；思索的时候长，笔尖上便能滴出血与泪来。（三）在这故事刚一开头的时候，我就决定抛开幽默而正正经经的去写。在往常，每逢遇到可以幽默一下的机会，我就必抓住它不放手。有时候事情本没什么可笑之处，我也要运用俏皮的言语，勉强的使它带上点幽默味道。这，往好里说，足以使文字活泼有趣；往坏里说，就往往招人讨厌。"祥子"里没有这个毛病。即使它还未能完全排除幽默，可是它的幽默是出自事实本身的可笑，而不是由文字里硬挤出来的。这一决定，使我的作风略有改变，教我知道了只要材料丰富，心中有话可说，就不必一定非幽默不足叫好。（四）既决定了不利用幽默，也就自然地决定了文字要极平易，澄清如无波的湖水。因为要求平易，我就注意到如何在平易中而不死板。恰好，在这时候，好友顾石君先生供给了我许多北平口语中的字和词。在平日，我总以为这些词汇是有音无字的，所以往往因写不出而割爱。现在，有了顾先生的帮助，我的笔下就丰富了许多，而可以从容调动口语，给平易的文字添上些亲切，新鲜，恰当，活泼的味儿。因此。"祥子"可以朗诵。它的言语是活的。

"祥子"自然也有许多缺点。使我自己最不满意的是收尾收得太慌了一点。因为连载的关系，我必须整整齐齐地写成二十四段。事实上，我应当多写两三段才能从容不迫地刹住。这，可是没法补救了，因为我对已发表过的作品是不愿再加修改的。

三　这几个月的生活

辞职后，一直住在青岛，压根儿就没动窝。青岛自秋至春都非常的安静，绝不像只在夏天来过的人所说的那么热闹。安静，所以适于写作，这就是我舍不得离开此地的原因。

除了星期日或有点病的时候，我天天总写一点，有时少至几百字，有时多过三千；平均的算，每天可得二千来字。细水长流，架不住老写，日子一多，自有成绩，可是，从发表过的来看，似乎凑不上这个数儿，那是因为长稿即使写完，也不能一口气登出，每月只能发表一两段。还有写好又扔掉也是常有的事，所以有伤耗。

地方安静，个人的生活也就有了规律。我每天差不多总是七点起床，梳洗过后便到院中去打拳，自一刻钟到半点钟，要看高兴不高兴。不过，即使不高兴，也必打上一刻钟，求其不间断。遇上雨或雪，就在屋中练练小拳。

这种运动不一定比别种运动好，而且耍刀弄棒，大有义和拳上体的嫌疑。不过它的好处是方便：用不着去找伴儿，一个人随时随地都可以活动；独自打篮球，虽然胜利都是自己的，究竟不大有趣。再说，和大家一同打球，人家用多大的力气，自己也得陪着；不能一个劲儿请求大家原谅。打拳呢，可长可短，可软可硬，由慢而速，亦可由速而慢，缺乏纪律，可是能够从心所欲不逾矩。它没有篮球足球那么激烈，可比纯徒手操活泼，练上几趟就多少能见点汗儿；背上微微见汗，脸色微红，最为舒服。只需有恒心，天天活动一会儿，必定有益。

打完拳，我便去浇花，喜花而不会养，只有天天浇水，以示不亏心。有的花不知好歹，水多就死；有的花，勉强的到时开几朵小花。不管它们怎样吧，反正我尽了责任。这么磨蹭十多分钟，才去吃早饭，看报。这差不多就快九点钟了。

吃过早饭，看看有应回答的信没有；若有，就先写信，溜一溜脑子；若没有，就试着写点文章。在这时候写文，不易成功，脑子总是东一头西一脚地乱闹哄。勉强的写一点，多数是得扔到纸篓去。不过，这么闹哄一阵，虽白纸上未落多少黑字，可是这一天所要写的，多少有了个谱儿，到下午便有辙可循，不致再拿起笔来发怔了。简直可以这么说，早半天的工作是抛自己的砖，以便引出自家的玉来。

十一时左右，外埠的报纸与信件来到，看报看信；也许有个朋友来谈一会儿，一早晨就这么无为而治的过去了。遇到天气特别晴美的时候，少不得就带小孩到公园去看猴，或到海边拾蛤壳。这得九点多就出发，十二时才能回来，我们是能将一里路当作十里走的；看见地上一颗特别亮的砂子，我们也能研究老大半天。

十二点吃午饭。吃完饭，我抢先去睡午觉，给孩子们示范。等孩子都决定去学我的好榜样，而闭上了眼，我便起来了；我只需一刻钟左右的休息，不必睡那伟大的觉。孩子睡了，我便可以安心拿起笔来写一阵。等到他们醒来，我就把墨水瓶盖好，一直到晚八点再打开。大概的说吧，写文的主要时间是午后两点到三点半，和晚上八点到九点半。这两个时间，我可以不受小孩们的欺侮。

九点半必定停止工作。按说，青岛的夜里最适于写文，因为各处静得连狗仿佛都懒得吠一声，可是，我不敢多写，身体顶不住；一咬牙，我便整夜的睡不好；若是早睡呢，我便能睡得像块木头，有人把我搬了走我也不知道，我可也不去睡的太早了，因为末一次的信是九点后才能送到，我得等着；还有呢，花猫每晚必出去活动，到九点后才回来，把猫收入，我才好锁上门。有时候躺下而睡不着，便读些书，直到困了为止。读书能引起倦意，写文可不能；读书是把别人的思想装入自己的脑子里，写文是把自己的思想挤出来，这两样不是一回事，写文更累得慌。

星期六下午和星期日整天，该热闹了。看朋友，约吃饭，理发，偶尔也看看电影，都在这两天。一到星期一，便又安静起来，鸦雀无声，除了和孩子们说废话，几乎连唇齿舌喉都没有了用处似的。说真的，青岛确是过于安静了。可是，只要熬过一两个月，习惯了，可也就舍不得它了。

按说，我既爱安静，而又能在这极安静的地方写点东西，岂不是很抖的事吗？唉！（必得先叹一口气！）都好哇，就是写文章吃不了饭啊！

我的身体不算很强，多写字总不能算是对我有益处的事。但是，我不在乎，多活几年，少活几年，有什么关系呢？死，我不怕；死不了而天天吃个半饱，远不如死了呢。我爱写作，可就是得挨饿，怎办呢？连版税带稿费，一共还不抵教书的收入的一半，而青岛的生活程度又是那么高，买葱要一分钱的，坐车起码是一毛钱！怎样活下去呢？

　　常常接到青年朋友们的著作，教我给看，改；如有可能，给介绍到各杂志上去。每接到一份，我就要落泪，我没有工夫给详细的改，但是总抓着工夫给看一遍，尽我所能见到的给批注一下，客气的寄回去。有好一点的呢，我当然找个相当的刊物，给介绍一下；选用与否，我不能管，尽到我的心算了。这点义务工作，不算什么；我要落泪，因为这些青年们都是想要指着投稿吃饭的呀！——这里没有饭吃！

四　南来以前（一封信）

　　卢沟桥事变初起，我仍在青岛，正赶写《病夫》——《宇宙风》特约长篇，议定于九月中刊露。街巷中喊卖号外，自午及夜半，而所载电讯，仅三言两语，至为恼人！一闻呼唤，小儿女争来扯手："爸！号外！"平均每日写两千字，每因买号外打断思路。至七月十五日，号外不可再见，往往步行七八里，遍索卖报童子而无所得；日侨尚在青，疑市府已禁号外，免生是非。日人报纸则号外频发，且于铺户外揭贴，加以朱圈；消息均不利于我方。我弱彼强，处处惭忍，有如是者！

　　老母尚在北平，久无信示；内人又病，心绪极劣。时在青朋友纷纷送眷属至远方，每来辞行，必嘱早作离青之计；盖一旦有事，则敌舰定封锁海口，我方必拆毁胶济路，青岛成死地矣。家在故乡，已无可归，内人身重，又难行旅，乃力自镇定，以写作摈扰，文字之劣，在意料中。自十五至廿五，天热，消息沉闷，每深夜至友家听广播，全无收获。归来，海寂天空，但闻远处犬吠，辄不成寐。

廿六日又有号外，廊坊有战事，友朋来辞行者倍于前。写文过苦，乃强读杂书。廿八号外，收复廊坊与丰台，不敢深信，但当随众欢笑。廿九日消息恶转，号外又停。卅一日送内人入医院。在家看管儿女；客来数起，均谓大难将临。是日仍勉强写二千字给《民众日报》。

八月一日得小女，大小俱平安。久旱，饮水每断，忽得大雨，即以"雨"名女——原拟名"乱"，妻嫌过于现实。电平报告老人；复访友人，告以妻小无恙；夜间又写千字。次日，携儿女往视妈妈与小妹，路过旅行社，购车票者列阵，约数百人。四日，李友入京，良乡有战事；此地大风，海水激卷，马路成河。乘帆船逃难者，多沉溺。每午，待儿女睡去，即往医院探视；街上卖布小贩已绝，车马群趋码头与车站；偶遇迁逃友人，匆匆数语即别，至为难堪。九日，《民众日报》停刊，末一号仍载有我小文一篇。王剑三以七号携眷去沪，臧克家、杨枫、孟超诸友，亦均有南下之意。我无法走。十一日，妻出院，实之自沪来电，促南下。商之内人，她决定不动。以常识判断，青岛日人产业值数万万，必不敢立时暴动，我方军队虽少，破坏计划则早已筹妥。是家小尚可暂留，俟雨满月后再定去向，至于我自己，市中报纸既已停刊，我无用武之地，救亡工作复无详妥计划，亦无人参加，不如南下，或能有些用处。遂收拾书籍，藏于他处，即电亢德，准备南下。十二日，已去托友买船票，得亢德复电："沪紧缓来"，南去之计既不能行，乃决去济南。前月已与齐大约定，秋初开学，任国文系课两门，故决先去，以便在校内找房，再接家小。别时，小女啼泣甚悲，妻亦落泪。十三早到济，沪战发。心极不安：沪战突然爆发，青岛或亦难免风波，家中无男人，若遭遇事变……

果然，十四日敌陆战队上岸。急电至友，送眷来济。妻小以十五日晨来，车上至为拥挤。下车后，大雨；妻疲极，急送入医院。复冒雨送儿女至敬环处暂住。小儿频呼"回家"，甚惨。大雨连日，小女受凉亦病，送入小儿科。自此，每日赴医院分看妻女，而后到友宅看小儿，焦急万状。《病夫》已有七万字，无法续写，复以题旨距目前情形过远，即决放弃。

十日间，雨愈下愈大。行李未到，家具全无，日行泥水中，买置应用物品。自青来济者日多，友朋相见，只有惨笑。留济者找房甚难，迁逃者匆匆上路，忙乱中无一是处，真如恶梦。

廿八日，妻女出院，觅小房，暂成家。复电在青至友，托送器物。七月事变，济南居民迁走甚多，至此又渐热闹，物价亦涨。家小既团圆，我始得匀出工夫，看访故人；多数友人已将妻女送往乡间，家家有男无女，颇有谈笑，但欠自然。沪战激烈，我的稿费停止，搬家买物看病雇车等又费去三百元，遂决定不再迁动。深盼学校能开课，有些事做，免生闲愁，果能如此，还足以傲友辈也。

学校于九月十五日开课，学生到及半数。十六日大同失陷；十九日中秋节，街上生意不多，几不见提筐肩盒送礼者。《小实报》在济复刊，约写稿。平津流亡员生渐多来此，或办刊物，或筹救亡工作，我又忙起来。廿一日，敌机过市空，投一弹，伤数人，群感不安。此后时有警报。廿五六日，伤兵过济者极多，无衣无食无药物，省政府似不甚热心照料。到站慰劳与看护者均是学界中人。卅日，敌军入鲁境，学生有请假回家者。时中央派大员来指挥，军事应有好转，但本省军事长官嫌客军在鲁，设法避战，战事遂告失利。德州危，学校停课。

师生相继迁逃，市民亦多东去，来自胶东者又复搬回，车上拥挤，全无秩序。我决不走。远行无力，近迁无益，不如死守济南，几每日有空袭警报，仍不断写作。笔为我唯一武器，不忍藏起。

入十月，我方不反攻，敌军不再进，至为沉闷。校内寂无人，猫狗被弃，群来啼饥。秋高气爽，树渐有红叶，正是读书时候，而校园中全无青年笑语声矣。每日小女助母折纱布揉棉球，备救护伤兵之用，小儿高呼到街上买木枪，好打飞机，我低首构思，全室有紧张之象。流亡者日增，时来贷金求衣，量力购助，不忍拒绝。写文之外，多读传记及小说，并录佳句于册。十四日，市保安队枪械被收缴，市面不安，但无暴动。青年学子，爱国心切，时约赴会讨论工作计划。但政府多虑，不准活动，相对悲叹。下半月，各线失利，而济市沉寂如常，虽仍未停写作，亦难自信果有何用处矣。

十一月中，敌南侵，我方退守黄河。友人力劝出走，以免白白牺牲，故南来。到汉口已两月余，还是日日拿笔。对政治军事，毫无所知，勉强写些文字，自觉空洞无物。可是，舍此别无可为，闲着当更难堪。无力无钱，只好有笔的出笔，聊以自慰。

家小尚在济，城陷后无音信。所以不能同来者：

一、车极难上，沿途且有轰炸之险。

二、儿女辈俱幼弱，天气复渐寒，遇险或受病，同是危难。

三、存款无多，仅足略购柴米，用之行旅，则成难民。版税稿费俱绝，找事非易，有出无入，何以支持？独逃可仅顾三餐，同来则无法尽避饥寒。

有此数因，故妻决留守，在济多友，亦愿为照料。不过，说着容易，实行则难，于心有所不忍，遂迟迟不敢行。

青 岛

倪锡英

一　不夏的青岛

　　黄海的浊浪昼夜不息地奔腾澎湃，向着苏、鲁两省的曲折的海岸线上，不断地打着。那里，山东半岛好像一个鳌头，突出在东部的海面上，和北面的辽东半岛相对环抱着，好像螃蟹的一对大螯。渤海围在螯里，黄海却沿着江苏、山东两省，向东与朝鲜、日本相接。

　　山东半岛沿岸，尽是良好的海口，无数的港湾岛屿，把半岛的沿岸点缀得非常曲折。在半岛南面的中部，适当薛家岛与劳山头之间，海岸骤然向北部深深的湾进去，围成一个很大的海湾。这便是地理上著名的胶州湾。

　　胶州湾好像一个深广的甔瓮，湾内的水流平缓而深广，是一个天然的船舰停泊所。而尤其在那湾口上，有许多大小的岛屿，好像一个坚固的盖子，使这个海湾在形势上十分的稳固和险要。在那海湾出口的两岸边，丛丛绿树的山头间，高矮重叠的露着无数红色的屋顶。这一片伟大的建筑，便是被世人视为避暑的胜地，所谓不夏的青岛。

　　"青岛！"是多么美丽的一个名字，被诗人们常常歌咏着的青岛，所谓"万斛涛头一岛清"。青岛景色的美丽，是人们所想象不到的。每年，当溽暑将临的时候，全国以及全世界的人们，大家都把目光集中到地图上的"青岛"两字的地位去，只待暑天一到，只要是有钱、有闲、有旅行兴趣的人，都会投入青岛的怀里去。有的走陆路，自胶济铁路跋涉而来；有的从各海口坐了海船，从海面上直达青岛；还有些坐着飞机，从各大埠直接飞航到青岛。各国的水兵们以及游客们，也从千万里路的海外，来投入青岛的怀里。

夏季的青岛，比平日是格外的美丽，因为青岛的气候是这样的温和，令人会忘记了酷暑。那里，因为海流及风位的调剂得宜，所以冬无剧寒，夏无酷热，形成了一个冬夏长春的人间乐园。在青岛，夏季里最热的时季在阳历八月，温度的最高记录不过是摄氏的三十度以下。当全国其他各大埠正是苦热难熬的时候，在青岛却是十分地凉爽。那里，天空永远是那么晴好，海水永远是那么清碧，而不断的海风，永远是那么有劲的吹着。因此，在青岛的所谓夏季里，充满着暖和的阳光，这阳光在别处是被人们看成可怕可憎恶的；而在青岛，却是显得十分的可爱。阳光下普照着无数活泼泼地人们，他们都投入阳光中，做各种的运动和游戏，增进他们的健康；所以这不夏的青岛，除了供人们避暑以外，还被人们看作是一个天然的大疗养院。

这被世人们视为乐园的青岛，我们如果用历史的眼光来考察一下，那末它的闻名于世，还不过是近三十余年的事，在三十余年前，那里不过是一个荒落的渔村，虽然天然的风景与气候一直是这样好，而一向却没人去注意建设；自从一九〇五年（清光绪三十一年）辟为商埠后，便立刻繁荣起来，成为现代最新式的一个都市。所以青岛的建设是比全国任何一个都市来得晚，而它建设以后的进步却是比全国任何一个都市来得快。它是中国"后起之秀"的一个都市，市政的建筑与设备，和其他都市相较，是称得上"后来居上"的一句话。

我们试把青岛未建设以前的历史沿革来作一度考据，那么现在青岛市所属的领域，它的前身便是山东的即墨县。在上古时代，汉族聚居在中原，把环绕中原的四方各国，概称曰南蛮、西戎、东夷、北狄。所谓"蛮、夷、戎、狄"，在当时汉族的眼里，都是未开化的野蛮人民。而即墨县，在古时便是东夷的地带，汉族的人民是不去居住的。

到夏禹治平了洪水以后，把天下划分九州，即墨县那一带便被划入了青州的领域。因为古代的汉族文化是集中在黄河流域的中部，于是这僻居在黄海一角的荒岛，也一向没人去注意，连名儿也没有，只是居住着一些过着原始渔猎生活的未开化人民而已。

经过夏、商两代，那海滨一带是长时间地荒芜着。到了周武王建立了周朝的帝业以后，分封诸侯，把一个妘姓的诸侯封在那里，因为自古以来大家都把海滨一带目为东夷之地，因此在周朝时，便称呼这个诸侯的封国，叫做夷国。

夷国的寿命很短促，不久，诸侯间互相并吞，夷国便被齐国灭掉了。这齐国把山东半岛东北部的各小国兼并以后，便把夷国的故地，正式改名为即墨。这即墨两字的意思，因为在那里有一带墨水，而即墨城刚好建筑在墨水的旁边，因此题名叫"即墨"。

周朝立国八百七十八年，中间分为春秋和战国两个时代，在春秋时候，诸侯们还以礼义为重，处处还以周朝的王室为前提，所以春秋的五霸，不过是代行了王室的统治权威；齐国在齐桓公的时候，也曾一度称霸于诸侯。到了战国时代，弱肉强食的斗争更厉害，一班诸侯都连年从事战争，周朝的王室只是拥有一个空虚的名目，实际上诸侯各国早不把王室的命令放在眼里了。当战国末年，燕国的大将乐毅，领了大兵来攻打齐国，把齐国西部的七十余城都攻下了，只有靠近黄海滨的即墨和莒城，因为天然形势的雄险，还留存在齐军手里。当燕兵把即墨城团团围困起来以后，齐国的大将田单，便想了一个出奇制胜的方法，征集了全城的耕牛，在牛角上缚着刀，牛尾上点着火，打开城门，驱入燕军的营阵中去，于是燕兵大败，齐军乘胜收复了七十二城。这便是历史上著名的火牛阵，而即墨在那时候，却是做了齐燕两国剧斗的战场。

战国的纷争局面结束以后，接着便是秦始皇统一中国，把天下改置三十六郡，即墨便属于齐郡。秦始皇满想把帝业传之万世子孙，但是结果，到二世时便夭亡了。天下的英雄纷起，楚霸王项羽和汉高祖刘邦，在中原互相逐鹿。当汉高帝元年，山东东部是属于项羽的势力，曾把田市徙到即墨去，封为胶东王。而即墨便作为胶东王的都城，这是即墨建为古代小型都城之始。

后来，这位一世的霸王，终于因为"勇而无谋"，敌不过"足智多谋"的刘邦，兵败自刎于乌江，天下的江山，便全归刘氏所有。汉朝建国之初，即墨地方一仍旧制，仍称胶东国，分封胶东王。那时，有一个誓死反汉的志士田横，便假着胶东一隅的天险，和汉王相抗，在现今青岛市东面的海里，还有一个岛屿叫做田横岛，这便是当年田横反汉的根据地，传说中随从田横的七十二志士，全都殉难在岛上的。

到汉文帝十六年（公元前一六四年），封齐王肥的儿子雄渠做胶东王。传到汉景帝三年（公元前一五四年），吴、楚、赵、胶西、济南、菑川、胶东七个封国的王公们，起兵作乱，预备图谋倾覆汉朝的帝业，历史上称作"七国之乱"，后来被周亚夫讨平了。乱平以后，汉室对于这些分封的王国，大加整治，因为胶东王也曾参加作乱，所以便取消了王国的封号，称为胶东郡。

可是这取消封号的一件事，到不久便又恢复了。汉景帝自己取消了胶东王国，后来又自立他的儿子刘寄做胶东王，一直传到西汉衰微，王莽篡位，施行新政，便又把胶东王废掉。东汉以后，便把即墨一带，隶属于北海国的统治之下。

东汉末年，王政又衰微起来，魏蜀吴三分天下，形成了鼎立的局面，那时候，即墨一带的地方，是属于魏国的领域，而直接辖治于济南郡。晋朝时候，仍旧照着魏时的旧制。到晋朝以后，异族南侵，形成了南北朝对峙的形势，那时候的山东半岛，一会儿属于南朝，一会儿又变了北朝的领土，变迁无定。当刘宋的时候，这里是属于北海太守的辖境，后来落入北朝元魏的手里，便改隶于长广郡，到齐朝时又入南朝版图，便把即墨废掉，并入长广县。

隋朝统一了中国，便结束了南北朝对峙的形势，把全国的政制，又大加改革。同时对于物质上的建设，不遗余力。在隋开皇十六年（公元五九六年），恢复即墨县治，并且在现今即墨城东南八十里，离不其城东北二十七里的地方，建起一座新城，隶属于东莱郡。这一个隋朝所复置的即墨城，经过唐朝和五代，都是一仍隋时的旧制，没有改变。

到宋朝时候，山东半岛一带为金人所据，到元朝初年，便把即墨一带的地方，改治于胶州，元顺帝至元二年（公元一三三六年），又重废即墨县，把领土一分为二，一半并入掖县，一半并入胶水，隶属于莱州，而受治于般阳府路。

明朝初年，海运渐渐发达，商贾们都知道从海面上来往，因此，感于胶州湾沿海一带形势的重要，便复置即墨县，隶属于莱州府下的胶州。到了明朝中叶，沿海一带，时常有倭寇来侵扰，他们结着大帮的人员，从海面上飘忽而来，所至打家劫舍，杀人放火，官军也难于抵挡。那时候，江、浙、闽、粤四省沿海的各州县，都屡受侵扰，而山东半岛上的登、莱两州，也被一再波及。因此，明政府为防寇起见，便在沿海各地，设置重兵。烽火相望，以防倭寇。那时，在胶州湾左右，便设置了两支重兵。一支在现在的薛家岛，称作灵山卫，在胶州城东南九十里，筑了一个周围三里的土城，依山环海，形势很是险固。一支在现今的浮山所，那时称作鳌山卫，在即墨城南八十里的浮山寨，在那里设置指导使三员，卫兵一千名，大船、快船、哨船无数，以便迎击从海上来袭的倭寇。同时在近海的山陆上，又设置即墨营和金家岭寨，重重的戒备，万一海口失守，还可以据守山寨，使倭寇不得深入。

所以青岛海口在明朝的时候，可以说是山东半岛上一个军事的要隘。在明宣宗宣德八年（公元一四三二年）有所谓登州三营的设置，所谓登州三营，便是登州营、文登营和即墨营，各设守备一员，兵九百名。在这三营中，尤以即墨营的形势最为最要，因为从那里南望淮安、海州各要口，如果倭寇进犯淮海，同时必定进犯莱州，而即墨营适当莱州的咽喉，是倭寇登陆时必经的口隘。

在明朝一代间，因为防海寇的缘故，所以对于海禁，异常严紧。因此从前商贾云集的海口，都衰落下来，一变而为军事的要塞地带。到了清朝，海寇的乱事已平，于是海运便渐渐繁盛起来。胶州湾的海口，便成了商业上运输的一个出入口，因此清政府便在即墨县境内设置四处运仓，并且驻扎重兵，保护海运。在那时候，政府对于胶州湾的视线，完全是集中在商务上面。

清光绪十年（公元一八八四年），中法在越南大战，冯子材和刘永福在谅山大败法军，陆上的战争我国全胜了。于是法军便改变作战计划，用战舰进犯闽粤，清政府对于海军的设置一向是忽视的，因此陆上虽胜，海战失败。经过了这次的教训以后，朝廷上就有许多大臣，倡言要修治海军，于是政府便特设海军衙门，派李鸿章和奕（环）〔譞〕主理其事。对于沿海各口岸，都想建筑新式的海防战具。因为辽东半岛和山东半岛是渤海的门户，又是京城的外屏，所以最初便计划在旅顺、威海卫、胶州湾同时建为海军的军港。后来因为海军经费移修了颐和园，财力不足，便把胶州湾建港的原议取消了。可是李鸿章仍不能忘怀于胶州湾形势的重要，当光绪十七年五月，便调登州镇总兵章高元率兵四营，移驻在胶州湾的海口。又在青岛山和团岛上面，修筑土垒，安设炮台，驻扎骧武、广武、炮兵等营，现在鱼山路的日本中学，便是炮兵营的故址；警察厅便是骧武营的故址；胶济车站前的第五公园，就是广武营的故址。这一带在清末安置重兵的处所，现在已成为青岛市最热闹的市街了。而在当日，不过是海滨的一个荒落的渔村，自从章高元驻兵以后，才渐渐地繁盛起来，变成了一个小小的市镇。

威海卫刘公岛

从崂山眺望胶州湾

　　这胶州湾的优良的港口，中国政府虽加注意，而无力去建设，因此，一向是荒落下来了。而当时列强各国，也早就注目了，英俄政府，数度派他们的战舰，到胶州湾海面来游弋，而德国人更是垂涎良久，处心积虑，将占据为己有。屡次派遣舰队司令和地质专家们，到胶州湾一带调查，得有详细的报告。但是那时各国还慑于中国的威势，不敢贸然地开口索取。

　　自从光绪二十年（公元一八九四年）中日之战失败以后，各国对于中国的侵略，便加紧进迫，英、俄、德、法四国，都想在中国占些利益。于是俄国藉口索取交还辽东半岛的功绩，夺取了旅顺、大连湾，订租借期二十五年。接着法国便取广州湾，英国取威海卫，德国最初想取定海、日照，或是珠江下流的喇叭岛；但是都不适用，结果便选定了他多年处心积虑的胶州湾。而事有凑巧，当光绪二十三年（公元一八九七年）的十一月一日，曹州钜野县发生德教士二人被杀的案件，于是德国人便藉此口实，在十一月十三日占领胶州湾，要求胶州湾的租借权，清廷没法，便在光绪二十四年（公元一八九八年）的二月十四日，订立中德胶澳租借条约，从此胶州湾及其附近的海口，完全落入德人的手掌之中。

德国人得了胶州湾以后，便致全力于港湾及市街的开辟，把即墨县南境以及胶州湾两岸的地方，正式划为市区，而青岛的建设，便从那时候开始，把一个荒凉的海滨渔村，不数年间，一跃而建成了近代的繁华都市，而青岛两字的印象，便深映入了全中国以及全世界各国人民的脑海里去。这在我们现在看到青岛一切市政建设的完美周到，不得不追念德人当年的辛苦经营的。

德人先后占有了胶州湾十七年（自公元一八九七——一九一四），到民国三年，欧战爆发，日本藉口英日同盟，在那年的八月二十三日，对德宣战；九月三日，便从山东半岛的龙口登陆。经过三个月的战争，德人战败，便把青岛降给日本。日本当出兵之初，曾宣言取了青岛仍归中国，到占领青岛以后，便久不撤兵，占为己有。同时在民国四年乘欧战方酣，各国无暇外顾之际，向我国提出二十一条的苛约，强迫袁世凯承认，而青岛在那时起，便为日军所侵占。

欧战停止以后，举行巴黎和会，我国因为也曾对德宣战，所以在和会席上，便要求收回青岛，及解决山东问题，可是因为列强袒护日本，不得圆满解决，我国代表便实行不签字于和约。和会结束以后，到民国十年，美国总统哈定，召集太平洋会议，解决远东问题，几经争议，在会中始定了收回青岛的议案，日本应将青岛无条件交还中国。到民国十一年十二月十日正午，日本便遵照太平洋会议的议决，将青岛正式交还我国。于是这个二十余年沦在德日两国治下的青岛，又重新投入了祖国的怀抱。

接收以后的青岛，已从荒凉的渔村而变成了一个繁华的都市了，仿佛是一个孩子，从他贫困的幼年寄养给人家，此刻换了一身繁华豪富的壮年面目回家一般。政府最初设立了胶澳行政区，到民国十七年以后，正式改为青岛直辖市，直接隶属于行政院。

二　青岛建设史

青岛市的开始建设，是近三十年前的事。因此所谓青岛建设的历史，也不过是从德人租借胶州湾以后三十年间的事实。但是，假如我们用历史的眼光，看得比较远一点，那么，青岛及胶州湾一带的开辟，实在远自汉唐年间。

在汉唐以前，青岛的险要完全侧重在陆地上面，因为山东半岛是渤海和黄海之间的一个半岛，而胶州湾又是山东半岛的一支，那海湾的形势，倚山面海十分险固，所以当地的土著，每逢到大陆上的民族用武力进迫的时候，他们就以海岛为最后的根据地，和强敌相抗。在历史上，已有不少显明的事实，战国时的田单抗燕，汉初的田横反抗刘邦，东汉时的张步和光武帝刘秀，屡降而复叛。他们都是利用这一隅的地方，和强敌相抗，相持了数年之久。就是到了后世，这胶州湾和青岛海滨一带，一向是作为一班不逞之徒兴兵倡乱的根据地。好像晋朝的王弥，魏朝的王伯恭，明朝初年的唐赛儿，清朝初年的郭尔标，都是占据在青岛的海角上，聚兵作乱，连政府也没奈何他们，这全是因为青岛水陆形势险固的缘故。

自从汉唐以后，青岛的作用，便发展到海面上去。因为人文进化的关系，海的用途一天大一天，胶州湾以及附近的半岛，介于内地和外海之间，而做了海道与陆路运输上的连系点，因此在汉代和唐代的时候，曾屡次用兵于辽东半岛和朝鲜，常常以青岛的海口做根据地。所以在那时候，青岛无异是一个兵站，军事上的转运机关。出发攻打朝鲜及辽东半岛的军队，多半要从青岛或登州的海口出发。在唐朝时，日本的僧侣，到中国来留学，以及中国派赴印度去求经的高僧，也多半取道于山东。所以在那个时期，青岛事实上已成为一个国际间出入的海口了。

青岛开始有商业上的建设，大概是始于宋朝，那时候，海面上的交通已经逐渐发达，从海上运输货物，要比陆地上简易迅捷得多，因此商贾们大多以海道为货运的主要线。在宋朝初年，便分设密州、广州、泉州、杭州、明州（就是现在的宁波）五个市舶司，专门管理国内国外商业贸易上的事务。而那时的密州市舶司，就设在现今胶州湾附近一带。这市舶司管理海船的进出和货物的抽税事务，和现今的海关差不多。在《宋史·食货志》上有一段记载，说明密州市舶司设置的动机，所谓密州市舶司的所在地，便在板桥镇，而板桥镇若考据起来，便是现今胶州湾海口的地方。向南和两广、福建、江浙相接，向北和河北、辽东相连，不论是南运、北运的东西，都集在板桥镇，做停泊或转运的中心点。所以在那里设立市舶司：第一，不会使商船漏税。第二，可以检查商船上的货物，严禁携带兵器及违禁物品。第三，外藩各国向中国朝廷朝贡的东西，都可以屯集在海口以内，加以收藏及保管。所以那时候的板桥镇市舶司，便无异是现在的一个关卡，一个堆栈。虽然在山东半岛上还有一个登州的海口，但是非宋人所能利用。因为那时宋朝的都城建在汴州（现今河南开封），与海外交通，以胶州湾的海口为最便捷，而同时登州是属于辽金的势力范围，宋人不能过问，因此胶州湾便成为宋朝唯一最重要的商港。

元代以后，政府都建都在北京，可是那时的军粮和民食，完全仰给于南方各省，因此海运的安危关系于国计民生很大，而胶州湾是南北海航必经之地。在胶州湾口外，星棋罗布着许多小岛，这是航海者最适宜的避风设备。当元代的时候，运粮的海船大都自长江或淮河出口，经过胶州成山而到天津大沽口，虽然南北有运河连系，可是舟行很缓，而且船身既小，客货不多，所以都喜欢在海上远航。最繁盛的时候，每年要运粮三百六十万石。而南洋各藩属的贡礼，也都循此道进京。到了明朝洪武年间，京城虽然搬到南京，可是每年还要从海道上运粮七十万石，去接济辽东的军食。因此胶州湾便成了商贾荟萃，船舶辐辏的地方了。

明朝中叶以后，倭寇作乱，海滨各省，屡受骚摄，政府便下令封锁海口，于是海运便就此断绝，胶州湾便从商业巨域，骤然变作防倭的军事地带。凡是湾内外的各岛，在从前是海船停泊和商贾来往的地方，那时便都设置了军备，所谓灵山卫和鳌山卫，都有重兵配驻。这样一来，从前的密州市舶司，便完全衰落了，胶州湾也就失去了商业上的繁华。所以我们可以说，在宋元时代，青岛的建设是重在商业，而到明朝以后，便重于军事的建设了。

到了清朝末年，政府因感于海军力量的薄弱，计划中想把青岛及胶州湾连成一个屯聚海军的军港，同时因为胶州湾形势的险要，政府及大臣们，都着眼于军事上的建设事业，后来虽然因为财力的不足，没有大规模地加以建设，不过当光绪十七年以后，青岛一带，开始具有了近代军事上的规模。李鸿章除了在湾口各大小岛屿上设置炮垒以外，同时还用旅顺造船厂的铁材，建筑了一座南海栈桥，以便海军上下；现在这座栈桥，还依然保存着，被称作李鸿章栈桥，还算是青岛市伟大建筑之一。

自从德国人租借了胶州湾以后，照条约划定了胶州湾以及附近的岛屿及海面总面积二千一百余方公里的地方，做德国的租借地。德人便在公元一八九八年（清光绪二十四年）四月二十七日，正式宣言租借地保护权的实行，同时开始于青岛市区及水陆交通的建设事业。

那时，掌理青岛一切政治及建设的机关，便是胶澳巡抚。这胶澳巡抚不属于德国的殖民部而直接属于海军部的管辖。因为德皇的野心，想把青岛造成一个德国远东海军的根据地，所以不惜以海军部致全力去建设。同时，胶澳巡抚的职权便超过于所有各殖民地的长官，表示青岛并不是一个普通的殖民地，而是含有重要性的军事要港。

关于胶澳巡抚衙门的组织，范围很是广大，有如下表：

德　皇
　　—海军部
　　—胶澳巡抚
　　—军政部——处理青岛及远东军事上的事务
　　—民政部
　　　—警察局——维持治安
　　　—埠头局——处理商务及进出口事务
　　　—港务局——开浚海港及海港管理
　　　—户籍局——办理户口调查及登记事宜
　　　—山林局——管理区内山岭及造林事宜
　　　—华人政务局——管理区内华人政务
　　　—鸦片局——禁烟事务
　　　—屠兽局——全区市民所食肉类的屠宰
　　　—测候所——气象测候报告
　　—经理部——负经费上的预算、决算及出纳事务
　　—工务部——负工程建设上的一切责任
　　—参事会——胶澳巡抚的顾问机关

由此，可以知道德国人对于青岛建设的设想周到，以及处事的郑重。德人经营青岛有一个最大的特点，便是在财政上，德国以国库的财力来培植青岛，而并非以青岛租借地的利益来反哺德国。一般的国家对于殖民地或租借地的态度，都是想从该地剥取一点利益，补助本国的财政。而德人之于青岛，却是"反是"而施行一种"倒贴"的政策。在青岛建设之初，对于区内市民的租税减到极轻，所有全年七百万马克的收入，全属于官营事业的盈余。德人这种"倒贴"政策，不是没有理由的；因为区内市民的负担减轻，因此工商业发展得格外快，所以青岛以最近开辟的商埠，在短短的十五年间，便驾烟台各埠而上之。

关于德人在青岛的建设事业，可以分成九项略述于下：

1.土地处理　德人对于青岛的土地，是采取土地公有政策，所以自一八九七年占领以后，便宣布禁止买卖土地。因此青岛市现今所有的土地，全部都属于市政府，这样，以后在建设上有种种便利。

2.教育　对于华人的教育，不很重视，仅有几所类似私塾的学校，供华人受教育。这是帝国主义愚民政策的表现，不独青岛为然。

3.建筑　把全市分为四区：

A.青岛区——建筑官厅会社以及欧美人的住所，高度以十八公尺为限，限建三层以下，建筑面积应占宅地面积十分之六以下，邻舍的距离至少隔三公尺，有窗的一面须距四公尺，这种规定对于住宅的空气、安全及火灾等，都是顾虑得十分周到。

B.大鲍岛区——华人住宅区，建筑面积占地四分之三以下，住屋须阔五平方公尺以上。

C.埠头区——海船进出口的货栈，以及供职埠头人员的住宅区。

D.别庄区——在全市东南和海水浴场、跑马场相接近，大多是富绅的别墅。

4.卫生　分筑自来水道及积水沟渠，同时实行严禁鸦片入口。

5.筑港　在胶州湾入口处分筑大港及小港各码头，大港在光绪二十六年兴筑，四年工竣，共费一千七百五十万元，面积一百三十公引，专供停泊海轮，港前筑有四千一百六十公尺长的防波堤，遮御西北方面风波。小港在大港的南面，面积五十公引，可以停泊帆船及小汽轮。

6.造林　德人对于造林，非常重视，所有青岛区内的山岭，都广植林木。

7.屠兽场　自一九〇四年起建筑，三年完竣，用费七十五万马克。

8.道路　道路都是随着山势上下而筑，下面有设备完全的排水沟渠，路面全系地沥青铺设，很是宽广。

9.铁路　建筑胶济铁路，自青岛起点，经过山东中部各城镇，向西到济南为止，全长一百四十六公里，自清光绪二十五年开始建筑，至光绪三十年全部通车。

以上是德人建设青岛的大端，此外如电气事业，博物馆及观象台的建筑，凡是近代都市所必具的各种设备，都是应有尽有。而在建筑及管理方面，是十分整饬和有秩序，这是日耳曼民族特有优点，青岛便被德国人建设成一个日耳曼化的都市。

欧战以后，日本人从德国手里夺去了青岛，先后凡七年间，青岛无重要的建设可言，只是多添了许多日本工厂。自从民国十一年由我国收回以后，到民国十七年，正式改为特别市，数年来对于文化上的建设，很有长足的进步，青岛全市的学校已增至一百余所，自大学至小学，完全齐备，同时对于市民休闲生活上的各种设备，也次第兴筑，把青岛全市，点缀成一个大花园（Gardon City），可以算得是全中国最美丽、最新式的一个都市。

三　青岛形势概述

青岛市区的范围，把整个的胶州湾都包孕在里面，所以我们要谈青岛的形势，便该从整个的胶州湾说起。

整个的胶州湾，便好像山东半岛上的一张大嘴，它永远是这样张着口，延纳着黄海里送来的海涛。而青岛市区的疆域，如果在地图上涂上颜色来看，那么正如这张大嘴的嘴唇一样。

在那胶州湾的海口上，东西有两座半岛形的山角对峙着，好像是这张大嘴的两个门牙。船只的进出，一定得通过这重牙关，它的作用，竟如胶州湾的门户一般。靠东面的是崂山的山角，向西伸入海口；西面是灵山的山角，隔个海峡和崂山角对峙着。

在胶州湾的四周，尽是陆地，只在东南留了一个缺口，和黄海相通。海湾的北面，高丽山的余脉，自北向南，直达海内。而胶莱河便在这湾口的西北角上出口，胶济铁路自胶州向东，沿着胶州湾北部和东部的海岸，绕成一个大湾，直抵青岛的海角边为止。

胶州湾的里面，还包含着许多岛屿，如同口腔里含着几块糖一般。那些岛屿中最大的便是阴岛，在阴岛东南，有一个很小的毛岛。适当胶州湾口内的地方，还有一个黄岛，黄岛的西面和南面又有两个没名的小岛，北部有一个大鲍岛。阴岛承着高丽山的山脉，隆然突立在湾内的海面上，远望去，在海水中央突立着一连的山峰。青绿点染的山岭下面，围着一片碧波，景色是异常雄秀而美丽。

构成青岛市最主要的因子，便是许多大小不等的海岛。除了胶州湾内的许多岛屿以外，位在胶州湾口外，真像星棋一般的罗列着，我们如果要把胶州湾内外全部海岛的名称和面积总计一下，那么便如下表所示：

甲、胶州湾以内各岛：

名　称	面　积	名　称	面　积
大鲍岛	九方公里	黄　岛	五三九〇方公里
阴　岛	二八七九〇方公里	黄岛西小岛	一六〇方公里
毛　岛	二〇方公里	黄岛南小岛	一〇方公里

乙、胶州湾以外各岛：

名　称	面　积	名　称	面　积
青　岛	一二方公里	水云山	七五五五方公里
竹岔岛	三四一方公里	麦　岛	一二八方公里
大福岛	五五四方公里	槟榔岛	七七方公里
石　岛	一〇方公里	小福岛	一一方公里
夏堤庙	三四方公里	大公岛	一六二方公里
小公岛	一九方公里	鲍鱼岛	一七方公里
水灵山北小岛	一〇方公里	大公岛西小岛	六方公里
赤　岛	一二方公里	唐　岛	七〇方公里
莲　岛	二四方公里	乍连岛	二八一方公里

青岛陆地的总面积是五〇八五〇方公里，而青岛大小海岛的总面积是四三七〇三方公里。除了这些独立的海岛以外，还有对峙在胶州湾口的团岛和薛家岛，这两个都是和大陆相连

接的半岛，薛家岛的形势最雄奇，样子好像一只龙爪，探伸在海里一般。自古以来，航海家都视为畏途。因为那薛家岛非但形势奇险，而且横伏在海里，当海潮盛涨的时候，有些部分都没入海中，船行一不小心，便会触到暗礁。自从近世开辟海线以后，薛家岛便不再为患了。不过海轮都得从薛家岛向东北绕个大湾，然后走团岛入胶州湾。在形势上，好像是胶州湾的一列前屏，也好像是一重当关着的大门，掩护着胶州湾以及青岛市的海口。

青岛市区的中心点，在胶州湾的东岸，是一个很大的半岛，突出在黄海与胶州湾之间，这大半岛北面和即墨县相接壤，东面和南面便是黄海，西面的一边沿着海湾，所以可说是三面皆海。在海与岸相接的地方，因为受了水力的冲激，形成了曲折的海岸线。向里面凹的称作湾，向外面凸出的称作岬或角。在青岛市区与黄海相接处，有许多的湾和角。最西面伸入海中的是团岛，自团岛向东，海岸便成功一个弧形向里弯进去，那里适当青岛市区的正中，称作青岛湾，因为在湾口海中，有一座小青岛突立着，正对那小青岛的便是李鸿章栈桥，如果船只不进胶州湾，便可以在青岛湾停泊，从栈桥登岸。在青岛湾的东面，海岸向南突出，便是东岬，过了东岬，海水又向北作一大湾，这便是汇泉湾，著名的汇泉海水浴场便在汇泉湾里面。那里的海水最清碧可爱，海浪也比较平静，而下面又衬着软软地细洁的沙子，真是一个天然造就的大浴场。

汇泉湾再向东去，一条长长的海岸好像舌头一般拖入海中，这便是著名的汇泉岬。那上面当德国管理青岛时代，曾建有最新式、最巩固的炮垒。因为从汇泉岬上，可以很清楚地探视黄海面上来往的战舰，如同在掌上一般。而从战舰上却不容易看到岬上的军事设备，远远地只能看见一个青葱可爱的海岬而已。

转过汇泉岬，便是太平湾，太平湾再向东去，便是太平角，这太平湾和太平角的形势生得十分奇险，太平角真是一个嶙峋的山角，几块大石危立在海面上，好像要倾倒的一般。自太平角再向东，便是浮山湾，由浮山湾向东，经过麦岛，便是石老人湾，再过去便到崂山南麓的崂山湾。自崂山湾转过八仙墩，海岸正向北去，与鳌山头相接。

至于青岛市区西面靠着胶州湾的一边上，最饶形胜的，便是大港和小港，这全是用人工所创建出来的。大港内停泊大海轮，小港内停泊帆船和小轮，这两个港口，可以说是青岛商业的生命关键，假如青岛没有大港小港，青岛的市面一定会减少一半以上的繁荣。因为所有山东的货物，从胶济铁路运输过来，全以此为输出的口子，而同时，外面的货物，也以此为进口的总门，从此再经胶济路运到山东内地各县去。

在大港的东北西三面，筑着一条广阔的防波堤，好像一

停泊在港口中的船

个钓鱼的钩子，探入海中，只在东南口上留个缺口，每天巨大的海轮自港口来往行驶着，正如一群鱼儿来吞食钩上的鱼饵一般。因为有了防波堤的筑成，便使港内的海水十分宁静，船只停泊着，不再受到海浪的威胁。在堤上筑着一条铁路，沿着堤岸一直筑到尽头，以便货物的运输和起卸。

以上是青岛海港形势的梗概，至于青岛市区陆地上的形势，那么青岛所有的陆地，几乎全被山岭占据了去。我们如果从黄海上向北遥望青岛全市，那么只看见高矮重叠的山岭上，建筑着高矮重叠的房子，从那翠绿成林的山峦间，衬出无数红色的屋顶来，好像是在鉴赏一张卢山牯岭的画片一般。同时，这画面又很像中国极南的大都市香港，一切建筑物，完全造在山上的。

青岛所以能造成一个山林式的都市，这完全是德国人的力量，要是中国人自动要去把青岛辟为商埠的话，决计不会拣这一片山陵地上去建筑的。势必致于把都市的重心放在海滨的一片平原上去，顶适宜的便是胶州城南沿胶州湾一带。但是德国人却用它好奇的力量，把青岛境内的山陵征服了，他们把整个的都市建筑在山陵上，北面负着苍黛的山，南面对着碧青的海，景色的美丽固不必说，而形势的雄壮，却是全国任何都市所难及的。

青岛全市的山陵，均属于市区东面的崂山山脉，这崂山山脉是山东半岛东部的一条主脉，从青岛直向北去，到山东半岛北面的海边蓬莱县为止，便没入渤海中，变成无数的岛屿。渡海再与辽宁省的千山山脉相接，由千山再连接摩天岭，向北与吉林的长白山脉连成一气。所以，青岛的山系，是由阴山支脉的长白山脉衍连而来的，崂山便是山东半岛南部的一个主峰，恰好做了青岛东部海滨的一个大屏障。

青岛最著名的山，便是崂山，它那个崇高嵯峨的影子，巍

崂山山顶

立在黄海之滨，那山峰永远是吐着云气，好像和云天连接着一般。我们如果从青岛市区内较高的建筑上或是山顶上望去，便可以看见崂山的全形，它是那么高那么峻的，好像一个天然的画屏一般。而青岛市区中央所有的山，都不过是崂山的支脉，那些山生得都很秀，而并不险，且山势也很平坦，因此便成了青岛市住宅以及学校机关的建筑区域。

青岛市内大小的山陵，总数不下十余处，分布在市区的南部和北部。西部自青岛湾向西，地势完全平坦，因此商家及交通机关都建筑在那里。现在将青岛全市的山名，列举如下：

1. 南部海滨诸山——青岛山、太平山、观象山、信号山、观海山、浮山。

2. 西部沿胶州湾诸山——四方山、女姑山、丹山、少山。

3. 中部诸山——枣儿山、贮水山。

这许多山，从它们的命名上，便可以知道大多数是与市政建设上是有关系的：如观象山，便是青岛市测量气象的机关；信号山是青岛海关指挥船只往来的机关；贮水山是青岛全市自来水的屯贮所。此外的许多山上，都有相当的建筑，和对于市政上特殊的效用。

青岛因为三面皆海，半岛上的居民，只感着海的伟大，所以对于岛上的河流，反倒不甚注意了。青岛市区以内的河流也很多，因为多山的缘故，山水冲泻下来，便把山麓及平原上冲成了无数的大小河道，向海里流过去，所以境内所有的河流，都是淡水河。那河水又十分清涟，因为从山上奔流下来，经过了许多山石沙土的洗滤，便像沙滤水一般，变得十分清冽。

可是，青岛市区内所有的河流，只可以说是群山的泄水道，对于农事上却谈不上有什么伟大的功用。因为那些河流，河床和陆地是一般高的，所不同者陆地是泥土，而河内却是沙石。平日，那河床是干涸见底，沙石都曝晒在太阳下。间或在中间有一泓极细的水流，但遇到水涨的季节，或是山洪暴发的时候，山上一连下了几天的大雨，那些河道里，便会涨得满满地，急剧地向下奔流着。因为河床平坦，容水不多，有时常常要泛滥到两岸的平陆上去，可是决不会发生水灾，因为青岛乡区所有的农地，都是成坡形的，水流不能停止在倾斜的山坡上，只会直向海里流去。

这是一种天然的灌溉法，水从上面流下来，经过农田，润湿了一下，立刻又流下去了。而山里的水，终年是不断地流着，因此青岛附近所有的农田，都是极膏腴的，尤其是种植果类，最为相宜，因此青岛的特产，也以果类为最出名。

大部分的河流，都位于青岛市区的北部和东部，北部最大的河流，有白沙河，适当青岛市与即墨县交界的地方，自东向西，把青岛市北与即墨县划成了一条天然的鸿沟。在女姑口附近还有一条女姑河，沧口的旁边有李村河，四方附近有海泊河。这白沙、李村、海泊三条河流，经过人工的建设，辟为青岛自来水的水源地。在靠近大港附近还有一条杨家庄河。南部的大河流都偏在崂山南麓，以为崂山诸峰的泄泻道，著名的有汉河、大河、八水河等，不过没有北部许多河流著名。

整个青岛的形势，是由山岭、海湾、河流三种要素构成的，假如青岛没有如许山岭，就将失掉了它的雄奇，没有广阔的海面，就将失掉它的伟大。当我们坐了海船从黄海上向北第一眼看见青岛的时候，从那烟波苍茫的海上，浮起一个黛绿红墙的都市的影子，令人会感到一种伟大的神思来。

四　青岛交通概况

青岛，是一个海滨的都市，海滨都市的特点，便是联络海外与内陆的交通与货运，它是具有国际性的一种都市。在这种都市里，华洋杂处，四方的商贾们，都荟萃在一起，因此商业及交通，要比内陆的都市发达。

我们试看中国沿海的几个可以称作海滨都市的大埠。如上海、青岛、香港、大连、威海等，都是中外交通所必经的海口，国际的贸易城市，因此商业也格外发达，把持着近代工商业的权威。

像这些海滨都市，都是近百年以后的产物。在百年以前，中国人一向抱着闭关自守的主义，全国的商业重镇，都建设在长江或黄河的两岸，而对于海滨的港湾，一向是不注意的。自从道光二十二年（公元一八四二年）中英鸦片战争的结果，英国人的炮舰把闭关的迷梦轰破，依照《南京条约》，开五口通商，于是英人首先把黄浦江畔的一片荒地，建起商埠来，不数十年，便成了一片十里洋场，成为全中国最大的都市。这就证明了近世的贸易中心，已从内陆转移到海滨。

英人接着又经营香港和威海，俄人也经营旅顺、大连湾，德人便经营青岛，都成为中国沿海的大埠。这许多新兴都市的筑成，最初都是引用外人的力量所经营，因此外人的势力非常庞大。直到现在，除青岛、上海、威海的主权已收回外，如香港与大连，一个简直是像英国境内的都市，一个也完全被日本化了。而在青岛、上海、威海各埠，外人聚居的仍旧很多，一切的建筑和设备，也都完全外国化了。

海滨都市的所以会发达，所以会把握着近代工商业的权威，这完全是世界物质文明进化的结果；人类交通发达，海滨的都市便成了中外贸易的中心。同时，因为海道交通事业的发达，一切货物都能自海上直接运输到海滨各大埠。所以我们可以知道，海滨都市的生命线便是海上交通，如果没有海，那末便和内地的都市一样决不会这样发达的。同样地，我们可以推论到凡是所谓海滨都市，它的海上交通事业，也一定是特别发达。

青岛既是一个海滨都市，所以青岛的海上交通，也是十分便利和发达的。我们现在先叙述青岛海上交通的概况。

青岛的海上交通事业，比起上海和香港稍为差逊一点，但是已经可算得很发达了。青岛所有的航线，都是偏重于中国沿海及日本各口岸，至于远航外洋直达欧美的船只，却是很少。就现今所辟的航线而论，约可分为三方面，如下表：

青岛航线

　—向北——通至威海、烟台、津沽、营口、大连、

　　　　安东等地。

　—向东——通至日本门司、广岛、神户、大阪等地。

　—向南——通至海州、上海、福州、厦门、汕头、

　　　　香港、广州等地。

　　依青岛航线向各大埠航行的海船，多半是运货兼载客的。船数很多，而所属的范围也各异。有中国国营的，有中国商办的，有日本及英国的会社及公司办理的。大家都在同一条线上争揽青岛的航业，我们如果要明了青岛航业的现况，那末可以参看下表：

青岛航业现况

（国别、公司名称、船名）

中　国

　—国营招商局——公平、上海、无恙、安兴、海元、

　　　　海宁、海利、同华

　—三北公司——明山、衡山、泰山、升安、伏龙、

　　　　龙山

　—政记公司——乾利、丰利、泰利、茂利、安利、

　　　　顺利、福利、同利、英利、昌利、

　　　　纯利、威利、新利、增利、广利、

　　　　宏利、公利、中华、新华顺、海顺

　—肇兴公司——荣兴、和兴、裕兴、联兴

　—长记行——永春、青海、得春、永祥、迎春、同

　　　　春、长春

—同源行——源成

—华通公司——中和

英　国

—怡和公司——和生、明生、怡生、泽生、贵生、
富升、日升、合生、恒生

—太古公司——盛京、顺天、新疆、四川、山东、
新宁、绥阳、苏州、颍州、惠州、
宁海、甘州

日　本

—岩城商会——共同丸、唐山丸、华山丸、嵩山
丸、庐山丸、泰山丸

—大连汽船会社——青岛丸、奉天丸、大连丸、
天潮丸、日光丸、原田丸、
秋田丸

—三井洋行——高见山丸、神爱、笠置山丸、鞍
马山丸

　　从这一张表上，我们可以知道青岛航运事业的发达了。而航业的势力，是属于中、英、日三国的手里，我国近年来对于海航上很努力，因此很能挽回一点已失的利权。在青岛的航线上，且占了优势。不过因为船只小，大部分商办的公司组织欠健全，所以在营业上不及英、日两国。最近国营招商局购备了许多新船，专门行驶青岛，管理及办事均见进步，足给与英、日两国的航业以一点打击。

　　普通自青岛至上海，航行的时间，英国船和日本船是二十六小时，招商局的船需三十小时左右，虽然中国船走得比较慢一点，但是稍具一点爱国心的人，都是喜欢乘坐中国轮船的。

青岛航业的所以如此发达，第一是由于青岛海港的深阔，和港内设备的完全，便于船只的停泊。第二是因为青岛有胶济铁路可以做水陆的联运，外洋的货物，藉此可以输入内陆，而内陆各省的产品，也定须由此转道出口。因此，青岛的航业便特殊的发展，而海道上的交道，也更形便利了。

以上是青岛海上交通的梗概。至于青岛陆路上的交通，那末唯一的路线，便要算胶济铁路了。

胶济铁路是德人依照光绪二十三年的德国租借胶州湾条约内山东铁路铺设权一项而建筑的。在光绪二十五年（公元一八九九年），德国人设立山东铁路公司，着手进行青岛到济南间的铁路工事；光绪二十六年，因义和团之役而暂时停顿，到三十年三月间，全线完成通车。至于德人经营这条路的目的，是想藉此吸收山东全省的农工产品以及矿产。所以在租借条约上，还订明沿线三十里以内的矿山采掘权，也归于德人。所以全线的路径，就特意迂回曲折地把山东所有的著名矿产区，都包括在铁路沿线的三十里内。因此现在胶济铁路沿线的矿产，也特别丰富。

胶济铁路的全线共长一百四十六公里，当欧战后曾被日人一度占领，到太平洋会议时才决议交还中国；可是须由中国向日本备价取赎，路价议定五千四百万金马克（合日金四千万元），由中国用国库券支付日本，年息六厘，库券分十五年清偿，从此主权才算归还了中国。这胶济路的全线，自山东半岛东端的青岛，似长蛇一般蜿蜒到西部的济南，沿线经过沧口、胶州、高密、牟山、坊子、潍县、昌乐、青州、临淄、金岭镇、张店、周村、普集、明水、龙山镇等各大城镇。自张店到博山，还有一条张博支线。

胶济路上的交通，每日自青岛至济南间，行驶通车六次，区间车二次客车的设备，非常完美。因为路线的迂曲，时常打湾，所以车行的速度，要比其他路线慢一点，沿路各车站的建筑，完全是德国式，济南及青岛两个总站的建筑都很伟大，而且是十分美观。

如果要从青岛走陆路到各地去，那末只要坐胶济路火车到了济南，便可接通津浦铁路，向北可通北宁、平绥、南满、中东诸路，向南可通陇海、京沪、沪杭甬各路；由陇海路更可接通平汉铁路，行旅是十分便利的。在每年的四月一日至九月三十日在青岛与北平之间，行驶青平直达通车，以招徕华北赴青岛避暑的游客。

青岛公路的建设，似乎比较别处要差一点，现在只有自青岛至即墨间，可通行汽车，自即墨有公路可通至平度、沙河，与烟潍公路连接，属于山东省公路局管理。不过青岛市区以内的交通，却是十分便利。青岛的街市都是柏油大道，到处都可以通行汽车，就是到乡间各名胜区域间，也都有公路连通，每天行驶长途汽车。青岛市内的公共汽车，是属于商办的"青岛公共汽车股份有限公司"办理的。汽车的行驶，可以分成市区和乡区两部份：市区以内有六条路线，通行市内各热闹市街，以及公共场所。乡区有二条干线，二条支线，大都是向崂山取包围的形势。可以通至白沙河、夏庄、大崂、板房、流清河各处。

乡间风景

因此在青岛市内的汽车交通，也是称得上便利的。

除了海陆两项交通以外，青岛还有空中的交通，这空中的交通事业，便是中国航空公司办理的沪平通航，自上海至北平间定期飞航，而以青岛为经过的降落站。每逢星期二、六上午六时半自上海起飞，七时半至南京，九时四十分至青岛，十一时四十五分至天津，十二时二十五分至北平，称为北上机。每逢星期三、日上午六时半自北平起飞，七时十分至天津，八时五十五分至青岛，十一时〇五分至南京，十二时二十五分至上海，称为南下机。而在星期四由上海经海州、青岛、天津而飞往北平，星期五由北平经天津、青岛、海州而飞往上海，所以，青岛除了星期一以外，每天都有飞机南来北去，非但可以乘客，并且还可以递寄信函。这样，使青岛的交通，在便利中更加上了迅速。

青岛的海陆空交通，既然是这般便捷，因此，便直接影响到青岛市面的繁荣。同时，因为青岛是一个避暑的胜地，所以游人格外多。每年的夏季里，我们可以从报纸上看到，有很多的政治要人，或是显阔的人们，都是坐了飞机，迅速的从悠然的白云沧海间，飞往青岛去。

五 青岛风景志

青岛是一个新兴的都市，又是人们避暑的胜地。所以关于风景的点缀，是十分的佳丽。

整个的青岛市便好像一个大公园，在这大公园里，有伟大的海，海波永远像碧玉般荡漾着。有苍秀的山，山峦永远如图画般的兀立着。在那海边、山崖，团团的绿树丛中，隐藏着无数的红瓦屋顶。屋顶接着蔚蓝的天空，那天空似乎格外清澄，纵使有白云流过，也仿佛如碧海上滑过几叶白帆小舟似的。这大公园周围的景色，永远是这般地青春，这般地明快，令人如同投入一个健美的日耳曼少女的怀里一般。

青岛最初是德国人规划营建的一个都市，所以，一切都含有日耳曼民族的风格，青岛的风景，也便全部的日耳曼化了。当我们第一眼看到青岛海滨的建筑物以及市街的布置时，我们会疑心自己是置身在异城。

青岛区内所有的风景建筑，大部分都是德人管理时代所设。我国接收以后，最近也曾加以许多建设，所以近几年来的青岛，已经把日耳曼的风格汉化了。随处也能看到八角的亭榭，飞檐的牌坊，以及城郭式的建筑物。现在反成了风景点缀的主体了。

关于青岛全市的风景名胜，我们可以分成市区和乡区两方面来说：

（一）市区风景

（1）小青岛

小青岛，在市区南部的青岛湾内，适当前海栈桥的东面，与市政府隔海相对，距陆约一海里。这可以说是青岛市的一个特殊标帜，凡是从海外进口的轮船，当他们将驶近青岛海岸时，第一眼便能望见小青岛。它的样子，真有点像德国在威廉皇帝时的陆军帽，全岛下面和海水相接，划成一条平直的水线。上部却是半圆的隆起，在正中建着一座灯塔，这正和德国军帽上的一个柱状帽徽一般。这岛在从前隶属于即墨县境，是一座人迹不到的荒岛。自德人占领胶州湾后，就在上面建起灯塔，于是便著名起来，就用这岛的名字，来命名整个市区。而在这岛的原名上，加了一个小字，称为小青岛。当日人接管的时代，曾一度改名曰加藤岛，我国接收以后，仍旧名曰小青岛。

小青岛上的灯塔，是青岛湾内海船夜航的唯一目标，那塔形是一个六角形的立体建筑，白天里是很显明的白色，从极远的海面便能望见。到晚上，塔顶上有自动明灭的红灯，指引着海面上的船只，平时自青岛海滨到小青岛上去，可以从前海栈桥边坐了渡船过去，岛上有小规模的公园布置，满山都种着松树，青翠可爱。闲时坐在松荫下，一面啜茗，一面看到岸边浪花的翻滚，是很有意思的。

遥望小青岛

（2）前海栈桥

前海栈桥，在市区中部的南海沿，适当太平路之南，中山路的极南端，因为伸出海面上，所以便称作前海栈桥。这桥始建于前清光绪十六年，李鸿章感于青岛海港形势的冲要，就命令登州镇总兵章高元派兵驻守于此，同时用旅顺船厂的铁材，在海面上建成此桥，以便海军上下和运输物品之用。德人占领青岛后，曾加以展筑，把桥基深入海底，而称曰李鸿章栈桥。全桥共长四百二十公尺，宽十公尺，最初分为南北两段，南段是钢铁作架，木板铺面，北段是大石作基，三和土铺面。后来年久失修，南段的木面，便破烂不堪。当我国接收以后，便把南段改用钢骨水泥建筑，在桥的极南端，添建了一条三角形的防波堤岸，使桥首成功一个"个"字的形状，可以减少风浪的冲激力。全桥的长度，也自四百二十公尺增至四百四十公尺。在堤端又筑了一座二层的八角楼，名曰"回澜阁"，纯粹是中国式的建筑，以供游人们登临憩息之用。每当夏季，栈桥上及回澜阁的游人很多，都是为欣赏海景而来的。

（3）观海山

观海山，在市区的中部，当市政府的北面，观象山的西南，信号山的正西。山顶高度海拔六十余公尺，满山遍植松树，山顶上筑着一座平台，可以观海，名曰"观海台"。登台远望，那末胶州湾和青岛海口的形势，都历历在目，气象的雄壮，不亚于从武昌的黄鹤楼上远望汉口一般。

（4）观象山

观象山，在市区中部的偏北，适当观海山之北，伏龙山之西，信号山的西北，又名测候山，海拔七十九公尺。山顶上有一座观象台，故名观象山。登山四望，全市的景色，都能一览无余。

（5）信号山

信号山，在市区中部的偏东，当伏龙山之南，观象山的东南，全山高度海拔一百公尺。山顶上建着信号旗台，专门为轮船及帆船入港时传递信号，故名信号山。在山的南麓，从前德人管理时代，建有一座提督楼，是很壮丽的一座大建筑，曾一度作为青岛市长官舍，现在改为迎宾馆，作为国内外贵宾莅临青岛时的下榻处。在那迎宾馆的四周，风景很是清绝，每届旧历端阳节，游人们都到信号山一带去游览。迎宾馆平日是关着的，每年遇到青岛市接收纪念日，便开放一天，任市民参观。

（6）贮水山

贮水山，在市区的东部，当青岛山的北面，全山高度海拔九十余公尺。两峰相对峙，中间微微地凹下去，好像一个马鞍子，因此又叫马鞍山。在德人管理时代，在山上筑有毛奇炮台，现在炮台已经废毁，山上建着两个贮水池，容水量很富，是青岛全市自来水的总源。所以名曰贮水山。

（7）青岛山

青岛山，在市区的中部，当贮水山的东南，信号山的东北。全山高度海拔一百三十余公尺。德人管理时代，曾经筑有俾士麦炮台，现在也已毁废。日人占领青岛以后，在山腰里建着一座白石忠魂碑，纪念为夺取青岛而战死的将士。山的北面，是第二公园，东南面是中山公园，形势雄秀，风景也很清丽。

（8）太平山

太平山，在市区的极东部，当青岛山的东南，是青岛市区内的最高峰，海拔一百五十余公尺。从前德人曾在此建有伊尔气斯炮台，是青岛东南隅防守的要地。那一带山石嶙峋林木茂盛，很饶清趣。

（9）汇泉炮垒

汇泉炮垒，在市区的东南隅的汇泉岬，山角伸入海内，和东面的太平角，西面的团岛角，遥相对峙，这是胶州湾的第一重门户。德国人开辟青岛之初，便在这里建置汇泉炮垒。那炮垒的建筑，非常坚固，外面围着石壁，中间辟有地室，可以从山角的腰部，直通到南端。那地室是钢骨水泥的建筑，里面分建着士兵寝室、火药库、厨房、娱乐室等，设备很是完全。室旁有走廊，廊间装置了轻便铁道，专门是运输药弹用的。在地室上面，分置着二十四生的的加农炮两门，十五生的的加农炮三门。外面丛林交掩，并且还用电网保护。自从民国四年日本占领青岛以后，这里便完全毁废了。虽然在民国十六年曾一度加以修理，不过是使外表整齐一点，实际上对于炮垒的效用，还是不能恢复。现在只能供游人们做凭吊的资料了。

（10）团岛

团岛，在市区的极西部，当台西镇的西南端，海拔十七公尺。三面临海，形势非常雄壮。德人曾在岛上筑堤，以相联贯。并且设有炮台和灯塔，现在炮台已废，灯塔尚存。那岛上因为距市区较远，所以人迹罕至。在海阔天空间，时常可以看见白鸥飞翔，海船往来，另具一番空阔的景象。

（二）乡区风景

（1）李村

李村，是青岛市最大的一个乡镇，位居青岛市大陆区的中心点，在那里设有乡区建设办事处，由市政府各局派员合组，是乡区建设事业的总枢纽。村内有医院、中学、监狱等设备。地势适当李村河的中游，因此四通八达，凡是乡村内的贸易，都以这里为中点。在河涯边有极大的市集，每逢阴历的二、七日，乡民都来赶集，热闹异常，附近有一个农事试验场，是人们游览的胜地，仿佛像一座公园一般。从李村到各地去，有汽车道和大道连系，所以交通也很便利。

（2）浮山

浮山，在李村区的南部，最高峰海拔三百五十余公尺，山势很险峻，当民国四年日德战争时，这里是攻守最烈的战场，可以说是青岛东部的第一道防线。山前有一所黄草庵，背山面海，很饶形势。西面通湛山大路和市区相接，沿路经过燕儿岛和浮山所等地，都是中外人士避暑的胜地。

（3）午山

午山，在李村乡区彭家庄的南面，午山村的东面，最高峰海拔三百五十五公尺，山上有一所午山庙，建筑很是壮伟。从山麓有盘道可以拾级而登，到了山顶，那么海光山色，全收眼底，景色是很幽胜的。

（4）沧口

沧口，在市区的北面，李村的西面，胶济铁路由此沿海蜿蜒地向北去。在那里，可以看见女姑山遥峙于北，丹山和少山、法海寺，冈陵起伏，兀立于东，还有那胶州湾的浅滩，和湾内阴岛的影子，遥相对望，另成佳趣。

（5）女姑山

女姑山，在沧口区的西北，山上有一所女姑祠，是汉武帝建立明堂故址太乙仙人祠之一，四时的香火很盛。山下便是女姑口，白沙河由此奔流入胶州湾，向西和阴岛相对，海湾内的景色，很是幽丽。

（6）丹山　少山

丹山和少山，在沧口的东北部，丹山在丹山村东，少山在源头村东。沿山附近一带，遍植果木，每当花开时节，如火如荼，灿烂夺目，好像一片锦绣，游人非常众多。山上都建着风景亭，以便游人们休憩之用。山间的道路很平坦，交通也很便利。

（7）月子口

月子口，在沧口的东北隅，白沙河由此出山，那里两峡对峙，风景在奇险中带着秀丽的意味。由此向东可至崂山雕龙嘴，向西可以到丹山和少山。

（8）四方公园

四方公园，在沧口区内的四方村，是属于胶济铁路管理局所有，故又名铁路公园。园内垒土为山，凿地成池，花卉掩映，很饶有山林的幽趣。池内满种荷花，每当凉夏的晚上，荷花送香，明月照地，仿佛是置身在仙境中一般。

六　崂山胜迹（上）

"泰山虽云高，不及东海崂。"

　　这是山东滨海居民的一句谚语。从这句话中间，我们可以知道崂山的胜景，是要超泰山而上之。泰山位在山东省的中央，以雄伟崇高见称于世。到山东省去的游人，都必须一登泰山。而崂山却僻处在黄海之滨，虽然比不上泰山的崇高，但是山势的峻险，景色的奇丽，却是过之。在从前，人们是很少知道崂山这个名字的。自从青岛开辟以后，崂山的名声，也就随着著称起来。到现在，凡是到青岛去的人，都必须一登崂山。

　　崂山周围四百里，东南两面，都傍着黄海，冈峦起伏，怪石峥嵘，山势是够称得上"怪突奇险"。登临过泰山的人，只觉得那山势是伟大雍和，循着山道一层一层地上去，似乎使人捉摸不到山的边际。到了绝顶以后，只见那重垒的峰峦，都在脚底下拱伏着，十分静穆与庄严。而人们若旅行到崂山去，所得的印象便不同了。那巨石东一块西一块地捆住了去路，摇摇欲坠，有些竟活像一群怪兽，或是人物的造像一般，含着神秘的恐怖性。同时因为山峰靠近海，山间的云气是终年不断的，似白烟一般缭绕着。人在半山里，如同投入的云烟阵中，沧溟一色，看不清上面有多高，下面有多深，只听得脚底下的海水，在澎湃，在呼啸，震得那山峰巨石，似乎都在摇动起来。

　　因为崂山的山势生得如此怪险，因此崂山自古以来，便被人目为神仙山。在历史传说中，一代的专制君王秦始皇，为了求仙，曾亲自到崂山顶上，观望海中的蓬莱仙岛。而谎言求仙的徐福，也是从崂山的南面，乘船入海的，现在还遗留着徐福岛的古迹，据《神仙传》所载，乐正子长曾在崂山中遇见神仙。唐代天宝年间，王旻和李华周，曾居此炼丹，在当时，曾一度改名曰辅唐山。李青莲赠王屋山人的诗上，有"我昔东海上，崂山餐紫霞"的诗句，就此可知在唐朝时，崂山的名声，已经著称于世了。

　　崂山既被人们目为神仙出没的名山，因此现在所有崂山的胜迹，也很多神仙的传说。若八仙墩，相传是八仙过海聚饮的地方。棋盘石，是南斗和北斗星下棋的遗迹。此外又有什么降龙伏虎的奇石，以及真人化身的怪洞，都是以神仙做骨干的，而山上现今所有的宫观建筑，大半都是千百年前的遗址。因为地址辟居海隅，和内地相隔绝，虽然有好奇的游客，但困于交通，只是劳向往而已。自从德人经营青岛，崂山的西部，全划入德人的租借区内。德人生性喜欢野游，便在崂山的附近，兴筑汽车大道，自青岛市区可以直达山麓，因此游人便一天多似一天。崂山的名声，从此大著。到了日人占领以后，山路便渐渐荒塞，变成了盗匪出没的地方，于是游人从此便绝迹了。直到民国十七年以后，青岛改为特别市后，渤海舰队的海军，便驻扎在崂山，专任肃清盗匪，东北海军司令沈鸿烈氏，改任青岛市长，对于崂山的建设，更是不遗余力。凿山开道，重修古迹，于是崂山的天然景色，因整理而焕然一新，每当春秋佳日，中外的游客，不绝于途。

　　关于崂山的胜迹，可以就天然形势的界划，分成三条路线，现在分述如下：

（一）南海路诸胜

（1）流清河区

　　沙子口　登窑　茶涧　沙子口，是崂山南部滨海的一个市镇，那一带峻岭四环，松竹葱蔚。在口东北八里，便是登窑村，三面环山，南面见海，一片平原上广植着苹果和梨树，花开时节，灿白一片，不亚于桃源胜迹。从登窑村沿凉水河向东北去，便到茶涧，夹涧两峰对峙，竹石清幽，上面有一座草庵，向北去，山顶上有一片平地，丛生着茂林，从前德人曾在此建过别墅，现在已经圮毁了。

烟云涧　聚仙宫　从登窑越凉水河，东南二里，便到烟云涧，那里两山相夹，崖石苍秀，从外面进去，有一条曲折的小径可通，径旁竹树回合，浓荫掩盖，流水淙淙，很饶幽趣。里面有一座寿阳庵，倚山傍涧，景色很是清静。再自烟云涧向东南里许，便到聚仙宫，是元朝泰定年间李志明和王志真所建，从前的殿宇建筑很宏丽，现在大半已圮毁，只有神武殿还留存着。聚仙宫的西面，有一块太湖石，样子生得非常奇怪。西北还有一块椅子石，样子很像一张靠背椅，石上镌着"青龙庵镇水庙"六字。

流清河　大小平岚　梯子石　流清河在聚仙宫的东面二里地，山色秀奇，从涧口进去，只看见涧水从上面奔流下来，好像雪练一般。如果在雨后，更是好看。从流清河向东，便是大小平岚，那山岩高高地危踞在海滨，下面有小径可通，迂回曲折凡十余里，才到梯子石。那梯子石俗名"阎王爷的鼻子"，是最奇险不过的地方。因为那一带山势陡落，峻峭异常，循着山径上下，仿佛如登梯一般，而一面巉岩当道，一面是惊涛撞岸，人从上面过，非常危险。

八水河　东平岚　从梯子石东行，便到八水河，八水河的上游是龙潭瀑布，两涧岩壁峭立，古木苍松，好像虬龙起舞一般。涧底一潭清水，倒映着山树的影子，风景十分幽丽。自八水河爬过巉岩，再向东去，便是东平岚，山顶上有一座山神庙，前面有一片平崖，可以南望海景。

（2）巨峰区

砖塔岭　砖塔岭，在烟云洞东北四里。相传从前有一条巨龙，把旱河的一座砖塔移置在此，故名砖塔岭。从山顶上向北遥望，可以看到巨峰的重峦叠嶂，高出云端。而南望海光，便晶莹得如同一面大镜子一般，大福岛浮在海中，好像一个青螺。从岭头向东去，有一个地方叫金壁洞，两石特立，上面有一块巨石掩覆着，构成一个山洞的形式。洞的上面的一片危崖，向东迎着大海，形势异常雄险。

风口　森林公司　铁瓦殿　从砖塔岭下来，再向上去，便到风口，路旁有一巨石偃卧，石下有两股泉水，相去咫尺间，一甘一苦，故名甘苦泉，泉下涧水澎湃，震动崖谷，西面是钓鱼台和七十二叠山。从此过洞北上，就到森林公司，山岭间满植着桃李等果树，蔚然成林，颇饶幽趣。由此沿东住岭，再向北去，一路巨石当路，长松夹道。耳听得涧底的流泉，如同脱了尘俗一般。行一里许，便到铁瓦殿，铁瓦殿一名白云庵，后倚叠嶂，旁临深壑。向南望见海天一角，如同仙人的宫阙。

金刚崮　白云庵　金刚崮，在铁瓦殿的西面，从前有太华宫和六合宫的建筑，现在都已圮毁。从崮道向上去，便是灵旗峰，再向北便是卦峰，卦峰下面，也有一座白云庵，和铁瓦殿是同时的建筑，都称为崂山的古刹。那一带峭岩环抱，和金刚崮遥相对峙。上面有一个葫芦洞，很是深幻，自从铁瓦殿被毁后，白云庵也就随着荒芜了。

白云洞　朝阳洞　白云洞俗名流水崮，去铁瓦殿东二里。那里有一块绝岩壁立着，中间裂成一个石隙，泉水从石隙间向下坠流，琤琮有声，落地成潭，水味很是甘冽。这里是流清河的发源处，旁边有一个可容数百人的山洞，便是朝阳洞，从前山上的牧牛人，每当夕阳下山的时候，往往把牛群赶到朝阳洞里去过宿，因此俗名又叫"避牛石屋"。

慈光洞　自然碑　巨峰　自铁瓦殿向西过老君洞，山路格外崎岖，盘折而上，便到慈光洞。慈光洞的地位，处在一片绝壁的下面，两旁危峰耸立，面临深壑，俯视大海，如在足下。洞内石色非常莹洁，好像用人工磨琢过似的。从洞口循原径上去，山路便愈形险峻，要攀援着葛藤方能上去。再隔二里许，便到石门，那里南北有两块巨石特立，上面有一石横盖着，好像城门一般，很是宏阔，走过石门向西去，自然碑的巍峨的影子，便在目前了。碑高十余丈，宽三丈许，雄伟突立，碑面很平阔，顶上覆着一块短石，宛如碑额。和泰山顶的没字碑相比，那么人工与天然间，它的雄伟是相去远甚。从自然碑再向上去，经过七星楼、新月、幕云诸峰，再隔二里路，便到美人峰，山峰的姿态非常秀美，俗名叫做比高崮，峭拔异常，普通人是爬不上去的。相传只有一个德国人叫山贼的，曾经冒险登临过一次。由美人峰再上去，便到巨峰的顶巅。巨峰又名崂顶，全是许多岩石所垒成，在绝顶处只能容纳一个人坐立的地位，四周有铁阑围护着。登顶一望，那么崂山的云峦，尽入眼底，城市村野，都历历可辨。东南是一片大海，烟波浩渺间，浮着无数岛屿，而海滨一带，港汊纷列，浪花四溅，真是海上的奇观。

（3）天门峰区

会仙山　响云峰　天门峰　跃龙峰　南天门　碧天洞　暖石屋　会仙山，在森林公司的东南，峰峦数十，都是峥嵘的耸峙着，好像向巨峰朝拜着。从山左向下行三里，便是响云峰，峰势很是险拔，不能登临。再向南去，便到天门峰。那里两峰矗立，好像天然的门户一般，云烟出没，气象很是雄伟。天门峰前面，还有一个跃龙峰，那峰势如同飞的一般，峰上有一个水池，深不可测，名字叫做浴盆。由此再向南去，便到南天门，和云门峰遥遥相对。云门峰下面有一个碧天洞，位在一片绝岩的下面，内部非常宽敞，土人俗呼为金銮殿，因为它的形势非常雄阔而庄严。洞顶有泉，涓涓下滴，天寒时结为冰箸，样子很好看。从云门峰右面循天门洞向下去，还有一处叫暖石屋，洞口东向，每当朝日初升的时候，洞内比别处暖和，所以称作暖石屋。

天门后 从天门峰的左面，循着山势向下去，山路非常险峻，下面便称作天门后，从前建有庙宇，叫天先庵，庵旁有贮月潭，四围崇嶂环抱，因此气候最暖，山林间满生着奇花异卉，到秋冬也不易凋零。相传先天庵是明白道人所建，现在已经毁圮，只有几户山间的人家，现在还结庐居住着。

（4）上清宫区

上清宫 上清宫，在天门后的东面三里多地，那是一个宋朝初年所建立的道院，和上苑、太清二宫，同称为崂山上的古院。那宫的地位，适围在一个山壑里，非常幽深。从前的殿屋有两座，后面是玉皇殿，前面是三清殿，现在三清已废，玉皇尚存。在殿前有一条朝真桥，右面有一条迎仙桥，两条桥的旁边，都丛生着竹树，人从桥上行过，上面竹林荫翳，下面水声悠然，如同置身仙境。在迎仙桥的北面，有一块巨石突立着，额上镌着"鳌山上清宫"数字，以及邱真人的七言绝诗十首。石下有一口圣水泉，水味很是甘冽，有人评为崂山第一泉。宫前还有两棵银杏树，已经苍老不堪，大概已是数千年前的遗物了。

长春墓 龙潭湾瀑布 长春墓在上清宫的南面半里，相传是长春邱真人的坟墓。由此沿涧向西南行，峡势曲折而下，四围峭壁回环，便到龙潭湾瀑布。水流自涧顶飘洒而下，凌空飞溅，如同玉龙横飞，直泻到下面的龙潭湾里。潭内的泉水非常澄清，旁边有块大石，可容数人并坐，坐在那石上观瀑，最为相宜。

（5）明霞洞区

天茶山 天茶山，一名三茶山，高出海面约九百四十余公尺，山上两峰峙立，高入云霄，因此又有"双峰插云"的名号，不过因为地处偏僻，所以游人很少。山上还有一块一起石，前面还有一个高石屋，北大顶是全山的主峰，险绝不可登。

明霞洞　斗母宫　玄真洞　明霞洞，在上清宫的东北，从山麓上去，约二里许，山半有栖玄洞，洞旁有古松数株，两旁修竹夹道，石级盘旋，成二十一折，因为竹篁生得很密，所以不见天日。到石级尽处，便是明霞洞。斗母宫在明霞洞的右面，客舍数楹，非常雅洁。由宫后再向上，在一片绝壁下，还有一个玄真洞，洞口有题诗说："莫嫌三丰茅屋小，万山环绕画图中"，是很确切的。

（6）太清宫区

太清宫　一名下清宫，距上清宫约三四里，从青岛可以坐轮船直达。那里背倚峻山，面临大海，形势很幽险，而四周的林木，很是茂盛，从宫后山上望去，一片暗绿色，中间有一条幽径，直达宫前。宫内的建筑，分为东西两院，东院祀三官，西院祀三清。在三清殿西，还有三皇救苦殿和吕祖祠，殿宇很是宏阔，院内花木很多，像紫薇、黄杨、牡丹等，很是繁盛，还有一种耐冬花，在雪后开花，尤为奇观。宫南和海滨相接，有长堤伸入海中约半里许，怒涛不断的冲激着，冲破了宫内的沉寂。

八仙墩　张仙塔　八仙墩在崂山东南尽处的崂山头上，伸出海中，山势非常峻峭，难于登临。所谓八仙墩，是一块平广的大石，下临大海，形势奇险，相传是八仙过海的遗迹。那旁边的海涛汹涌，浪花倒卷，飞舞在天空中，如同玉树银花，可说是山海最美丽的奇观。自墩上向东望去，有乱石层叠，好像一座宝塔的样子，便是张仙塔，相传是真人张三丰的遗迹。

七 崂山胜迹（下）

（二）东海路胜迹

（1）青山区

青山村　青山村在烟霞岭的北面，从太清宫向北去，翻过烟霞岭的山头。那里两山相夹，一径中通，远望太清宫，在松林竹丛之中，衬着一角碧海，景色异常幽绝。过了烟霞岭，下山向北，便到青山村，全村有数百户人家，倚着山势的高下，结为住舍，远望去，竟如层楼复阁一般，野花隐隐的点缀着，仿佛如一幅天然图画。在村西是青山口，两重高高的山岬，遥拱着大海，一片烟波飘渺间，浮沉着点点渔舟，是十分富有诗意的。相传村上的居民，都是姓林，他们的祖先，全是福建人，在明朝末年避乱而来。村上的男子，都是干渔业的，每年的春秋二季，驾着一叶渔舟，入海去捕鱼，妇人们在这个时期内，常常喜欢涂脂抹粉，招引游人。所以青山村，是被一般游人认为是一个神秘的村庄。

黄山　窑货堤　斐然亭　钓龙矶　海云庵　丰山　黄山和青山一般的是一个海滨的渔村，倚山结舍，景色很是幽美。由此向北，经长岭而到窑货堤，那里峭岩壁立，东面就临着大海，形势很险。再向北去，便到漩心河，河心里大石累落，水从高处的山涧里冲下来，被大石所阻，便洄漩倒涌，成为奇观。过河再向东北行，便到望海岭山岬，深入海际，岬上建有一座斐然亭，是上海人士集资为纪念青岛市长沈鸿烈而建。由此再向西，便可通华严寺，向北沿海经南洼河，便到钓龙嘴，靠海边有大石壁立，惊涛汹涌处，便是钓龙矶。由此再北行，过泉儿

岭，直抵海云庵，相传是唐朝征高丽时所筑，明代作为海防的
要隘。庵内奉祀包拯、寇准、海瑞三人。在庵的东面，便是仰
口湾，湾内风平浪静，渔舟纷集，当欧战时日军进攻青岛，曾
在此登岸，也是海防上的要地。

（2）华严寺区

华严寺　华严寺，在那罗延山的东麓，那里重峦环合，林
壑幽美。游人们往往取道海滨，坐汽车直达华严寺下麓。有一
条石径，直通到寺前，石径两旁，都是翠竹和古树交掩着，人
从径上走过，仿佛是步入森林中似的，阴暗不见天日。寺前塔
院门东，有一个鱼池，周围护着石栏，中正通着小桥，山泉自
道旁的竹根里流泻下来，注入池中，池内养着五色金鱼，浮沉
上下，最饶幽趣。这寺从前名曰华严庵，是明时即墨人黄宗昌
所建，形势很是庄严。殿宇极其宏丽。倚着山势，层层向上，
佛殿建在正中，两旁是僧舍和客屋，陈设都十分精致。寺前山
门上有一座藏经阁，适对黄海一角，在冬季里，太阳自东南海
上升，这里是观日最好的地方。寺后有狮子岩和寂光洞，都是
以山石的奇绝见胜。

鱼鼓石　那罗延窟　华严洞　从华严寺取道涧底西上，夹涧
峦峰苍翠，泉声不绝，走了一里多路，便到鱼鼓石，那石头很
长而斜卧着，上面有一个洞，深不可测，如果拿东西投进去，
便琅琅作声，因此便名曰鱼鼓石。由此再向上去，大石挡路，
人从石隙间攀援而上，经过三里路，便到那罗延窟，那是一个
很宽广的大石窟，危岩突立，形势奇险。从窟内向上仰视，可
以看见一角青天，如同在井底里观天一般。这里相传有西方佛
教的贤哲，曾在此讲过教义的。从那罗延窟再北上，绝壁下有
一个华严洞，从那里可以俯视海上日出。

（3）明道观区

明道观　望海门　明道观距华严寺西上约五里地，高八百公尺，是崂山上宫观中最高的一座。相传是唐朝天宝年间，王旻炼药的地方。到清朝康熙年间，道人宋天成开始创建宫院，分为东西两座院子，东院奉祀玉帝，西院奉祀三清。那观屋的四面，冈峦围合，好像重重的城廓一般，背面靠着胡涂子岭，前面遥对着天茶山。左面便是那罗延山，山上有观日台，石岩上刊着"浴日奇观"四大字。沿山向北去，便是挂月峰和望海门，两崖壁立，上面有一块巨石横覆着，好像一座门楼的样子。人从门内下去，下望海天，如同一张镜子一般，一带苍然的云气，萦绕在眼底，而华严寺的影子，在竹树葱郁中可以隐约的看得见，真是极尽山海的奇观。在明道观后面，还有两个山洞，一个叫天然洞，一个叫三真洞，三真洞里是清朝三个道人修仙化身的地方，现在洞门已用砖石堵起来。洞旁有一池泉水，里面养着各色的金鱼，很是好看。

棋盘石　棋盘石，在明道观的南面，那是一片险绝的危岩，远望去好像一片危楼，高矗云际。山路很是崎岖，不易攀登。相传这里是南北斗星君下棋的地方，故称棋盘石。

（4）白云洞区

白云洞　老君洞　二仙山　贮云轩　菩萨洞　普照洞　白云洞，在华严寺西北，太平宫的东南。山势郁勃盘结，非常险峻。从山麓到山顶，都是大石横陈，石隙间丛生着古松。白云洞在高四百公尺的山顶上，背倚危崖，前临深涧，东南俯视大海，气象十分雄壮，洞下建着几幢殿宇，很是精致。从钓龙嘴登山，经过老君洞、象鼻洞及二仙山、贮云轩、菩萨洞、卧云窟诸胜，便到白云洞。那洞是三块巨石所结成，里面供奉着玉帝的神像。在洞的前后左右，有青龙、白虎、朱雀、玄武四块巨石，以青龙石最奇。

南下还有一个清灵洞和普照洞，地方很是清旷。

观音岩　石障庵　从白云洞西上，穿过西望海门，向北便到观音岩，岩高数十丈，半面白石隆起，好像一个观音的小像，故名观音岩。由此更西去，便到毛儿岭，再南去到夹岭河，曲折南下，便到石障庵，殿屋已荒芜不堪。庵旁有伏龙洞和栖云洞，伏龙洞深不可测，相传是蛇龙的巢穴。

（5）太平宫区

太平宫　狮子峰　太平宫在崂山的东北隅，从海云庵南上二三里，游人们可以自东海滨取道上山，漫山松风，和潮声相应，令人心旷神怡。循着石径曲折而上，便到太平宫前，相传这是宋太祖为华盖真人敕建道场，最初名叫太平兴国院，明清间重加修葺。上面是翠屏岩，再北去便是狮子峰，峰势深秀，好像一只狮子，向着西面张着巨口怒吼一般。

犹龙洞　仙人桥　白龙洞　犹龙洞在翠屏岩下面，旁边有眠龙石，横镌着"犹龙洞"三字。有二丈多深，里面奉祀着老君的神像。由洞后曲折而北，有一条惊涛涧，水自西东流入海，涧上有一座仙人桥，人从桥上过去，那末峦光云影，松音水声，不停地交奏着，令人发生出尘的感想。桥的北面还有白龙洞，西倚危岩，东朝大海，洞壁上面摩刻七绝二十首，都是邱长春的手笔。

槐树洞　东华宫　从太平宫沿涧西南行三里，便到槐树洞，洞内很广阔，可容数百人，从前当地的土人曾避兵于此。东华宫在太平宫东面二里，奉祀东华帝君，殿北有一块北斗石，是道人们礼拜北斗的地方。

（三）王哥庄路胜迹

（1）王哥庄区

萧旺　塘子观　萧旺又名小王村，在海云庵西北三里，南面有一条小王河，景色很是幽丽。沿着小王河上去，可到塘子观，适当文笔峰的南麓，相传是郭华野幼年的读书处。

修真庵　修真庵在王哥庄上，王哥庄是崂山东部滨海的一个大市集。那修真庵本来是明朝天启年间所建的古刹，清代屡加修葺，现在是海军陆战队驻扎的本部。从王哥庄北去，西北有凝真观及熟阳洞，由凝真观南行过对儿山，便到灵圣寺。再向西南四里，便是劈石口，这是崂山东北隅交通的要道，巨石中裂，如用石斧劈过的一般，故名劈石口。

（2）鹤山区

小蓬莱　鹤山　小蓬莱在王哥庄北五里，危峰孤立在海滨，上面建着一座紫霞阁，遥望东海，碧波万倾，仿佛置身蓬莱仙境一般。由此沿海而北，便到马山，山麓有碧霞玄君祠，祠西便是鹤山，高二百余公尺，可算是崂山北部的屏围。鹤山上有聚仙门、梧桐金井、遇真宫、徐复阳墓、舍身台、摸钱涧、仙鹤洞、滚龙洞、朝阳洞、聚仙台诸胜，都是道教的遗迹。

上庄　豹山　醒睡庵　峡口庙　天井山　上庄在鹤山西南，从前有快山堂及竹凉亭、来鹤亭等胜迹，现在都已荒废。西北便是豹山，山色斑驳，好像豹皮一般，醒睡庵就在山麓，山南有起仙台，再南是烟台山，东面有峡口庙，由此再向西北十余里，便到天井山，和即墨城已经很近了。

（3）三标山区

三标山　不其山　康成书院　玉蕊楼　三标山高四百公尺，山顶有三峰矗立，故名三标山，西北有康成书院。就是历史上不其山的遗址。由此南行，旧有玉蕊楼，现已废圮。

铁旗山　百福庵　通真宫　驯虎山　铁旗山，在不其山北，山上怪石丛生，远望去好像圮堞，故又名石城。百福庵在西南麓，中有萃元洞，在庵西南十余里有通真宫，奉祀汉朝时不其县令童恢，相传童恢曾驯虎于此，故在西北有驯虎山。

（4）华楼山区

华楼山　华楼山高三百五十公尺，山色秀丽，山上有清风岭、王乔崮、聚仙台、翠屏岩、迎仙岘、高架崮、玉皇洞、凌烟崮、玉女盆、虎啸峰、碧落岩、南天门、松风口、夕阳亭等十四个景目，现在大部都已湮没，只有华楼官的建筑尚存。其余天然的山峰岩洞，现在还都有遗址可寻。

南天门　华阳书院　南天门在华楼宫前，景色旷明，南下有华阳书院，西去里许，还有一个华阳洞。

石门山　石门山高约六百公尺，山顶上两峰相对，像石门一般，故名石门山，山前有石门庵。西南是卧狼匙山，东南是五龙山，是五龙河的水源地。

（5）大劳区

乌衣巷　大劳观　乌衣巷在华阴集东八里，是一个山水清幽的一个小村落。由此东南行，便到大劳观。这里适居芙蓉峰的北面，和鲜家庄隔河相望，景色天成。最近，那一带建造着许多别墅，以及西人饭店，成为崂山北部的一个别墅区域。

芙蓉峰　神清宫　芙蓉峰在大劳观的南面，高五百公尺。神清宫在西麓，建于宋朝祐年间，以幽狭见胜。

（6）北九水区

外九水　这是崂山内部景色最秀丽的一个区域，长凡十余里，两岸崖壁森立，一水中流，自菊湾起名曰一水。向南穿过许多崇山峻岭，悬崖峭壁，水从山湾里曲折地流着，每穿过一个山岭的曲折处，便称谓一水，共有九曲，因此便称为九水。

内九水　内九水不如外九水的曲折，因此景色也不及外九水来得雄丽。但是因为水道逼狭的缘故，往往激成许多瀑布，水势非常急促。飞瀑垂梁，真是奇观。

双石屋　在北九水太和观东南里许，倚崖建着几间小舍，可供游人休憩。由此沿内九水曲折东行，一路尽是流泉飞溅。内九水最幽胜的地方便是靛缸湾，又称鱼鳞口，那里瀑布自石壁上向下泻流，落入潭中，潭水作蔚蓝色，因此名曰靛缸湾。游崂山的人们，大半都喜欢沿内九水到靛缸湾去，因为那一带比较起来，在交通上是近便得多。

蔚竹庵　蔚竹庵在双石屋上面二里许，西北峭壁环耸，乔松密布。景色十分清幽。庵东有清风塔，塔旁有路可通棋盘石，这里是适居在崂山的中心，因此游人很多。

总之，崂山所有的胜迹，除天然的山石奇胜外，全是宫观寺庵的建筑，而这些建筑中，尤以道教的势力为最大，整个崂山只有华严寺一处是佛教的寺院，其余全是道教的宫观。这因为崂山在千百年前，便被人视为神仙山的缘故，许多修仙的道人，都以崂山做他们养性修道的地方，而崂山，便无形中便成了一个道教的圣地了。

八　海滨风景线

海滨，这是青岛最美丽的一个境域。那是含有诗情画意的一个境域。我们试从海滨漫步或小立片刻。那末，伟大的海面上，含情似的扬起晶莹的浪花，不断地向海滨的沙地上，礁石上，一阵一阵地冲刷过来。在沙地上铺成一片水镜子，在礁石边，结成一刹那间的玉树银花。

涛声，跟着那起伏不断的浪吼鸣着，"湃！湃！湃！"永远不断的吼鸣着。在白天似乎像海水煮得沸滚一般的响着；在静夜里，很可以辨出浪头击在礁石上发出来的回声，好像是合了几千万人，在奏动一支交响的乐曲。

在白天里看海，海水被光明的日光照耀着，漾成一片清碧，如同一大块晶美的绿玉。阳光照射着的部分，又荡漾成一片刺目的光亮，如同泼在海面上的一片碎银子。夏季里，海滨的阳光是强烈的，但人们却只感到温暖，而不会觉得酷热，因为在海滨，风是不断地向岸上吹来，吹得那么紧劲，使人们在热里感到凉快，凉快里感着温暖。如果是阳光好的日子，天空格外晴爽得可爱，一碧蔚蓝的天，罩在海面上，海天相接，青绿一片。时常有阵阵白色的海鸥，从水天相连的一线上飞起来，白羽衬着蓝天，鲜明无比。令人发生天空海阔的悠想。

如果是夜晚，顶好是月儿正圆的时候，看得一轮橙黄的月，自海滨的山岬上爬起来，偷偷地向海面上照了一眼，立刻便漾成一条金黄色的微波来。那满山的灯火，似乎也被自然力所同化了，都变成了一颗一颗晶亮的小星星，闪摇不定。待那月儿愈升愈高，海面上便又自金黄而变成白金。升到中天以后，夜也静了，涛声便格外的响，月光把海滨的沙湾上、礁石上都镀上了一重银色，像是一个下霜天的清晨，使人感着苍凉的寒意。

我们如果把崂山比作一个怪诞的神仙，那么青岛海滨便该是一位美丽而和平的天使。天空做她蔚蓝的外衣，绿波象征着她活泼的心灵。那卷起的一颗一颗晶莹的浪花，仿佛是天使在闪着眼。在早晨或傍晚，太阳替她搽上了晕红的脂粉，清晚的月色正足以代表着她那和平而纯洁的性情，那海鸥飞起的白羽，却是比拟着天使的一双翅膀。所以当人们生活在青岛海滨上，便如投入了天使的怀里去，内心上的感受，是和平、纯洁，以及活泼、美丽。

在青岛海滨，有三件乐事：便是海浴、垂钓和观浪。海浴是动的，是一种活力表现的娱乐。垂钓却是在动里寓着静，是一种机智表现的娱乐。而观浪却完全是静着的，可以说是一种怡情养性的娱乐。

现在先说海水浴。凡是到过青岛去游览的人，没有一个不想到海水里去浸沉一次的。不论你是会游泳也好，不会游泳也好，只要穿上浴衣，踏着细沙走向海浪里去时，那心境的欢跃，不是言语所能描写的。着了水以后，那海水把你软软地包围着，于是波浪便接二连三地从头上打过来，随着浪势向上跳跃，脚尖离了沙滩，人仿佛悬在空中一般，待一个波浪平息下去，再重新站在沙地上，这样随波逐浪地一上一下，便够快乐了。

在海里浸够以后，最好是回到干沙滩上去晒太阳，那猛烈的阳光晒到皮肤上来，会觉得热辣辣的很是痛快。身底下的细沙，仿佛是天然的"席梦思"，软软地，使你会酣然入梦。像这样的海水里浸浸，太阳里晒晒，皮肤便渐渐焦黑，而身体也会增加健康。

所以，生活在青岛海滨上的人，他们大半都是很健美的，每逢夏季，便终天浸在海里，而外来避暑的人们，也都以海水浴为青岛的特殊风味，是非尝试不可的，结果洗上了瘾，就非天天浸在海里不可。因此，青岛海滨，在每年夏季里，洗海水浴的人是特别多，而海水浴场的设备，在青岛也随处皆是。

凡是青岛的海滨一带，大部都辟成了海水浴场，现在青岛市区已有的海水浴场，共有六处。

　　第一海水浴场 —— 一名汇泉浴场，在南海路汇泉海岸。

第二海水浴场 —— 一名山海关路浴场，在山海关路海岸。

第三海水浴场 —— 一名太平角浴场，在太平角海岸。

第四海水浴场 —— 一名湛山浴场，在湛山路海岸。

第五海水浴场 —— 一名大港浴场，在大港新疆路海岸。

第六海水浴场 —— 一名太平路浴场，在太平路栈桥以西海岸。

这六个海水浴场，以汇泉浴场的规模最大，设备也最完美，洗浴的人也最多，沙滩很平广，两面的山岬伸入海中，像两只手臂似的环抱着，因此风平浪静，是练习游泳的好地方。在那浴场的沿岸，全是公私的更衣室，以及咖啡馆、跳舞厅等，是青岛唯一的游乐区域。除了汇泉浴场之外，山海关路浴场、太平角浴场和湛山浴场，都在青岛的东南角上。那一带全是欧美人士的住宅区，因为离热闹的市区较远，一般市民是不常去的，因此无形中便成了欧美人士所专用的浴场。那一带风景很优美，海水也很清冽。大港浴场却靠在胶州湾内，是日本海事协会所创建，因此洗浴的也独多日人。至于太平路浴场，却是青岛市所有的浴场中最险的一处，附近的暗礁很多，风浪也特大，不谙水性的人，是不敢轻易涉足的。最近由市公安局在沿浴场外的海面上，设置救生艇，同时雇用熟习水性的人，做救生员，并且在海面上插了浮标，限制着游泳的范围，在这样的限制中，深寓着保护的用意。

海滨上的第二乐事，便是钓鱼。在从前，前海栈桥是钓鱼最好的地方，同时那一带的鱼也特多，最近因为栈桥上交通频繁，市政府就下令禁止。现在一班钓鱼的人，都喜欢渡海到小青岛上去垂钓。此外，像太平角、太平路西岸、团岛等伸入海面的山岬上，也是钓鱼的好地方。在青岛，钓鱼的人大半都是职业阶级，以钓鱼作为他休闲生活中的消遣的。所以钓鱼的时间，顶多是在星期日，此外便在每天傍晚的日落以前。我们可以看见沿着青岛海岸边所有的矶石上，都给那些钓鱼客占去了。他们持着新式的钓竿，带着一个竹篾小筐，安坐在石上，把钓丝投到海水里去，看着那浮标随着海浪浮沉。

像这样的钓鱼，是很少能够钓到大鱼的，真不过是一种公余的消遣而已。因为海滨的浪涛很急，鱼儿们是不会在那一带优游觅食的。有时纵然也能钓到几尾，却是小得很可怜。但是钓鱼的人不在乎这些，他们会感到了充分满足的乐趣。

再说海滨的第三件乐事，便是看浪，这是不论男女老少，富贵贫贱，有闲与无闲的人，都能享受的一件乐事。因为海水浴至少得备一袭游泳衣，并且还要稍识水性，钓鱼也得备一根钓竿，而看浪却是只要具有一对眼睛的人，都能行之。非但是看浪，并且还能看人家在海里游泳，虽然自己不能下去同游；还能看人家在海滨垂钓，虽然自己不能下去同钓。但是这种鉴赏他人行乐的事情，自己也会感到趣味的。

看浪要拣风景好，山势险峻的地方，最好是上海滨公园去，那里，在莱阳路南当汇泉岬西沿海的一片山岩上，布置了一座极精致的公园，有亭、台、牌坊等建筑，园内广植花木，随着山势上下，筑成曲径。如果拣靠海的石凳上坐下来，看着远处浩渺的碧海上，轻轻地移动着一叶两叶的小帆船。海风挟着海面上的波浪，一高一低地滚到岸边来，遇到岩石，便澎湃一声，白色的水沫都飞溅到石崖上来。像这样永远不断地间歇着的波浪，永远不断的一阵又一阵的向岸边的石岩上冲激，仿佛是一架天然时计的钟摆一般，会使你体会到人生的空间与时间，是这样的渺小与短促。

海滨上除了这三事外，还有缓缓地散着步，也是很有意思的。从那里可以看到海，可以看到山，可以看到市街上的建筑以及来往的行人，仿佛置身在一张景色幽美的电影片中。各色各种的人，穿着各式各样的服装，在面前欢笑地来往着，大家都怀着欢乐和进取，使人们会感到青岛永远是这样和平的一个安乐之乡。

九　青岛市区巡礼

青岛全市，可以分成五个区域，这五个区域是：

（1）商业区——包括大小鲍岛以及四方、沧口。

（2）工业区——包括沧口、四方以及台东镇的西北部。

（3）住宅区——包括台前镇前沿海观象山、贮水山、伏龙山、福山以及太平山一带。

（4）学校区——包括大学路、齐河路一带。

（5）颐养区——包括汇泉以东，经太平角、湛山而至凉水所一带。

现在先说青岛的商业区，青岛全市商业最繁盛的地方，要算中山路和中山路两旁的各市街。这中山路位于青岛市区的正中，是一条南北的大街道。北接馆陶路，与胶济铁路沿海并行，可直通到大港小港，以及四方、沧口。向南却一直伸到前海栈桥。道路非常宽阔，两旁商行林立。掌握着青岛全市金融事业的钱庄银行，大半都位在中山路两旁。此外如大药房、绸缎庄、百货公司、食品店、游艺场等，也都以中山路为中心。因此中山路的市面非常热闹，商业很是繁盛。

　　青岛的市街，有与全国其他各都市不同的地方，便是街道的整洁和市面的整饬。我们就拿上海的市街来与青岛作一比较，那末很显然的有两种不同的现象：上海的街市间，是凌乱而纷扰的，行人们好像一群老鼠，东穿西窜，道旁尽是各色小摊，阻碍着行人的去路。而各商店因为招徕顾客起见，便用各种的声色广告来吸引行人。红绿交映的年红灯，令人目迷五色，而强度的白热电炬，刺激得使人发昏；此外如过街的大旗，飞动的橱窗装饰，以及无线电的靡音，铜鼓和喇叭的颓丧的曲调，把整个的市街，形成了不堪设想的混乱。而在青岛，却不是这样，我们看见广阔的中山路的中央，整齐地停着各色车辆，两旁的行人道，是那样的清洁，人们都习惯性地靠着左边步行着，步调似乎很整齐。而各大商店的门面，都是很整齐美观，决没有各种声色的点缀，全街很静寂，竟不像一条热闹的市街，而像一带幽静的住宅。这因为青岛自德人开辟以后，一切市街的管理，都有一定的规则，所以到现在，大家都习惯了，便显得异常整饬。

　　中山路全线，又可分为南北中三个段落：南段是欧西的商店区，那里靠近海滨，多设咖啡馆、酒排间及各种俱乐部，专供去青岛避暑的外国水兵们取乐的地方。中段完全是中国商店区，银行、钱庄、百货公司等，都开设在那里，市面最为繁盛。北段却全是日本人开设的商店，以玩具店及百货铺为多。

　　除了中山路外，如馆陶路、辽宁路、市场路等等，都是商业繁盛的市街，青岛全市共有大小商店四千二百余家，这些商店，都是有国际性的，和中外人士做买卖。

其次，再说青岛的工业区，是位在四方、沧口和台东镇西北部一带，适当大港沿海的东北岸。那里，工厂林立，烟突里终天冒着浓烟，每天早晚当汽笛叫着的时候，无数的工人从工厂里进出着。青岛全市的工业机关，共有染织厂三十余家，化学工业厂五十余家，机械器具建筑工厂六十余家，饮食品工业三十余家。染织工业以日本大康纱厂的资本为最雄厚，共有五千二百万元。化学工厂以中日合办的电气公司最大，资本二百万元。机械器具建筑业以胶济铁路的四方机厂规模最巨。而中国精盐公司，有资本二百二十万元，可以说是饮食品工业的领袖。

商业区是集中在市区中央的中山路，工业区是集中在轮辐交辏的大港海岸。而住宅区，却是占据在青岛前海的海滨，以及沿海滨的许多山麓上。青岛全市的人口，与年俱增，因此住宅的建筑，也一年多似一年，而住宅区的范围，也大加扩充。以前都限于海滨，其后渐展至山麓，最近已扩充到半山上去。因为人口的增加特速，据民国二十四年调查，全市人口共有四十六万三千八百五十三人。当公元一八九三年时，青岛的人口不过八万三千人。至一九○五年加至十六万一千人，一九二四年加至二十八万九千余人，至一九三二年激增至四十万七千余人。这种增加的比率，不可谓不速。在最近调查的这四十六万三千余人之中，外国的侨民却占有一万三千○四十六人，合计四十六个青岛市民中，有一个外侨。共占有二十个不同的国籍，而以日本侨民为最多，计一万一千余人，其余十九国的侨民合并起来，还不到二千余人。所以日本人在青岛，依然把握着极雄厚的势力。

　　住宅区内的房屋建筑，以沿海一带，若太平路及莱阳路的地位最佳，夏季避暑最相宜，风景也最佳胜。太平路北面是高大的住屋以及机关建筑。南面却是一片碧清的海岸，仿佛如上海的外滩一般。不过那里要比外滩安静、清洁与美丽。莱阳路一带的房屋，倚山面海，更是佳胜。

　　再说青岛的学校区。青岛的教育，当德国和日本管理时代，他们本着帝国主义文化侵略的原则，对于青岛市的华人，灌输异国的文字教育，因此在那里，中国人是无教育可言。自我国接收以后，遂大加整顿，广设学校，到最近，全市已有市立中学三所，私立中学四所，市立小学一百另七所，附设民众学校一百另八所，补习学校九所，盲童学校一所。除此以外，还有国立山东大学一所，胶济铁路办的中小学三所，全市所有的学校，总计有二百三十六所。

　　山东大学，是青岛全市的最高学府，里面分文学和理学两院，校舍非常宏敞，设备也极完美，可以说是国内后起之秀的一个大学校。学生数也很发达，校舍就建在大学路西北的山坡上，最近又新建了一座科学馆，规模更形伟大。在大学路南端，与太平路相接处的路南，便是市立女子中学，向东过莱阳、文登两路，便到市立中学。所以这一带，可说是青岛的学校区，也可说是青岛全市文化的精华所在。

　　最后，我们要说到青岛的颐养区，也可以称作别墅区，范围是从汇泉向东，经太平角、湛山而至凉水所一带。那里，全是一片山林地，山色苍翠，林木幽深，两旁疏落地建着一幢一幢的新式别墅。大半都是欧美人所居。

　　别墅区内一带的房屋，完全是西式建筑，房屋的式样没有一所相同的。大多斜对着海面，屋前是一片大草坪，草坪上点缀着各色鲜花。室内多窗，饱受空气日光。屋旁都是天然的林

青岛湛山

木，或是野生的葛藤，蔓牵墙间，屋左靠马路处，有白色的短木栅围着，一路望去，竟是一幅最美丽的欧西乡景图，富有乡野的美趣。

除了以上所说的五区之外，总揽青岛全市行政事务的市政府，便在沂水路。因此那个区域，可以称为青岛的政治区。市政府的大厦，在沂水路之北，高高的建在一座山冈上，向南直望前海，和太平路海边的"接收青岛岛纪念塔"相对。市政府的房屋，是一座德国式的大厦，墙上满生着青藤，别具风趣。社会、财政、工务、教育各局，都附设在内。此外市府所属各机关，都散布在市区各地，而市政府所在的地点，却是最为适中，与附近所属各机关，均能取得联络。

青岛全市，还有两个最广大的游乐场所，便是跑马场和体育场。体育场位在市区的东部，文登路的南面，与中山公园隔路相对。是民国二十二年举行第十七届华北运动会所建，规模很大，有田径赛场一，网球场六，排球场四，内部有长一百〇五公尺，宽七十公尺的足球场一所。足球场外面，是四百公尺的跑道。跑道外是草地，草地外是十五级看台，可容观从一万六千人以上。看台下面是运动员休息室，绕看台一周是大路，网球场和排球场在田径赛场的东面。全场地位宽广，设备周到，凡是青岛全市各校的运动会，都在此举行。

至于跑马场，便在体育场的西面，最初是德国人和日本人的练兵场，我国接收以后，便租给万国体育会做跑马场。全场面积有三十万平方公尺，每逢星期六或星期日，举行赛马，观众很是拥挤。这体育场与跑马场，合上海滨的海水浴场，这三个场所可以称为青岛最活跃的地方，那里，充满着活力与健美，象征着青岛市的蓬勃气象。

十　青岛生活印象

青岛的生活是华贵的，是一种欧美绅士阶级典型的生活。这是历史和习惯使然的。因为青岛是一个特别的都市，自德人开辟青岛以来，他们把一切的生活环境，完全欧化了，使人们一踏着青岛的土地，便如置身在欧洲北部一般，充满着异国的情调。

在青岛前海沿岸的住宅区，都是高矮重叠的洋房，它们的样子，真是"一屋一式"，绝不雷同，并列在一起，不觉得乱，反显得美。在那个区域里，绝少看见纯粹中国式的住屋，只有那太平路旁的总兵衙门，是清季遗留下来的古迹，因为它含有历史的意味，至今还保存着，那是住宅区内仅有的一所中国式的古屋。除此以外，像新建的水族馆、海滨公园，都有一座宫殿式的房屋点缀，反觉得很新奇了。

青岛市大部分的居民，大都是出入在这些高矮重叠的洋房里，因此他们的生活，便也随着洋化起来了。先从住屋做起，卧房和会客室的陈设，都欧化了。然后穿衣服也非洋服不可，只有吃，还保持着本国的滋味，而日常生活如娱乐、运动、散步、游泳，也都一个劲儿跟了外国人学。结果，生活在青岛市内的一般职业较高或较为有钱的人，都成了欧化型的中国人了。

青岛最热闹的季节，便是每年的暑期；那时间，全国以及全世界的游人，都旅行到青岛去，过长期或短期的避暑生活，而青岛当地的市民，对于暑天，似乎更外感到兴趣。因此，青岛的夏季生活，便显得十分的热烈与活跃。当这个时期内，青岛市政府举行各种大集会，如游泳比赛、运动会、展览会等，以吸引外来的游人。而外方的各机关团体，也都到青岛去举行各种集会，借着集会的名义，到青岛去住上几（大）〔天〕畅游一下。所以每逢暑天，青岛市内便充满了各地的来客，以及各种文化的、游艺的、体育的活动，热烈异常。

因为这个原因，每年暑天里，青岛的人口，便骤然地增加了。在生活方面，因着人口的增加，便发生了住的问题。全青岛市区内所有的住所，大有供不应求之势。平时闲空着的住宅，此刻都住满了，所有的旅店，也全都宣告客满。在这种情形之下，房金也就猛然的抬高起来，比平时增加五六倍至七八倍不等。平时四五十元一月的房子，此刻非二三百元不租。而旅馆更是昂贵，靠近海滨的房间，往往要十五块钱一天。有时竟会连出了高价还住不到房子的。这种房金的昂贵，在外来的旅客，往往会感到惊奇。其实在青岛当地的房主人算来，这种昂贵是不无理由的；因为他们全靠这一季的收入，来抵全年的消费。有许多房子，是专门供给夏季的避暑者居住的，除了夏季以外，其余三季，简直无从出租，因为房子空着，容易破坏，往往竟有把房子白租给人家住，而不收房金的。至于旅馆，也是这样，只做一季的生意，平日竟是门可罗雀，很少有人去住宿。这种反常的奇特现象，也是别的都市所没有的。

所以，如果要到青岛去避暑，事前一定先要找好住所，有钱的可以租屋住，其次便可以去借学校做临时宿舍。青岛所有的大中小学，暑期里完全休假，短期借宿，最为相宜。住所最好近海滨，否则也要负山面海，如果喜欢活动的人，每天可以上海沿去洗澡，上运动场去做球戏，或是雇只小艇，到海面上去游翔，到山岩边去钓鱼。如果喜欢静的人，那末最好敞开着窗户，迎风读书，或是安步当车，到海滨去漫步，都是极有趣味的事。

以上是青岛的避暑生活，至于青岛一般市民的生活，我们可以归纳为四大类：

第一类，便是政务人员的生活。青岛市内有许多大机关，如胶济铁路管理局，青岛市政府等等。每个机关里都容纳着许多职员，这些政务人员的生活，大多是很优裕的，他们都住在海滨或山麓一带的小洋房里，安置着家眷，过着极安乐的生活。每天除了规定的办公时间以外，其余便完全是游乐的时间了。他们也去游泳，也去上运动场，也去划船，也去钓鱼。有兴时合家上一个名胜的地方去野餐一次。日常生活的方式中，已参加进若干欧西的习惯在里面。这因为他们每月都有固定的丰富的薪金收入，而同时职位又是很有保障的，因此他们的生活，可算得十分安定。

第二类，便是有闲阶级的生活。这一班人，大多是富绅或要人，他们有钱，有势，在青岛市区内占有一幢广大的住宅，地方不妨僻静一点，出入都有汽车代步。一天到晚，便是见客、赴宴，忙于各种应酬。他们看着别人跳到海的怀抱里去，自己却只是看着他们，从不肯亲身去参加游泳，海对于他们不起活跃的情趣，他们只是为求生活的闲散而来的。有时间或游兴来时，便坐着汽车到崂山附近去兜一个圈子，或到柳树台上的崂山大饭店去住一宿。可是这种游览，只是多用几个钱而已，实际上并不能领会到游山的真趣。坐在汽车里看山，景色是那末窄狭，又飞奔得那末快，实在是欣赏不到什么，可是他们却全不在乎，汽车溜过一趟，便算游过山了。因为他们的观念，是把青岛的一切，作为享受的对象。因此他们的生活，是极度的享乐生活。

第三类，便是青年学生的生活。这种生活，是充满着活泼与进取的精神。青岛市内所有的大中学生，每天除读书求学以外，更喜欢从事于各种游艺活动。青岛市内举办的各种比赛，都以青年学生为活动的中坚人物。体育场和海水浴场，几乎是他们的大教室，每年暑期内放了假，喜欢运动的，便终天奔跃在运动场上，喜欢游泳的，便终天浸在海水里。一个个都晒得像黑罗汉一样。所以青岛学生的体格，要比其他各都市内的学生壮健。这是自然的环境使然的。

第四类，便是外国侨民的生活。所谓侨民中，又可分为两类：一类是到海外来享福的侨民，他们大半都住在湛山和太平角的别墅区内，那里景色如画，空气清鲜，生活最为舒适。一类是到青岛来做生意的职业侨民，他们大都住在太平路和中山路一带。以开设酒排间、跳舞厅，或食品公司、娱乐场为最多。每年夏季，是他们最忙的时期，许多外国的驻华军舰，都轮流开驶到青岛来避暑，水兵们上了岸，都需要找求本国的娱乐，以安慰客中的寂寞，于是所有的娱乐场和食品店，生意便十分兴盛，生活显得很是忙碌。而大多数欧美侨民，天生的习性是好动的，不论是闲着的忙着的人，他们总是喜欢去参加种种游戏活动，如游泳、球戏、爬山、驰马等等，还时常结了队，到崂山上去露宿、探游。生活是十分前进的。

除了以上的四种生活以外，青岛一般普通市民的生活，也比别的都市来得生动。他们受了生活环境的感染，对于生活的态度，非常认真进取，在青岛市内，游手好闲的游民是很少的，大半都忠实地从事于自己的职业，空下来的时间，总是消磨在海滨、运动场，或是公园里去。

关于青岛的公园建设，那也是其他都市所不可及的，全市共有公园十处，其名称和地点如下：

（1）中山公园——又名第一公园，在湛山附近，占地百万平方公尺，是青岛全市最大的一座公园。

（2）第二公园——位于贮水山之东，青岛山之北，占地一万四千平方公尺。

（3）第三公园——在观象山北，上海路西侧，面积四万五百余平方公尺。

（4）第四公园——在中山路中段。

（5）第五公园——在青岛车站门前。

（6）第六公园——在安徽路中央。

（7）海滨公园——在莱阳路南，汇泉海水浴场的西面。

（8）栈桥公园——在前海栈桥北面。

（9）观象公园——在市区中心，观象山的山顶上。

（10）四方公园——在胶济铁路、四方机厂旁边。

这十个公园中，中山公园的规模最大，园内奇花异卉，珍禽怪兽，罗致得很多，每种花木及动物上面，都加以说明，使市民在游览时，能获得各项常识。园内有一条樱花路，每逢花开时节，倍形热闹。其次，海滨公园和四方公园的规模也很大。在海滨公园旁边，有一座水族馆，外形是城堡式的建筑，里面陈列着许多海产鱼类的标本，用玻璃做成墙壁，顶上开着天窗，透进日光。把各种鱼类分门别类地养在每个小池里，游人走到里面去参观，隔着玻璃壁，可以看到各种奇怪的鱼类在水里游动，如同置身在海底里一般。

以上，是青岛生活印象的梗概。总之，在青岛生活着的人们，精神上、物质上，随时随地都可以找到安慰与享受，生活是永远不会感到疲乏的。因为青岛的环境，便是一个新鲜、活泼、进取的环境，所以青岛的生活，也是新鲜、活泼、进取的生活。

据中华书局 1936 年版整理，配图有调整。

青岛游记

芮　麟

自　序

我与青岛，特别有缘。

抗战以前，我于民国二十五年三月十日，第一次投入了青岛的怀抱；胜利以后，我于民国三十四年十月二十六日，第二次投入了青岛的怀抱。前一回的缘，结成了后一回的缘；或者，我与青岛，还有未了的缘，也未可知。

自笑生性太痴，南北各省市，凡是我住过的地方，不论是名都大邑，或者是江乡山村，我都发生深挚的情感，触起甜美的怀念。但于青岛，我却特别的爱，特别的眷恋。

青岛有山，有海，有安静，有温良的人心，和醇厚的友情。我将永远歌颂青岛，眷爱青岛。

《青岛游记》是我民国二十五年的旧作，发表于《民众教育通讯》月刊。事变后，全稿散失，现在搜集到的，仅有这十一节，还有末尾七节，已与我民国二十七年冬在广州事变中遗失的《战时旅行记》一样，同为无法补偿的损失了。

我的文字，自知没有什么可取处，印出来，只为自己留一纪念，当此大局动荡、国家多故的时候，也是避免散失的有效方法，如因我这篇游记而能保留青岛一部分的史实，并得多结下些翰墨缘，也未尝不是一件快事。

我仅以十二分的诚意，把这一本残缺的《青岛游记》，奉献给到过青岛而喜欢青岛的朋友们。

一　从开封到上海

青岛，在我国风景线上、国防线上占有重要地位的青岛，意想不到的，我竟不日要投向他的怀抱了，心里是充满着新的憧憬，也郁结着旧的眷恋。

我自二十四年春到开封后，转眼就快一年了，对于这古老的城市和城市里的一切都已熟悉，现在要离开它，心里不自觉的有些怅惘。

这一次，我以寒假返锡后，方于二月五日回到开封，不料在开封只住了十八天，又要匆匆南旋了，并且，又要匆匆北上了，人生的行踪，真是飘忽得连自己都把握不定的！

二月二十日，接得铨叙部通知，知道我已由部指定，分发青岛市政府，并令即日到京领取高等考试及格人员分发凭照，依限赶赴青岛报到。经过了五天的奔走，方把经办事务安排好，而于二十四日深晚，带了行装，搭陇海铁路特别快车离汴东下。当我于凄厉的西北风里，握别欢送的好友们时，心头只是冲激着沸腾的热血：好友们的盛情太可感激了！

车厢里是暖和得与车厢外好似隔了一个世界，隔了一个季节。在辉煌的电灯光下，忘却了这是在火车上，在旅途中，而如舒适地坐在自己家里一样。

因为夜色笼罩住了大地，窗外是什么也看不见。同时，我往返于陇海道上，已经有好几回了，所以沿途的景物，也引不起我强烈的注意。只是一个人静静地坐着，幻想着过去与未来的一切。

在我到中原来的许多目的中，虽以中岳嵩山未能一游，深以为憾；但想起了登龙门、朝华岳、浴华清、上长安的许多往事，心头不由得不感到一些满足的安慰。

"嵩山，待我下次再来游吧！"当火车的轮子已经迅疾地转动，开封快要给无边的黑暗吞没时，我轻轻地对自己说了这一句。

夜里睡得很甜美，一觉醒来，火车已经快到徐州了。

二十五日上午，于徐州转平沪通车，天色是有些阴沉，但并不下雨。在车厢里，读《小山词》及《两当轩集》以自遣。

到南宿州，天空里便纷纷飘下雪花来。雪花愈飘愈密，愈飘愈多；地上愈积愈厚，愈积愈白。到临淮关，地上山上树上，已变成一片白色了。漫天飞絮，乱扑着车窗，车轮在积雪中轰轰地前进。对着这样的大雪，诵薄命诗人黄仲则的"惨惨柴门风雪夜，此时有子不如无"句，不觉为之怆然！

风雪始终没有停止，过滁州，便渐渐地稀少了，不再如起初那样一大片一大团地滚下来。下午九时，平沪通车平安地到了浦口。这时雪花差不多已经停止了，但整个的车站，整个的大地，都已埋在一尺多深的雪花中，再也见不到一方干净土。我坐在窗口，看着火车慢慢地上渡轮，看着渡轮缓缓地过长江，中间实足费了两小时，十一时全车驶进了南京下关车站。下车，于冰天雪地中雇车上东南饭店。

二十六日的阳光特别美丽。上午九时，搭公共汽车进城，到铨叙部领取高等考试分发凭照。下午即搭京沪车返锡，在车上，晤多年没有会面的吴其燮兄，到锡便同住铁路饭店。晚上，吃了一餐可口的晚饭，洗了一个舒适的澡。

二十七日，早餐后，他为我写了一封介绍信，给他在青岛市公安局服务的胞兄纪元，嘱其于我到青时妥为招待。午后，他搭锡宜车回宜兴。我到中国旅行社预定了从上海到青岛的舱位，后即坐轮船回家。

在家里整足过了八天。

三月八日，天刚亮就起身，别了父亲，附轮入城，转沪赴青，临行，记以一绝：

丙子三月八日启程赴青临行作

男儿抛却身家累，南北东西作浪游。

汴洛归来方十日，征鞭又指向青州。

青岛，据胶澳志所载，东部旧隶即墨县境，即禹贡青州之地；西部旧属胶县领域，即春秋介国地。枕山抱海，不但风景十分伟丽，并且形势也极险要。大概汉唐以前，设险在陆，宋元而后，置重在海，为山东的一个咽喉，也是华北的一重门户。

我此次虽以向铨叙部报到过了期，未能分发在本省任用，但得指派在青岛，却也是我心上所乐意的。

在轮船里，熟人很多，绿水青山，都在谈笑中飞快地过去，十时，就到了西门。进城看了几个朋友，到中国旅行社问明了船名，十二时半，即急急搭车赴沪。下午四时抵北站，把行李票交给了中国旅行社，取了预定的船票，驱车赴大新街孟渊旅社。

照我的计划，本来是要搭招商局的轮船的，因为这几天招商局没有船开，又以程限的迫促，遂由旅行社代定了大连汽船株式会社的"青岛丸"，心里很感不安。我只能用"坐一回日本船，看看日本船的情形也好"的理由来自己解嘲。

六时，去看可君，谈到十一时才回旅社。我本要到长姊处去辞行的，因此，竟没有来得及去。

十一时就寝，邻室笙歌喧天，心里离绪万端，似睡非睡、似梦非梦地到了天明。于枕上写成一绝：

宿沪上

乡微笙歌夜未央，征人孤馆倍凄凉。

梦魂飘转浑无定，半是他乡半故乡。

三月九日，清晨六时即起身，七时即出发，车行三十分钟抵黄浦码头。于纷扰中，慢慢地上了"青岛丸"。

我又要开始我新的征途了！

二　黄海道上

近四年来，旅行成了我的特殊嗜好，所以南北东西，很跑了一点路；但是，向来都是走的陆路，说到海路，今天还是第一次！

跨上船，安稳，舒适，不觉得自己是在船上，仍和岸上没有分别。八时，中国旅行社已派人将行李送来，放好了东西，独自一人，悠闲地把整个的"青岛丸"巡视一周。头二三等房舱里，都是空荡荡的，四等舱也并不挤，旅客这样少，我怕要亏本。

八时半，送客的都来了，从船上到码头上，有百多条红绿色的彩带联系着，随风招展，好几对青年情侣，还在利用这宝贵的一霎那，依依惜别喁喁私语，只有我，这次过沪，除可君外，一个朋友都没有通知，连长姊处都未及去；可君又以校课关系，说定不来送我，所以只是独个儿，踽踽凉凉，负手徘徊，看他人难过，也替他人难过！

买了三份大报，全份小报，预备旅途中消遣。在快到九点的时候，各处的锣声，铛铛铛地响了起来，这是告诉人们，船要开了。

锣声敲碎了离人的心，彩带牢缚了情人的脚！

本是充满离恨别绪的黄浦码头，这时，更弥漫着愁云惨雾，笼罩得天日无光！我虽没有什么大牵挂，但看着难舍难分的旅客们，心头也为之黯然不欢！得小诗一首：

沪江小发

春申曙色隔窗明，采带风飘海国行。

多少离人肠已断，锣声莫向耳边鸣。

九时启碇，船渐渐离岸。岸上的人，把彩带慢慢放长，飘扬江面，连续有四五十丈，终于，江风过处，都纷纷落水，在愈离愈远中，彼此扬着手巾示别。

我痴立甲板，心里怅怅若有所失！

在船将开未开时，我亲眼看见了一幕趣剧：

一个中上阶级模样的男子和四五个妇稚，带着二十多件行李，在"青岛丸"启碇前五分钟赶到码头，令搬运夫迅速地送上轮船，行李刚放好，那个男子忽然不见了，搬运夫要送力，妇女们说是要等他男人付的，但这时船已将开，间不容发，急得搬运夫们只是跺脚。锣声停处，船已开动，搬运夫们只得急急跳上码头，嘴里叫骂不绝。及船已离岸一丈多远，那个男子，忽又出现在甲板上他的行李前面了。搬运夫叫他把送力丢上码头，他一味地诈痴诈聋，问是什么。一忽儿，船愈离愈远，要丢上去也没有办法了。搬运夫们明知受骗，除了破口大骂外，却也奈何他不得！平时敲惯旅客竹杠的搬运夫，不料这次也会上了别人的当。船上的旅客，都望着那个男子和岸上的搬运夫掩口胡卢,那个男子却若无其事地搬着行李走下四等舱去了。

船出吴淞口,风平浪静,海景如画,我于甲板上徘徊久立,即回舱看报消遣。

十二时进午餐,味极可口。想起这次兴亚自广州返沪,风浪颠簸得五天只吃了三餐,我几乎有些不信起来。

下午一时后,忽然海风大作,浊浪滔天,船身一起一落,竟似一个大摇篮一般,震得人头昏脑胀,摇摇不能自主。我便全身躺了下来。耳边只听得呼呼的风声、澎湃奔腾的浪声,和机器轧轧声、铁链转动声。这时船里大家安静下来。我隔了一回,便起来从窗洞里向外望一望海上的恶浪。那浪,险恶的情景真不愧是恶浪啊!天色也变成黄漫漫的,白日早已失去它原有的光辉了。睡在铺上,作一绝:

黄海遇风

海啸蛟腾舟欲倾,无边浊浪接天生。

经行莫叹风涛险,人到心平浪自平。

真的,心一平,浪也平了。可是,在今日的世界,到那里找许多心平的人去?

下午五时,进晚膳,我还照常地吃了,只是没有敢吃得十分饱。入晚,风浪更大,船身颠簸更甚,我的心头也微微有些不自在起来,急服了几粒人丹睡下,以防呕吐。好些人的脸上,都变得全无血色了。

一觉醒来,已是午夜三时,披衣起身,向窗外一望,一片月色,凉幽幽地照在海心,射出万道银光。风,不知于什么时候息了;浪,也不知于什么时候停了,海水是平静得连一些皱纹都没有。给月光照了,好像可以看得到底的一般。在海空天阔中，只有我们这一条船在破浪前进。海上，船上，都是静悄悄的，这一幅海上夜月图是美极了！

恐怕着凉，看了一回，依旧睡下。

三月十日，早餐后，到甲板上散步，甲板都给浪花打湿了。这一天，却是意外晴明的一天！

"海碧天青"四个字，最适宜用来形容这时的情景了。船在一望无垠的碧玻璃上向前滑着，天空挂着一颗明丽绝伦的朝阳，海风微微地吹在身上，也不感到怎样冷。可惜我今天没有早些起来，看海上的日出！触景生情，口占一绝：

黄海道上

> 孤篷飘泊又长征，海碧天青一叶轻。
> 载得此身何处去，胶州湾畔作干城。

好几条在我们前面的轮船，都给我们赶上。一忽儿，又给我们落在后面去了。

在甲板上，遇到一个在伪国经商的上海人，谈起水深火热中的东北人民，只有相对叹息。

徘徊久立，又成一绝：

> 白日悬天印碧波，蓬壶胜迹近如何？
> 海风吹得诗思老，淡宕襟怀不在多。

我以天性酷爱山水，近年游过的水，虽有西湖、太湖、长江、瘦西湖、大明湖、昆明湖等，但所见景物之清丽窈妙，实以今天为第一！昨日午后风浪大作时，浊浪滔天，很像长江，而雄伟壮阔则远过之。今日此时的明丽，很像西湖、太湖、瘦西湖、昆明湖，而海天缥缈，一碧无垠的奇观，则为别处所不经见。蓬壶仙岛，有没有这种地方，我们不知道，也不必知道，但是，像今天一样，在海碧天青、云水迷茫中，偃坐海上，也无异于登了蓬壶仙岛了。蓬壶仙岛不在海上，却在人们心里啊！

上午十时，已经远远望见海天相连处，隐隐现有几条黑线，那黑线渐近渐显，便由黑线变成黑点。不一刻，无数大大小小的岛屿，已经突现在我们眼前了。从此海面岛屿林立，连绵不断，船就从岛屿的空隙中驶过。岛上都是赤色的石块，绝少树木，更无人烟。

十一时，见青岛已隐隐在望，岛上楼台如云，飘浮海面。目的地是青岛的旅客，都同声欢呼起来。我有《舟行远望海上诸岛》一绝：

> 百转乾坤一瞥过，北来非复旧山河。
> 长空极目三千里，莽荡波摇几点螺。

回到舱里，整理好行装，即进午膳。十二时已进胶州湾。午后半时，到达大港码头。一日半的海上生活，到此便告终了。

上岸，行李经过了胶海关的查验，即由旅社招待员引导着，穿过一条须走十多分钟的长廊，雇马车把我送到了中华栈。

青岛，在我国风景线上、国防线上占有重要地位的青岛，我已投入它的怀抱了！我的心里沸腾着莫名的快慰，当我看到青岛整洁的街道和瑰丽的建筑物的时候。

三　青市巡礼

青岛是中国的第一个花园城市！

青岛是现代的世外桃源！东方瑞士！

每一个住在青岛的人，每一个到过青岛的人，都这样高兴地说着。今天，我已开始在这个花园都市里、世外桃源里呼吸了。我的心里是充满着快乐！

到中华栈，休息了一回，就赴市政府投递高等考试分发凭照，办理报到手续。出来，到市公安局看吴纪元兄，市立民众教育馆看吴锐锋兄。

从外地初到青岛的人，第一个印象，便是青岛的一切都太洋化了！举凡道路、房屋、人物，所接触到眼睛里的，简直不像是在中国，而是在外国。全市的建筑，除天后宫等庙宇为中国式的建筑外，其余的房屋，完全是西式的，并且一座一个式样，争奇斗胜，绝鲜雷同。在中国，要研究西洋建筑之美，青岛是最合适的地方了。道路，在市区，十分之九都是柏油路，沿着山冈的忽高忽低、忽升忽降，到处是静悄悄的。两旁都植着行道树，可惜这时还没有透芽。街市也是完全建筑在山冈上的，随了山势的高低，往往前后面分成了不同的二层或三层。市上、路上是整洁极了，安静极了。我所到过的平、津、京、沪四大现代化的都市，虽然也有地方整洁若青岛的，但要像青岛一样，全市没有一处不整洁，没有一处不安静的，实在找不到。闹，这一个字，在青岛的人是不很记起的。

据说：青岛在德管时代，房屋建筑，限制极严，围墙不能过高，并且大都是栏杆，人在外边，里面的亭园可以看得清清楚楚。图样的设计力求精美，不许有一家的房屋和另一家相同。因此，青岛的建筑，都是小巧玲珑、精美雅洁的。可惜近年来，也有少数伧俗不堪的市侩式洋楼出现了，但大体给予旅客的印象是不坏的。

三月十一日，上午九时赴市立民众教育馆锐锋兄处，谈了些青岛市的人情风俗。出来，把市区作了一个疏略的周览。

循太平路东北行，不一刻，就到了海军栈桥。桥由海滨向海中展筑，为清光绪十六年李鸿章令章高元所建，专供军事起卸之用。后人屡加增修，规模益宏，设备益善。现长四百四十公尺，南端有回澜阁，可供游人憩息。栈桥右侧，原为胶海关旧址，后以大港开辟，关署始移植大港，现在左右两侧，都辟成了公园。迤东一里许，有旧栈桥一座，也系章高元所建，昔供军用，现在已经坍毁，只剩桥块十余节露出在海面了。栈桥的北面，直对着美奂美轮的青岛市礼堂。

在这里，望海，听涛，都是最好不过的。风帆片片，出没海面，军舰三四，常驻湾内，而小青岛上，灯塔凌凌，倒映水底，更可入画。近人袁珏生《海滨晚眺》诗"袁海舒双翼，岩疆特地雄。鸥波如此碧，鸳瓦可怜红。一岛凌凌塔，千帆叶叶风。平居思故国，不见九州同"中的"一岛凌凌塔，千帆叶叶风"二句，可谓写尽了这里的妙曼风光。而"鸥波如此碧，鸳瓦可怜红"二语，也非身临其境者不能道，不能领略其妙处。的确，前海一带的海水是清极了，在没有浪的时候，站在栈桥边，俯下身去，可以看见海里也有着一个清清楚楚的你在向你注视，宛如自己对着一座大镜子一样。至于青岛的房屋，无论市房和住房，没有一座不是用红瓦盖顶的，因此，你要是抬头一望，便于蓝天绿树青山碧海间，到处衬托着红瓦，反射着红光。各种不同的颜色，各种不同的线条，交织成画一般的青岛。

你如坐在铁凳上，静静地看，可以看到很远很远，仿佛故乡的江南，也可以看到似的。你如静静地听，则由远而近的浪涛声，可以分辨得很清晰，打在石上，打在桥上，如奔马，如军乐，发出雄浑激烈的怒吼。

因为海风太大，吹在身上，一股冷气，竟似钻进骨髓里的，不堪久坐，再继续向东跑。

经过了"九一八"后被敌人放火烧掉的市党部所改建的中央银行，不远，便到了接收纪念亭。这是民国十一年我国向日本收回青岛后所建，以留纪念的。

按胶澳一区，形势险要，气候适宜，清代末年，已久为外人所垂涎。德政府一再派员精密调查。对于位置、形势、面积、港口、岛屿、气候、风位、潮流、潮湿差度、海水所含盐分及动植物、水深之增减、锚泊地、海岸高低、地质、饮水、道路、航路、建筑材料等，无不切实研究，逐条计划，以为后日建设的张本。甲午中日战后，列强倡言瓜分，俄藉索还辽东之功，夺取旅顺大连湾；法取广州湾；英取威海卫；德人初谋定海，惮于英人，继图南澳、日照及珠江下游的喇叭岛，均以不甚适用，最后乃选定胶州湾。适于一八九七年十一月一日，曹州钜野发生教案，德国教士二人被杀，乃于十三日将舰队开抵胶澳，伪言登陆试操，藉口强行占据，要求租借。清廷不得已，于光绪二十四年二月十四日，即西历一八九八年三月六日，订立中德两国之胶澳租约。及欧战开始，我国政府于民国三年八月六日，宣告中立，使各交战国对中国租借于他国之土地，尊重其中立。日本政府于八月十五日，致最后通牒于德国，劝将军队军舰退出中日两国领海，并将胶澳交付日本，以便归还中国。德人密议，宁可直接交还中国，不愿间接交付日本。日本以德人延不答复，遂于八月二十三日，对德宣战，藉口军事上之必要，日军自龙口登岸，横穿山东半岛，经莱州、昌邑、平度、潍县、高密等处，以达胶州，将我国胶东一带之中立界限，尽行破坏。再进而占据潍县车站，济南车站。及德人以青岛降于英日联军，青岛战事，虽告一段落，但直到民国十一年十二月二日，始由我国正式收回。这一座小小的接收纪念亭，实在是含有绝大意义的。

从接收纪念亭北望，经青岛路，到庄严伟大、巍峨雄壮的市政府，成了笔直的一线。南望为青岛湾，栈桥深入海中，回澜阁孤悬海面，水光云影，交相辉映，高瞻远瞩，无乎不宜。

再东行，经市立太平路小学及女子中学，约二里许，而到海滨公园。正门为古式牌楼，富丽堂皇，纯粹表现出东方之美。园近山麓，傍山滨海，园内道路因其自然之高低，而成起伏迂回之势。亭台三四，点缀于碧波苍松间，错落有致。西侧有水族馆，可惜要到夏季才开放，现在不能入内参观。东即汇泉浴场，更衣用的木屋整齐地矗立着，如栉次鳞比一般，不知有多少间。

在这里，可以观海，可以听松，可以望云，可以看山，也可以读书钓鱼。比栈桥公园要幽深，没有栈桥公园的嘈杂。坐半天，坐一天，决不会令人生厌。

我曲曲折折，上上下下，沿着海滨向东走去，经汇泉浴场、青岛俱乐部、跑马场，而到了规模宏大、设备完善的体育场。

场建于民国二十二年，第七届华北运动会即在此举行。内分田径赛场一个，网球场六个，排球场四个。办公室、会议室，设于大门楼上。场之内部，可容长一百零五公尺、宽七十八公尺之足球场，各项田径赛场均置其中。足球场之外一周为四百公尺之跑道，跑道之外为草地，草地之外为十五级之看台，可容观众一万六千人以上。看台之下为运动员休息室，绕看台一周为道路。网球场居于田径赛场外之东侧，排球场居于田径赛场外之东北部。规模之宏大，气象之雄壮，设备之完善，非但在青岛是首屈一指，就是在华北，恐怕也要数一数二吧？

从体育场出来，就到对面的中山公园。

园位于青岛山之东，太平山之西，汇泉角之北，为市立公园中之最大者，又名第一公园。占地一千六百余亩，分植树、植果两园，集世界各处花木一百七十余种，共二十三万株。并畜有珍兽异禽多种，供游人观览。园之北部，有日人所建"忠魂碑"，纪念攻青阵亡将士。南部，有农林事务所。园为森林公园性质，看惯了南方精巧玲珑，深邃曲折的园亭的我，初跑进去，觉得疏疏落落，东一座台榭，西一丛树林，好似漠不相关的，细细看来，另有一种不规则的韵致。

这时霜叶未脱，绿叶未生，枯枝权桠，到处尚有萧索之感。据说樱花开时，景色最胜。我随便走了一转，即雇车返市。

这样，青岛市区的轮廓，已经大体摄于我的眼帘了。

我看了青岛的建设，使我脑筋里立刻发生了一个十分明显的感想，也是十分坚定的信念，那便是：

"世界上没有一处地方是不能建设的！"

我们平常的观念，总以为要建设成一个现代化的都市，必须要土壤肥美，人烟稠密，自然条件优越的地方，方易着手；但是，青岛在四十年前，的确是几座只有石头绝少泥土的荒山，和人烟稀少、视同化外的几十个渔村；经三十多年来的积极建设，已成为我国一个最理想的花园都市，最先进的通商巨埠了！

我敢说：江浙一带，任何地方，除了不是海口一点外，其自然条件的优越，都要比未开辟前的青岛高出多少倍。青岛能够建设，便任何地方都能建设，但现在却只有一个青岛。一个青岛建设得这样，我们不应该对它惭愧吗？

我想起故乡来了！

我得感谢青岛，它使我知道，并且深信世界上是没有一处地方不能建设的，它给予我一个有力的事实的证明！

三月十二日，我把几条重要的市街，作一个粗略的巡视。

青岛路名，悉以我国省名及山东各县县名为路名，有不足，又参以关名及青岛市旧有村名。德人管理时，称为某某街；日人管理时，改为某某町；现则完全改为某某路，逐年开辟，已增至三百十道。其中以中山路、天津路、四方路、海泊路、潍县路为最繁盛。以云南路辽宁路为最长。

走到街上，第一件触目惊心的事，便是到处可以遇见拖着木屐的日人和负着背囊的日妇。日本店铺也到处都是。在青岛，任何人的日常生活，都和日货不能分离。大家司空见惯，不以为奇了！至于聊城路、辽宁路、市场路一带，简直是和日本国内一样，完全变成他们的世界了！青岛外侨，据公安局最近统计：市内有日侨二千二百八十七户，男子四千八百四十一人，女子三千八百五十一人；市外有二百五十六户，男子一千五百二十七人，女子五百九十一人；全市共计有二千五百四十三户，一万零四百十人。其人数之多，经济力量之雄厚，概可想见！

青岛其他各国外侨，计有二十二国，但人数较少，其中以德国、俄国、朝鲜、英国、美国、法国为最多，也没有一国是满一千人的，可是一般的生活，却都比我国市民优越。

在青岛，好像是看不见穷人的，市容的整饬，市上的安静，国内任何城市恐难比拟。究竟穷人到那里去了？为什么看不见穷人？这是值得研究的一个问题。

青岛和别处一样，穷人是不会没有的，并且数目也不少，但是都给收容到平民住所去了。青岛现有平民住所两处，合共有房屋四百余间，每间每月纳租费一元。屋外整齐修洁，绿树朱甍，掩映如画。内有运动场、公共浴室、厕所、公共浣衣池、晾衣架等，设备很完善，但限制极严，非贫民不得租赁。

比平民住所较高等的，还有一种杂院。外面建筑也极富丽堂皇，里面则用泥墙或木板分隔成若干间，每间每月租金自三四元起至六七元止，视房间的大小好坏而定。这是中产以下、赤贫以上的人家住的。

青岛生活费用很高，房租尤贵，普通住房每间每月总要十五元左右，单间很难租到，因此贫民只能住平民住所，经济不充裕的只能住杂院。穷人都住到平民住所和杂院里去了，市容自然能整饬，市上也自然能安静了，关于这一点，其他大都市的市政当局，似乎也可以取法的。

走到街上，还有一件事引起我的注意，便是日本店铺。其面目，其作风，截然和中国商店不同！日本店铺充满着浓厚的家庭风味，里面一些没有热闹的情形和声息，店员在空闲的时候，都拿着一份报或者一本书在静静地看，好像是不在做生意的样子。与中国商店的嘈杂、纷乱相较，真有天壤之别！至于中国店员能于空闲时看报看书，经理们允许店员看报看书的，恐怕百无一二吧？不求上进的商人，怎能和力求上进的商人竞争？竞争又那能不失败？我为我们的商业前途，不，民族前途忧惧了！

说到看报，这弹丸之地的青岛，报纸真不算少！除开外侨以英文和日文出版的《泰晤士报》《青岛新报》《山东每日新闻》等不计外，华文大报，计有《青岛时报》《青岛民报》《正报》《新青岛报》《工商日报》《胶济日报》《大中日报》《光华日报》《大青岛报》等十多种，及小报《青岛快报》《胶澳日报》《青岛画报》等四五种。总人口仅有五十三万的青岛，报纸竟有二十种之多，在数量上真不能算少了！

青岛区域，以胶州湾为中心。胶州湾之周围，划出陆地若干，成为市辖区域，东北界崂山，与即墨县接壤，西跨海西，北抵胶县。陆地面积五十五万一千七百五十三公方里，领海面积五十七万六千五百公方里，共计一百一十二万八千二百五十三公方里。负山面海，气候温和，冬无严寒，夏无酷暑。据青岛观象台历年气候报告，暑天温度最高记录仅摄氏二十五度二十六分，寒天之最低记录，约只摄氏零点下十二度八分。唯夏季四月至七月，时有浓雾自海上袭来，空气异常潮湿，使人感到不很舒适。春天，却是青岛最冷的时季，家家生着火炉，人人穿着裘皮，和江南的暖洋洋的天气相较，差得太远。我恰于这个仲春天气前来，海风吹在身上，竟似直接钻入骨髓里的一样，使人忍不住打战。我觉得在海船上倒没有这样冷。

因为旅途劳顿，因为水土不服，这五年来从未生病的我，竟于十二日晚起发了几个寒热，幸而来热不猛，休养了十多天，也就不药而愈了。

四　湛山寺和燕儿岛

湛山寺和燕儿岛，为青岛近郊的两处名胜。我久想前往一游，以离市区较远，事忙未得机会。

四月十三日起，青岛市公务员开始服劳役，我被派在湛山区，路虽远些，但心里很快乐，决定利用大家午膳及休息的时间，一游湛山寺和燕儿岛。

十三日早晨七点半钟，我就和雨时自市府出发，经海滨公园、跑马场、中山公园而到市立中学。到湛山去有上中下三条线路，我们两人都不认识，选定上线路前进。

这时在南方是快要暮春三月，江南草长，蝴蝶乱飞的时候了，青岛因为天气冷，草木还刚在慢慢地透芽，枝头还看不出有多少绿色，但那一道山径，却是挺幽深曲折的。

市立中学的校舍，即从前德国的海军兵营。规模的宏伟，布置的周密，实在令人佩服。在青岛，一切建筑物的设计上，德国人的刻实精神，随处可以充分看到。一个国家，要永久适存于这个优胜劣败的世界大舞台，德国人这种刻实精神是不能没有的！

上山的路系新筑，平坦宽阔，行走极便。从丛林密菁中，隐隐可以看见海水的白光透露出来。一路很少遇见人，满山都是静悄悄的，好像树木的呼吸声也可以微微地听得到。在半途，遇到了一队爬山的小学生。爬山，在这种时季，这种地方，应该是再好没有的了。

山上有一丛丛的迎春花开着，在春天还没有正式来到的青岛，看见了那样娇媚的黄色碎花，心里对它起着特别的好感，玩赏片刻，口占一绝：

湛山道中迎春花开

绽玉飞金郁作堆，迎春花发报春回。

孤芳不受闲怜惜，寂寞空山自在开。

我们还没有走到服劳役的地点，就远远听见市立中学的服劳役学生，在山坡下发出谈笑的声音。谈笑的声音中间，夹杂着山锄凿地声，泥土崩泻声，大车辘辘声。我们的心立刻兴奋起来，紧张起来。

到目的地，刚八时。脱去了制服，即于指定地点，从事拓宽马路、抬运泥土、挖掘树根等工作。

十一时半，市中学生都回校吃饭了，我和雨时、锐锋及其瑞四人，把带来的干点匆匆吃饱了，即向湛山寺前进。太阳是暖洋洋的，树木都在暖和的阳光下，在这里，我好像已经闻到春的气息了。

湛山寺在湛山的东侧山麓，地点很幽僻，不熟悉的人，简直不知道里面还有这么大的一所寺院。

寺系新建，房屋很整齐，园地很宽敞，一部分殿宇还在募款兴筑中。

门前有放生池，我们在寺内巡视一周，就到禅堂休息。

这里三面在山的包围中，只有东面是平地，但也满长着长长短短的松树。风吹过松林，便传出呼呼的吼声来。在寺里，立在高处，也可以隐约看见东南方无边的海光。山上，东一丛西一丛不知名的野花正在盛开着。

寺里还办有一所小学，训练佛家子弟。

要是在夏天，这里的风景必然是挺好的！可惜湛山寺的历史短了些，没有古迹，没有逸事，可以使人敬仰，可以使人流连凭吊。建筑也显不出东方艺术的美，看了令人心上有点漠然之感！但四围的环境，却是很富有诗意的。我做了一首五律：

丙子四月十三日游青岛湛山寺
偕闽清吴其瑞营口李雨时萧县吴锐锋

> 湛山形胜地，结侣寄幽踪。
> 院隐千龛佛，几延四面峰。
> 海光摇柱碧，岚气拂衣浓。
> 牢落春无雨，山花发几丛。

在寺内盘桓半小时，因恐延误服劳役的时间，仍循原道慢慢跑回工作地点。

湛山寺游过了，我们决定再利用机会，上燕儿岛去。

燕儿岛在湛山西南十余里，一半岛深入大海中，作燕子掠水势，故名燕儿岛。我们在服劳役的地点，可以远远地望得见。

历年山东少年夏令营都在那里露营。

四月十五日，上午十一时半，市中学生回校吃午饭后，我和雨时、锐锋二人，带了干点，循湛沙大道，步行前进。经湛山小学、浮山所等，而到燕儿岛路。

青岛路政，非但市区办得很有成绩，就是乡区也四通八达，都能通行汽车。教育事业近年尤有突飞的进步。市区中小学，都建筑了高楼大厦，乡区中小学，本来都借用庵观寺庙的，现在也已完全筹盖了崭新的校舍。经费的筹集，三分之二由地方负担，三分之一由政府补助，总计最近三年来，花在建筑校舍上的教育经费，已有近百万元了。这是最为外来参观者称道的一点。

道旁田里的麦，已有二三寸长了，望去一片绿色。我们一路谈笑着，于午后一时，走到了燕儿岛。

岛为一座纯是石头的荒山，绝无树木，山上有小洋楼四五座，一部分作为守卫警士的住宿处，一部分空着，专供少年夏令营露营时所用。

燕儿岛孤悬海中，三洋是水，北面通大陆，白浪滚滚，一望无际，形势极险要雄壮。西望湛山，北望浮山所，均历历可指。

我们从西侧登山，海风怒吼，卷人欲倒，至岛上小庙里巡视一匝，即至东侧避风处进干点。三个人坐在乱石上，看雪浪、望浮云、听涛声，且啖且语，乐乃无艺。请乡人送来沸水一壶，给大洋二毛，已千恩万谢，乡风之淳朴，可见一斑。

饭后，立于乱石上照了几张相，俯视洪流，仰望云天，忽痴痴地想起家来。心有所触，即成一绝：

> 燕儿掠水水泓涵，瘦影亭亭认再三。
> 底事海天飞不去？知君旧宅在江南。

这与我初到青时所作"坦怀客里又春风，萍梗新飘寄海东，日对澄波恣啸傲，浑忘身世有穷通"的海滨漫兴诗，意境绝然不同了。据我的经验，大约最易勾起旅人的乡思的，第一是月，第二是海，第三是花。自古以来，为了月而引起乡思的诗不知有多少，对了花而想起离人的诗，也有着可惊的数量，独有海，诗人对它的歌颂似乎不很常见，这一点，或许是限于地域，普通诗人与海无缘的关系。就我想，立在海边，抬头望去，只见一片白茫茫的水，一片白茫茫的天，一片白茫茫的天和水相连相合处，仿佛可隐隐约约望得见海天另一端的故乡，和故乡的一切。这时，那得不想起家，那得不为家而怅惘、低徊？

我们在海边坐了很久，看了很久，谈了很久。二时，方离燕儿岛，循原道返湛山，已比规定时间，迟到了一时许了。两条腿虽跑得很疲倦，但心里却很痛快。

湛山寺和燕儿岛路的游愿既已达到，决定再利用时机，一游"泰山虽云高，不如东海崂"的崂山。

崂山，那是我此次北来的第一痴愿啊！

五　惊风骇浪上前崂

崂山，这个动人的名字，深印在我脑海里，已有好多年了！因为震于《齐记》上"泰山虽云高，不如东海崂"的记载，及《寰宇记》："秦皇登崂盛山望蓬莱"，《汉书》蓬萌养志崂山的传说，而我们的诗仙李太白，也有"我昔东海上，崂山餐紫霞"的名句流传下来，更使平生有山水癖的我，为之梦魂颠倒，不游不快！

四月下旬，市政府公务员同游崂山的消息传出以后，我首先签了名。预定游的是前崂，乘的是港务局小轮，日期是四月二十六日。

到四月二十五日，报名参加的人数已有二百多，港务局小轮已容不下，决定改乘海军第二舰队的兵舰去，心里更为之一宽。

崂山盘结起伏，委蛇奔腾，绵亘数百里，就天然的地势，分成前崂、后崂二部。前崂三面环海，必须遵海前往，且崂山附近，风浪极大，游人普遍视为畏途。后崂则毗连大陆，汽车可以直达，交通便利，朝暮间即可往返，因此游崂山的，都只上后崂，而不上前崂。我们这次，却偏偏要上前崂。

二十六日，早晨天刚亮就起来，把快镜端整好，干点包扎好，即匆匆出发，到栈桥集合。

是不很冷也不太热的天气，那天气，好像特地安排下为我们游崂山的。

七时，大部分的人都已到齐，带着太太小姐的也不少。薄薄的春装，明艳的色条，使晓雾朦胧中的栈桥，顿时觉得风光旖旎起来。

春，除了大自然的烘染以外，人物的装点，也是必要的。

七时半，男女三百余人，分乘了港务局的金星、水星二轮，渡到了停泊海中间的镇海舰上。烟水迷茫、海天如画，临行，作一绝：

> 此行又为看山忙，极目海天兴转狂。
>
> 偷得浮生闲一日，浪游幸勿负春光。

镇海舰，远望虽不大，靠拢来，金星、水星的高度还相差好几丈，小轮船上的三百多人，从镇海舰的扶梯上，一个一个爬上去，整整爬了半点多钟，方才爬完。舰上很宽敞，载了这许多人，一些也不觉得拥挤。

八时半启碇，出胶州湾，折向东北行，经汇泉角、太平角、燕儿岛、麦岛，一路风平浪静，漫步廊下，如履平地。

在舰上，看着崂山的地图，谈着崂山的路径，望着海天的景色，不觉得时间在飞快地过去。

十时，经梯子岩而到太清宫口。这时天色已阴沉下来，风浪之大，得未曾有，镇海舰停在海里，同来的金星轮，左靠右靠，再也靠不到舰，因此许多人呆立在舰上，上不得岸。不得已，便用舰上的小划子，由海军士兵驾驶着，来回向岸上送。一个小划子只能送十几个人，舰上虽有三四条划子，但以兵舰离岸很远，输送一次，来回要二十分钟，把许多心急的人，焦灼的不得了。于是便合雇做生意的小划子登陆。

从镇海舰下小划子，真是危险极了！

小划子因为风浪过大，也靠不紧军舰，有时靠得拢些，但一个骇浪，可以打离开军舰一丈多远。同时，小划子离军舰甲板，约有四五丈高，仅凭摇摇摆摆的扶梯下去，一个浪来，海水可于一转瞬间，突涨七八尺。扶梯的下端，完全没下水底去，划子也浮到上面来。要是人立在扶梯下端，非但衣履完全被海水侵湿，还很容易给风浪卷下海去。情景的险恶，真无异同死神在搏斗！

上划子的人，必须站在浪来打不到的扶梯中端，等一个大浪过去，即刻向下急走，拼命跳下划子，那时，稍一踌躇，则一个浪来，把划子打开，或划子掀起，那个人是一定没得命的。

在这里，要是你跌下海去，是没有人会下水捞救的，也没有方法可以捞救的。实在，那时的风浪太猛烈了，不是军舰，简直会抛不住锚。

每一个人的脸上，都现着紧张和惊惶的颜色！

游程由筹备处分成了两部：一部是从太清宫上岸，经上清宫、明霞洞，至青山、黄山，于下午四时，到华严庵集合登舰；一部是直接到华严庵登陆，单游华严庵和白云洞。我和雨时，选定第一条路线，十分之八的人，都自太清宫登陆。

在舰上守了一点多钟，方才搭到划子，于惊风骇浪中，丧魂落魄地渡到了太清宫的小码头。我跨上了岸，方才低低地透了一口气；今天，我的性命算从阎王爷手里逃回来了！

太清宫离海不到半里路，在海边，有二方"渤海澄波""楼船明月"的石碑，过石碑，便是一条很幽深的竹径，走尽竹径，便是云树森森的太清宫。宫相传为宋初敕建，有元、明、清历代碑记，与上清宫相对，故又名下清宫。殿宇宏丽，正殿前银杏两株，壮可合抱。西院耐冬一株，枝干蟠曲，若龙虬，本围七八尺，极奇古之致。今适开花，红花碧叶，互相映辉，娇艳欲滴。庙中多乔木，如玉兰、紫薇、木槿、牡丹之属，纷植满院，宫后松楸，蔚然成林，夹墙幽篁，绿影萧疏，岚气海光，可延几席。确是一个足以养性修真的安静去处。

绕宫一周，即于两侧厢房中，品茗进干点。同来熟人虽多，但以上岸先后不同，各已走散，和我在一起的，只有雨时和公安局的野萍二人。在太清宫，作了一首七律：

太清宫

林深飞不到尘埃，紫府清虚凌海开。
万里涛声沸药鼎，千重山色映丹台。
危阶曲曲依峰转，瘦竹亭亭绕室栽。
未许此行轻别去，耐冬花下再徘徊。

吃过了干点，休息一会儿，即离开太清宫，于后面松林内拍了几张小照，并截了一根小竹杆，作为登山用的手杖。

从太清宫到上清宫，我们三人都不认识路径，就循着松林内的大道走去。一路青山绿树，曲涧穷岩，境极幽茜。至观海石，有"波海参天"及"始皇帝二十八年游于此山"的石刻。在这里，因为地位较高，半个海面，尽入眼帘，比太清宫壮阔得多了。

天气是那么的晴丽，风，暖暖地吹在身上，使人有些觉得懒洋洋地，许多不知名的野花，开遍路旁，开遍山上；成群的小鸟儿，在枝头飞来飞去地叫着，显现出生命的活跃。

春，在江南早已烂熟了的春，也已姗姗地来到北国了！

经过了好多的山峰，方才到了上清宫和明霞洞的交叉口，因为这时已是午后二点，虽然到上清宫已不足一公里，但他们都主张直接到明霞洞，不再去上清宫，我为取得一致的行动，只能跟着大家走，心里却有说不出的惆怅！

转过山坡，在山顶上可以很清楚地望见山坳里的上清宫。老树几株，败屋几间外，别无若何令人留恋的景色。据云宫亦为宋建名刹，牡丹银杏最有名，门前石壁上，有邱长春馋诗十首。远望虽无若何可取，但终以不能亲去一游为恨。人真是一种贪得无厌的动物！

下午二时半，到了万山环抱、林菁四合，十分幽深、十分曲折的明霞洞。在这里，整个的海面，无数的风帆岛屿，烟云峰峦，都已一一在望了。

明霞洞建于金大定二年，岩上刻"明霞洞"及近人邵元冲氏"天半朱霞"等字，海拔凡六百五十公尺。院内轩楹精洁，景物明丽，乔松秀竹，环绕左右，名花异葩，临风怒放，地位之佳，风光之胜，似比太清宫更高一筹。

因为一路跑得太热，应在向海一面的楼上坐下，净脸喝茶。心一定，诗便来了：

明霞洞

廓然尘累尽，俗虚不须删。

放眼峰千笏，抬头海一湾。

名逃天地外，身置画图间。

古洞人来少，白云日往还。

　　幽深清丽，为明霞洞和太清宫同有的优点，但太清宫居于海边，明霞洞位于山腰，因着地位不同，环境和风景，也生出很大的差异来，读前人"有石皆含水，无峰不住山，洞天幽以徂，竹木修而纹"的明霞洞诗，及"修竹万竿青入海，老松一路碧参天，山中鸡犬皆离世，水底蛟龙欲问禅"的太清宫诗，二者的差异，即可见一斑。

　　休息半小时，出来巡视一周。明霞洞房屋很不少，并且建筑得都不坏，如能在此小住一两日，看看海，听听泉，望望云，吟吟诗，简直是神仙生活了。

　　三时，离明霞洞，向青山前进，除雨时、野萍外，又加入慧莹，成了四个人的小团体。

　　一路都是弯弯曲曲的山径，翻上翻下，行走极感困难，幸而在太清宫带来的那只小竹枝，帮了我上坡下坡时不少忙。

　　过市立青山小学，校舍和别的乡村小学一样，也是崭新的洋楼，因时间的限制，未入内。三时半到青山村。

　　村子完全建筑在山麓，一部也在山腰，一层高一层，一家再一家，重重叠叠，居高临下，很使我想起《阿房宫赋》上的"蜂房水涡，矗不知其几千万落"的光景来。

　　这一带，因为尽是山岭，绝少平地，所以居民都以捕鱼为业。而土地的利用，也可以说到了极点。山坡上下，把泥土填平，种植麦子，泥土且须从别处一篓一篓地挑来，靠低的一面，须用石块砌高，以防下雨时泥土泻去，工程之艰难可见，民生之艰难可见！看了这种情形，不得不使我对于江南地力未尽的地方，感觉极度的惭愧了！

这里北面是大海，南面是高山，地位实处于山和海的夹缝间，风景的幽美，在别处很不易看到。在重重叠叠的石屋中，墙角边，东一株杏花，西几株桃花，白的雪白，红的血红，迎风摇曳。山上，冈上，洞旁，路旁，也有无数的野花在张着笑靥，惹人怜爱。

苍松绿树，碧海青天的大绒幕上，再零零星星，错错落落地点缀下不少红的花，白的花，更显得风光娇丽，柔媚有致！我们在石桥边，照了好几张相片。我并有一首五律，记其胜概：

青山村

寻春不辞远，胜日此登攀。

村匼高低树，花连远近山。

柴门常寂寂，晴鸟自关关。

独立斜阳里，长歌未忍还。

这时已是下午四时了，红日西斜，暮霭苍然，渐有夜意，闻至华严庵还有十多里路，不敢久留，即沿着海边大道，急急西行。

从前崂山道路未辟，交通不便，所以只有羽流隐士抚足其间，好奇耽古之士，也间或一至，普通人是很少来游览的。按崂山在即墨县东南濒海处，有大崂、小崂之分，峰峦以千数，洞壑以万计，周广可数百里，磅礴郁勃，为海上之名山。其脉远祖长白山，近自灵山山脉蜿蜒而来，经招远、莱阳而抵即墨境，主峰为巨峰，高出海面一千一百三十六公尺，适当全崂之中心，其支脉散而四走，涧壑河流，大者要概由巨峰为分水岭。山势东峻而西坦，故其脉东南短，而西北逶迤极长。开埠以后，德人奖励登山，不遗余力，由青岛至太清宫，则有汽船。登窑、柳树台大崂观等处，则有汽车道径达山麓。又于山中刻石立志，辟为登山路径，十有六线，依次编号，间数百步，立一标志。游山者按图觅路，循环往还，莫不称便。至民国三年，日人占据青岛，登临之路，日渐荒塞，深山中竟为匪类逋逃之薮，因之来游者多闻风裹足。民国十七年东北海军司令沈鸿烈氏驻防崂山湾，首倡义举，肃清匪徒，兴建古迹，整治道路，于是旅舍别墅之建筑，也日多一日。现在则几乎没有一处不通大道，十之七八，都可通汽车了。前崂部分，汽车已可直达青山，将来如能展筑至太清宫，则全山道路，都可衔接通车了。

自青山西行约四里至黄山，茅屋石壁，小桥流水，环聚成村，情景和青山相仿佛。《崂山志》所谓"沿路皆大石错落，忽峭壁，忽坐矶，苍松杂出其间，折而愈蕃，即山阴道中，未必尽如此之天造也"云云，洵非虚语。

这时已过午后四点半了，暮色渐渐浓起来，路上很多人自山间采樵或者田间除草缓缓地回家。我们在溪间边休憩了一回，我又作了一首小诗：

黄山村

入山云树合，鸡犬寂无哗。

海啮崖根断，山衔日影斜。

土地齐种麦，茅屋半栽花。

卜筑期他日，村醪或可赊。

后来一个朋友看见了我的"卜筑期他日"的诗句，他就大笑起来，他说青山、黄山的女人是自古出名的，我听了心头为之作恶不止。及翻阅《崂山志》的游崂指南，也有"山中民俗，尽皆朴质，惟青山黄山两村，旧以艳冶名。其男子于谷雨后入海业渔，妇女则施朱敷粉，招惹游人，风光之细腻，尤在此时"的记载，不禁为名山叫屈！轻薄少年，凭藉他一些臭铜钱，入山蹂贫家妇女，非但玷污名山，并且败坏风化。说这种话的人，要是阎罗有灵，也该贬入拔舌地狱，才见公平！

我们于涧流潺潺声中，小坐十分钟，因天光不早，仍急急西行。自黄山至华严庵约十多里，都是沿着海走，虽然道路平坦，但以跑了一天，双腿已疲倦万分，反不如在明霞洞一带翻山越岭来得爽利。

到斐然亭，简直跑不动了，只得立定稍歇。本来我的跑路本领在一般青年中是要算上上的，昨天下午，无端地被拉去参加了一次公务员春季足球赛，已有十年不履球场的我，忽地经过这样的剧烈运动，今晨起来，两条腿早已不听我指挥，就在平地也酸痛得寸步难行了。我又因为游前崂的机会不易得，所以两足虽酸痛，仍然挣扎着前来，再奔波了一天，愈觉酸上加酸，痛上加痛，无法遏制了。渐渐的，在四个人中，我落后下来，这时，只有我一个人了。

亭于民国二十二年由上海经济调查团出资创建，并刊有石碑，记述青岛市政当局的政绩。此亭倚山临海，地位极胜。曲涧横岗，映带左右，疏松秀草，点缀其间，观海听涛，最为适宜。

盘桓片刻，仍匆匆西行。我生平游山，雅不愿乘坐山轿，一方面固以坐了山轿，各处名胜，均于模糊中过去，且往往为轿夫所欺；而汪岳如氏所说"世岂有乘舆看山之理乎？乘舆看山，即是走马看花矣，有何领略处？况游山闲散事也，使两舆人挥汗喘吁，疾忙往还，徒增一番恶态耳"的话，也很打动我的心，所以我近年游过的山虽也不少，仅于泰山华山坐过两回轿，其余都是步行的。但是，这时反恨自己没有雇轿了，在这里，要雇轿也已没有雇处，只能拖着疲极的脚步，慢慢前进。

十多里路是那么远，翻过一个山头，又是一个山头，转过一座高岭，又是一座高岭，华严庵好像是永远走不到的！一路尽是"海连松涧碧，叶落草桥红，鸥队闲云外，人家乱石中"的好景，因为身体太累，也无心细细领略。

游山是应该舒舒服服、定定心心的，照今天这样，简直是来参加越野赛跑了。但是，团体的一致行动，个人有什么办法呢？

下午五时四十分，勉强挣扎到华严庵的山麓，眼睛望着山腰郁郁葱葱中的华严庵，两条腿再也跑不上去；而小舢板已在海边纷纷渡人上镇海舰，时间也不允许我再游华严庵了。我只得向华严庵行了一个注目礼，恋恋不舍地走下山冈。

华严庵又名华严寺，建于明崇祯时，清初颁有藏经，都七百二十套，每套十本，分藏于山门上的藏经阁。地位的幽静，风景的秀美，在崂山各寺观中，应首屈一指。"这样好的去处，索性留待将来详详细细地游吧"，这是我聊以解嘲、聊以自慰的想法。

到海边，天已下起雨来了。三百多人挤在海滩上，一个舢板，一次只能载送十余人，雨下得很快，人却少得很慢，许多人都躲在土冈边木排架下避雨。风急浪高，舢板在雨打风吹浪击中，驶向停泊海心的镇海舰，其危险的程度，比在太清宫登陆时更过百倍。一个摩登姑娘，不知是谁家眷属，在沙滩上跨向舢板时，心慌意乱，不知怎样，忽然失足落水，幸在海滨，经人扯起，未遭灭顶之惨，但一身春装，半截已成湿淋淋的了。这时，夜色笼罩，寒风凄厉，气温与早晨出发时绝然不同。那些穿得很少很薄的妇女们，一个个咬紧牙齿，耸紧肩膀，鼓足勇气，和冷风冷水交战。那个跌在海里的姑娘，其凄苦可怜，也就可以想见了。

预定晚上九时回到青岛市的计划，因为开船时的延误，当然不会实现了。舰上是没有饭吃的，在等待舢板的期间，我吃了六个鸡蛋充饥。那个船户，给他想起了这办法，倒于半点多钟内，做了一笔好生意。

六点半钟，我方才由小舢板于惊风骇浪中渡到了镇海舰。这时，雨已下得更大，除了军舰上的电灯外，山海水天，完全变成一片白茫茫的浓雾。一百丈外，什么都看不清了。

七时，军舰开始移动。风激浪涌，天惨地愁。颠簸之苦，实为平生所未经！不到一刻钟，船里只听得一片呕呕声了。

风，如排山倒海似地袭来；雨，如天塌地崩似地打来；浪，如千军万马般地卷来。一个军舰，竟如飘在海面的一张树叶，一忽儿高，一忽儿低，一忽儿左，一忽儿右，只是摇摆不定。舰上三百多人，人人失色，个个恶心。

早上来时，天气晴和，走廊和船头船尾一带，都可坐人。现在一下雨，人都挤到几间屋子里去了，非但没有凳子坐，就是地板上，也是没有插足的余地。我因奔走了一天，两条腿再也支持不下，就于大餐间的一角，坐下休息。好在地板是洁滑得会跌倒人的，即稍有龌龊，这时也顾不得许多了。

起初大家呕吐时，我还能支持，后来大餐间里经过许多人呕吐后，所发出来的一股异样的气味，实在薰得人受不住了，于是大家主张开窗，冷风从窗洞里拥进来，把恶浊空气逼走，那股味道方才好了些。但吐的人是愈来愈多，新的气味，也愈聚愈多，把几个当打杂的海军，忙得不可开交。

我心头也慢慢觉得有些不寻常，两手抱着双膝，一动也不敢动，把嘴紧紧地闭着，勉强忍住。

船是行得很慢很慢。在海上，一下雨，便起大雾，雨和雾是相伴而来的。恐怕触礁，军舰不敢照平常的速率开，只是慢慢地前行。

开了窗，空气固然好了些，但坐在窗口的人却提出抗议了。那窗洞里的风，真如猛虎般扑进来，冷得人浑身发战，于是窗子又给关上。

本来，说九时可以到栈桥的，停一会儿，又说十点一定可以回到栈桥，后来又说恐怕要十一点才能到栈桥了。我只听天由命，安静地坐着，心里唯一祈求的，便是不要呕吐。

看着表，时间的过去，一刻钟比一年还长。八点半时，风浪更大，颠簸更厉害。坐在我前后左右的人，大半也在呕吐了。地板上，不知从那里淌来的腻腻的、滑滑的胃里倒出来的残余养料，把衣服的一角沾染得都是。不得已，急急站起，把衣服上的肮脏擦干，地板上不堪再坐，凳子椅子，又都已为他人捷足先登，我只得站在那里。两条腿站不动不要说，风流颠簸中的军舰，那里能够站得定呢？我身子靠紧人家的椅子，双手拉紧窗槛的铜栏杆，还是一倾一侧地立不稳。不到十分钟，我的胃里也在翻腾起来了。我想，没有坐，今天的呕吐是免不了的，但到那里去找座位呢？这时，深悔在上船前吃了六个鸡蛋，否则这时胃里已经没有东西可以呕吐了。

到九点钟，我胃里的东西几乎要冲出咽喉来了，知决不能再忍耐五分钟，急急把身旁的窗洞扯开。面孔和胸口，正对着猛扑进来的冷风，方把正在翻腾起来的东西压下，人也舒适了许多。

发现了这个方法，于是我始终正对窗洞站着，不敢再移开。海风虽冷，比呕吐还好得多啊！

九时半，风才慢慢地缓下来，浪也慢慢地小起来。不久，雨也停了。

今天，要是搭港务局金星、水星二轮来，三百多人，没有一个人会得不呕吐的，我可断言！镇海舰比金星水星大几十倍，还颠簸得这样厉害呢，游前崂真是太危险了！

深夜十一时，方到青岛的前海，抛好锚，只不见港务局的小轮船来接，归心似箭的三百多人，一个个鹄候在镇海舰上，无形地拘留了二三个小时。要是我们今天乘的是金星、水星，非但没有人能够受得住，并且今夜也回不来呢！和我们在华严寺同开的金星轮，不知被打到什么地方去了。

舰上发无线电报，没有用，发无线电话，也没有用。左等右等，只是不见小轮船来接。看样子，今天是要在舰上站一夜的了，如此游山，自己想起，也不觉失笑！

一时，不知那个机关接到了无线电话，通知市政府，转令港务局派轮来接。

在无边黑暗中，远远地望见海面有一条黑影破浪前来，大家不觉同声欢呼，可是究竟是不是港务局的轮船，还是疑信参半。

岸上一星星的电灯光，透过了漫天的薄雾、无边的夜色，发着微弱的亮光，照到舰上。我们的军舰究竟是停泊在那里，谁也不能断定。有的说是前海，有的说是大港，有的说是小港，纷纭猜度，莫衷一是。大家的意思，为黑夜登岸的安全计，最好在大港码头上陆，因为那里有路灯，有码头，虽是黑夜，绝无关系的；在别处则太危险了！但是也有许多人说，大港码头非经事前接洽妥善，军舰是不准靠岸的。那么，这事的希望便有些说不定了。

在欢声雷动中，港务局的小轮靠到了镇海舰。因为在深夜，大家都急着要回家，把扶梯附近挤得水泄不通。我知道小轮船一次决不能载三百多人，跑了一天，站了半夜，两条腿也决不能和人家去挤，所以大餐间里走掉了许多人后，我急急先拣一个空座位休息一下。这一日，身体实在太疲倦了！

小轮船来回接送了三次，方才把三百多人完全渡完。我是最后一批登陆的。走出大餐间，海面的冷风一阵阵吹来，吹得我身子不住地发抖。两条腿，酸痛得几乎不能开步了。我深悔昨天参加了公务员的春季足球赛，但是，本来是被人家硬拉去的，自己不想去，又有什么效果呢？

小轮船到大港码头，恰恰是早上三点。市政府的汽车已全部出动，在迎候接送了。

整个的青岛市，都像睡熟了般的静寂。街头只有一个两个的警察和三五辆洋车在寒风凄厉中，幽灵似地踱步。电灯光也是淡淡的，似乎失去了原有的光辉。

三时半抵市政府，当我倦极了的身体钻进温暖的被窝时，已快敲四点了。

二十七日早晨七时，睡了刚三小时，正想挣扎起身的我，听公役来报告说奉市长谕，凡昨日游崂山的公务员，今天特准休息一天，便又倒头睡下了。

经过了一星期，身体的劳倦，方才渐渐恢复过来。

这一次，与其说是游崂山，我宁说是作了一次海上旅行。所有惊风骇浪的壮观，悸心荡魄的险象，我们都一一经历了。

许多人说下次再不敢去了，再不愿去了！我虽是跑得那样疲乏，颠得那样难受，下次还是愿意参加的，因为一想起还没有到的华严寺和白云洞，我的勇气又激增了！

六　岛国之春

矮矮苑墙曲曲栏，重峦到处可登攀。

人家都在春风里，绿树连云花满山。

这是我到青岛后的一首即景诗。要是在青岛住过春天，住过整个春天的人，对于我"绿树连云花满山"的诗句，我想决不会表示异议的。友人张中之兄自齐山湖畔寄来的信上说："来信是这么长的，而且写了这样多的好诗。子玉，你真是一个才子啊！是的，大自然界里，随处都藏着诗，俗人看穿了眼珠子也觅不到一句诗，但诗人随手拈来的都是顶好的诗句。看啊'绿树连云花满山'，这如同是一张名画，'绿树连云'是多么好的一种透视呐！"

真的，青岛的春景是太好了！青岛，整个的青岛，是一幅名画。你截取任何一角，都可以作为你的画本，你的诗料。但是，诗画所能描绘的青岛太有限了，太呆板了，诗画要是能够表现出青岛的美有十分的话，则真的青岛，其美当在一万分以上！春天的美，是诗所不能写，画所不能传的！

春天，你只能用眼睛去看，耳朵去听，心灵去体会玩味；一切文字语言，图画照相，都是拙劣得会给春之神笑痛肚子的！

春，在青岛，似乎要比江南迟到一两个月，当我三月十日初到青岛时，除开常绿树外，一切树木，都还没有透芽，至于花，更见不到一枝半枝。那时，跑到海边，跑到山上，都还带着冬天的肃杀之气。但是，曾几何时，春于人们不知不觉间，已自江南偷偷地来到北国了。

阳光暖了，草色青了，树叶绿了，各种的花也纷纷开了。天地间的一切，都在告诉人们，春已重临人间了。

青岛，有一点为别处所及不来的，那便是家家种树，家家栽花，家家是矮矮的围墙。因此，家家的树和花，在路上跑过的人，人人可以任情地欣赏。

路旁有树，路旁有花，山上也有花；院子里有树，院子里也有花；青岛，到处是树，到处是花，整个青岛，都给绿树红花包围了，遮裹了，变成了一座大花园。

海滨有洋楼，山麓有洋楼，山腰有洋楼，山顶也有洋楼，一层一层，一重一重，高高低低，大大小小，整齐地，美丽地，矗立在天半。整个的青岛，都给洋楼占满了。

要是你立在山顶一望，或者是立在市政府的五层楼一望，则你将发现青岛市满市是花树，满市是洋楼。一大簇花树中间，隐隐地透露着一幢洋楼。一幢洋楼的四周，浓浓地包围着一大簇花树。

那花树，那洋楼，烘衬着淡淡的天，淡淡的海，分外觉得山光水色，妙曼如画！

唉！你东方的世界公园啊！你现代的世外桃源啊！我真为你颠到，为你陶醉，为你而疯狂了！

汇泉公园的樱花，那柔靡香艳的樱花，对于游人，是尤其富于魅惑力的。

说到汇泉公园，春天的汇泉花园，我的心境是说不出的，有诗为证：

> 名园顿换旧风光，水软山温处处香。
> 我自怜花花解否？一春情绪为卿忙。
>
> 北来心事有谁知，销尽聪明未减痴。
> 寄语樱花休作态，莺衔燕啄几多时？

的确，汇泉公园，和我第一次来游时，已经换尽旧有风光了。走进门，见满园是树，满园是花，满园是人。绿的树，青的树，红的花，白的花，衬着碧油油的草地，蓝澄澄的云天。枝头叶底，再加上不少小鸟儿，小蜂儿，飞来飞去。那情景，活画出一幅"艳阳春"的画图。人一到那画图里，便觉得心里懒懒地，痒痒地，有说不出的感觉来。何况，还有那无数的鬓影衣光，不断地在你面前晃来晃去？一双双，一对对，双双对对，在向你示威，在向你挑拨，在向你总攻击呢？

在春天，孤单的一个男，一个女，汇泉公园是不允许你去的；要去，必得一双双，一对对去；否则，你将会被这春天，恼人的春天，被这春色，呕人的春色，服服贴贴地压逼到你的公事房或者寄宿舍去。

这公园太好了，太美了，尤其在樱花开时，杏花开时，梨花开时，桃花开时，总之是春天。春天的汇泉是太好了，太美了！但这太好，这太美的汇泉是属于一双双一对对的！不信，请读我的汇泉游春词：

> 香鞋步步印新苔，银杏路边去复回。
> 觌面相逢轻一笑，人人都道看花来。

> 小姑十八尚无家，顾影朝朝怨岁华。
> 自向碧桃花下立，偷将颜色比桃花。

> 淡淡春山满满胸，香风到处逐芳踪。
> 汇泉今日春如许，半上眉梢半乳峰。

> 郎自情痴妄欲狂，春风笑语舌生香。
> 花前挽臂双双去，不看枝头只看郎。

樱花，几千几万株的樱花，满树的花，满地的花，满园的花，如雪球，如软绒，如团絮。你跑进去，只见樱花，却不见有树，不见有园，不见有天。其肥软，妩媚，轻盈，柔靡，千树万树，连结成一片，使人心里荡荡然。汇泉，虽说只有花，不见有树，不见有园，但你跑到东，跑到西，随你跑到那里，都有的是人，男人，女人，洋人，华人，熙来攘往，中山公园，竟热闹得和中山市场一样。

说到女人，我初到青岛，脑海里就留下了一个不可磨灭的印象，那便是青岛的女人，完全是三个典型。一是洋太太式的，二是官太太式的，三是修道士式的。何以会形成三个典型？这三个典型的阴晴面，是象征着那一种的时代反映，聪明的读者，当然不待解释就已十分了然了。

春在天上，春在地上，春也在人的身上，人的心上。这恼人的春天啊，这呕人的春色啊，你把普天下的男女都魅惑得疯魔了！

不要忘记青岛的女人，除了洋太太式官太太式等三个典型外，还有一个红裙绿袄和三寸金莲一步一摇凑合起来的另一典型。论时间，这一种女人，和前三种女人，生活上，人生观上，至少得相差一个世纪；这正月乡区的茅屋草房，与市区的洋楼大夏相差至少得一世纪一样。关于这，我们能说什么呢？

每当夕阳西下时，汽笛鸣鸣，马蹄得得，倦游仕女，都驾着汽车马车回家了。于是汇泉只剩下一座空的花园，万千花枝，让清风明月陪伴着，度过寂寞的春宵。

夜，在青岛，也是挺有诗意的。你要是一个人，跑到接收纪念亭去，则于无边黑暗中，那栈桥和回澜阁一长列的电灯，倒映水底，风动浪摇，闪闪欲活。再看到高高低低的楼台，于树影婆娑里，透露出晶莹明亮的电光来，分外觉得柔媚有致。夜里，全市是静得可以，难得有一辆两辆汽车呼呼地驶过，但三四分钟后，马路上又是静悄悄的了。在这里，夜最之美，不下于我前年在西子湖平湖秋月望新市场一带。我有《接收纪念亭夜坐》一绝：

> 楼台明灭影模糊，万里涛声入夜孤。
>
> 又把旧游重触起，海天和梦落西湖。

要是在月夜，则于栈桥一带，负手徘徊，望着天，望着海，望着月，望着天上的月，望着水底的月，那寂静，简直可以把你的心静得凝下来，凝成冰冷雪白的一块。青岛市在月光中，胶州湾在月光中。湾里，飘浮着好几座山；山上，点缀着无数的花树楼台。月光与灯光交射，天光与波光争辉。那夜景之美，也是不能形容出来的。请看我的《栈桥夜坐》：

> 灯光照海海连空，浪鼓桥挝任好风。
>
> 十万人家齐入画，胶州湾在月明中。

白天，青岛之美，大家都能领会到的。唯有夜，尤其月夜，青岛的美，那不是每一个游人都有机会，都能领会到的。我，因为住得和海滨太近，来去太便，所以除了下雨，每天每天，都到接收纪念亭和栈桥一带散步。海，成了我唯一的朋友，唯一的嗜好，我没有一天能够离开它，因为他对于我心灵上的赐予太大了！

所以游青岛的人，夜，尤其月夜，是不能轻易放过的。要是一个游青岛的人，把夜间整个的时间消磨在房子里，则他的损失是没有方法可以统计的。

七　到丹山去

　　樱花，很快地便谢了！虽然憔悴残（英）〔樱〕犹有不少滞留枝头，似乎珍惜她的一年好景，不肯轻易离去似的；但一阵风过，无力抵抗的樱花，只能凭东风作主，把她卷送上天，轻掷下地，只落得在天空地面，回翔起舞，作最后五分钟的挣扎。我看了曾有一绝志慨：

樱　花

粉红褪却绿初肥，零落风前片片飞。

怅绝芳心犹未死，惹人到处扑征衣。

　　樱花谢了，于是梨花、桃花的时代便来了！丹山、少山的梨花和桃花，其为中外人士之乐于称道，正和汇泉的樱花一般无二。读江东才子杨云史氏近作"樱花落尽逐香尘，此际丹山浩荡春。万顷胭脂千岭雪，艳阳烘醉白头人"诗，益为之神往不止！

　　丹山和少山，位于沧口镇之东北，都是青岛的近郊名胜。丹山在丹山村之东，少山在源头村之东，汽车均可直达。

　　五月三日，预先约定张家凤兄同往一游。早上七时，就带了快镜、干点，匆匆出发，到河南路搭上去夏庄的公共汽车。

　　天色微微有些阴沉，但并不下雨。八时开车，因为是星期日，中外士女到丹山赏梨花的特别多，车中挤得满满的。家凤勉强找到一个座位，我则始终站着。

　　汽车如风驰电掣般过去。每家院子里的桃花、梨花，都如昙花一现似的，飘忽地掠眼而过。一家过去了，又是一家；一段过去了，又是一段；鲜丽夺目，连绵不绝。读近人袁珏生氏《青岛竹枝词》："暮春三月竞韶华，万紫千红五色霞，不用敲门探芳讯，家家露出隔墙花"，为之莞尔。古人云："满园春色关不住，一枝红杏出墙来。"在青岛，岂但一枝红杏呢，枝枝红杏都出墙来了。

经工厂林立的四方、沧口二镇，汽车已完全在宽阔的乡野中奔驰。两旁桃花怒放，给朝阳一照，更觉娇艳欲滴。从沧口到丹山约十多里的中间，桃花开满了整个的旷原。望去只见一片红光，一团红霞。在车中，我忽地想起薄命桃花的掌故来，心里偶有所感，即草草作成了一首七绝：

丹山道中
千丛万簇晓烟笼，照眼花然十里红。

漫说红颜多薄命，护持岁岁有春风。

到丹山，许多人纷纷下车。我和家凤决定先到夏庄，再回头游少山和丹山，所以还是随车西去。这时，我才得到了一个坐位。

八时四十五分到夏庄，那是乡区一个大镇。镇西小山上，有崭新的乡区建设办事处的洋楼。在一切都是古老拙朴的乡村里，看了似乎怪刺眼的。

问村民，知附近有崂山名胜华楼宫。可惜离开夏庄还有六七里恐怕去了来不及游丹山、少山，决定割爱。就在山麓果林里，拍了几张苹果花的照。苹果花和梨花相仿佛，惟花瓣肥些大些，这是问了村人才知道的，否则我还以为是梨花呢。

把全镇巡视一周，就缓步返少山。沿途绿草如茵，在暖洋洋的天光下，薰得人有些陶陶然的。

十时到少山口。北望奇峰插天，崔巍瑰丽，别成一格。桃花和梨花，连连绵绵，把山口完全封没了。这时，天色又变得阴沉沉起来，薄雾弥漫在山头，最浓处只露出一座黑影，再也分辨不清。我们因为已经跑得很累，就于妖红冶绿的人丛中，直接走往少山亭休憩。

少山是很平坦的一座土山，除少山亭外，别无若何点缀，其妙处便在周围的花木太多，和北边的山峰太好。在山环花抱中的源头村，简直和世外桃源一样。我有一绝记之：

少山初晴

枝头历乱影横斜，浅白深红夹道遮。

一路天香吹不断，万花风里见人家。

泡了一壶茶，打开干点，就坐在石凳上吃了简单的午餐。少山亭四周，挤满了红男绿女，攘往熙来，几如闹市。但很天然的，在这里面，形成了两个分野：一是从市里来的西装旗袍群，一是从村里来的红裙绿袄群，各游其游，各乐其乐。

十一时离少山亭，走到后面巨岩下照了两张相。这时烟雾更浓了，山峰的奇瑰处，已遮得一些都看不出。我深悔没有照了相再吃东西，错过了难得的机会。

盘桓片刻，即由花丛中走向法海寺。寺的规模还相当大，惟建筑稍嫌单调些。在寺里，遇到了锐锋兄。出来，转入市立法海寺小学参观。里里外外，也塞满了游人，站足不得。校舍系新建，外表上，实用上，都可以说是标准乡村小学校舍。

下午二时，随了大众，跑到了丹山。从法海寺到丹山，大约有一里多路。路上，完全给游人连接了。

丹山附近，和少山一样，也都是桃花、梨花和苹果花，鲜艳夺目，但除丹山外，四边山势已松，平原居多，故景色似不若少山的峭丽。

我们从山麓循石级登山，至丹山亭稍息。山上有许多出售水果及点心的临时摊贩，很像南方的节场。

看了梨花的白净、娇艳，使我想起梅园的梅花来，想起逋老"梅妻鹤子"的典故来，戏作一绝：

丹山即景

玉容如雪映丹霞，万种轻盈入眼赊。

愿把梨花收作妾，风情应不让梅花。

三时至丹山村。男男女女，都聚在门前闲看，正同看会看戏一般。我们走到丹山小学休息一回，因想回到市里去的汽车太拥挤，仍搭车到夏庄，舒舒服服地再回头。

四时，车子在夏庄开，到法海寺，天已在下毛毛雨了。许多人同时要挤上汽车，秩序是坏极了。我们很高兴，事先想到了这个方法，避免了这种麻烦。

雨愈下愈大，丹山、沧口和四方，都在风雨中过去。午后五时，回到了河南路汽车站，结束了这一天的游程。

八　后崂一日

后崂，据朋友说，比前崂更幽深，更清奇，更瑰丽。我时时在悬想着，也天天在渴望着，终于在六月七日，给我达到畅游的目的了。

同游的是高考同年裴胜嘉兄。事前，我们到中国旅行社问明白开往崂山的游览专车是在早晨八时启行，所以隔晚预备好了软片和干点，七日上午七时许，就同到旅行社守候。先在那里的，有新自日本归国的杨君，交通银行的某君及其女友。问旅行社，知道汽车是有的，须再等一回。及八时半，忽又说没有汽车了，原因是车子都给日本海军雇空了。听了这样奇突的消息，大家为之愕然！杨君很愤慨，他于三天前便到旅行社报名，昨日旅行社通知他于今晨七时到社集合出发，万不料办事人竟是这样的不当一回事！我们也很惊奇，报纸上天天刊着崂山游览专车"每日开往，风雨无阻"的大幅广告，事实却竟是这样！杨君说，他在日本十三年，就从来没有碰见过这种事。我们都为中国旅行社的服务精神叹息了！但那个旅行社的职员倒似乎若无其事的泰然自若！

我们五个人经过了一度商议，便决定合雇一辆汽车前往。目的地是靛缸湾、蔚竹庵和大崂观三处。

电话打去后，不到十分钟，一辆一九三六式的流线型汽车便已停在中国旅行社门首了。五个人登车出发。临行，口占一绝：

重游崂山晓发青市作

天步阽危国步艰，微官转喜得投闲。

此生不作封侯想，收拾雄心且看山。

过东镇，汽车便在绿树丛中奔驰，从窗子里远望薄雾轻笼的山头，一忽儿矗立云堆上，一忽儿又埋入云堆里。在路上，时常遇到穿得红红绿绿的村妇骑在骡背上，得得而过，后面跟着她的丈夫，或者在前面牵着骡子缓缓步行。这情景，充分地表现出北方农村的特殊性，在江南是从来没有看见的。

经李村、九水、板房，渐渐地投入崂山的怀抱。岚光云影，目不暇给。十时到柳树台，那里已是崂山的山麓了。下车，作十分钟的浏览。

柳树台在一山谷中。三面是高山，只有一面是缺口。从前汽车道只通到这里，再上去便须坐轿或步行了。现在则以市政建设的积极展辟，汽车已可直达北九水。

在那里，老树参天，浓荫蔽日，真是名副其实的柳树台。我们到山上绕了一个圈子，拍了一张照，便继续前进。这时，下了几点小雨，但不久就停了。

过柳树台，便完全是上坡。在山腰里凿山通道，上凭峻坂，下临绝壑，汽车曲曲折折地遵着大道向北爬。到处有碰壁的危险，也到处有坠入深渊的危险。我真为我自己的安全捏一把汗。到此，方知筑路工程的艰巨和司机技术的谙练。而远近风景，也愈出愈奇，愈转愈妙，使人如在画中，如在梦中。

崂山，在我第一次的印象里觉得它惟一的胜处，便是它的山峰和岩石。但到今天，我方才完全认识了崂山山峰的峭丽，岩石的秀拔。每一块岩石，每一座山峰，都似石匠刻意雕琢出来的，不到崂山，决不会相信天地间有这样的岩石、这样的山峰。

一般地说来，南方北方山的不同，正如南方北方人的不同一样。南方的山多土，北方的山多石；南方的山多树木，多泉瀑；北方的山树木很少，泉瀑也不多见。要是拿一句话来说明南方北方山的特性，则南方的山以肉胜，北方的山以骨胜。因为以肉胜，所以美在秀丽的幽邃；因为以骨胜，所以妙在雄伟的峭拔。照地位说，崂山应该归入北方山的类型中，但它除了富有北方山的特性外，还充分地带有南方山的优点。单说土壤吧，在山腰山麓，土是厚厚的，其肥沃不下于南方的山。再说树木吧，到处绿树成荫，野花怒放，其奇丽也不让于南方的山。至于泉瀑，则北九水和鱼鳞瀑，更是名闻遐迩！所以，崂山可以说兼有南北山的优点，为别处的山所及不来的。

我在车子里贪婪地看着刻刻在变换的四围的风景，不断地比较着近年来游过的南北名山，一点不觉得时间的消逝。十点半，车子把我们临时结合的五个人，安稳地送到了北九水，那是这一条路的终点，汽车再不能前进了。

北九水是崂山风景的结晶处。

无数的峰峦高高低低地在四面环抱着，各有各的姿态，各有各的风韵。流水潺潺，常绕耳边。碧澄澄的泉水，给微风吹了，水面上便刻划出一层层的皱纹来。地上，山上，望去是一片浓绿色。这浓绿色，报告人们春已溜走了，现在已是初夏的季节了。

五个人分成了两组，我和裘、杨二君走在一起，裘君和杨君都没有游过崂山，我虽游过，但所游的系前崂，后崂也是第一次来，所以都不认识路。我们只能凭着指路牌和游览地图走。

在北九水，有小学校，有大饭店，有公安局分驻所，有争奇斗胜的富人别墅，有竹篱茅舍的穷人住宅，参差错落，天然地形成了一个小小的市集。

北九水为白沙河上游，有内外之分。自大崂观至太和观叫外九水，自太和观至鱼鳞口叫内九水。外九水我们没有到，即自北九水汽车站沿着大道，向鱼鳞口慢慢前进。两峰夹峙，一水中穿，峭壁危岩，绿潭急湍，极潆洄曲折之妙。

这时天气渐渐地转向阴沉，山后背有稀薄的白雾在冒起来。我们的心里暗暗祈祷着，希望天公作美，在我们回到青岛之前，不要下雨。

大路靠着山涧筑成，崇岭回合，旋入旋掩，峡势错互，愈入愈狭。两岸丛林密菁，遮得黑沉沉的，一望无际。滔滔汩汩的涧流声，却从树林里隐隐传出来。不一刻，便到了双石屋。

双石屋是鱼鳞瀑和蔚竹庵的分路处，我们决定先观鱼鳞瀑，再上蔚竹庵。

那里是一个小小的山村，倚崖傍涧，松竹荫如。自此南下至涧底，沿石径曲折入，逾二水、三水至鹰巢河。河自东北破峡来，峡峭湍急，声闻震谷。更入，径益纤，景益奇。翠壁丹崖，层见叠出。五水之飞凤崖，六水之锦帆嶂，七水之连云岩，次第呈现在我们的眼前。所谓九水，据《崂山志》所载，凡九折，每折为一水。有许多地名，地图上虽经标明，但事实上却不易确切地指出。好在我们的目的是领略山情水态，并不是作山水的考证，所以也就免予深究了。

再进，便是鱼鳞口，俗名牙门。两崖逼来，欲开复合，形势天成。从这里回望北九水，已云树弥漫，模糊难辨了。途中曾作一律：

北九水道中

几处山头锁野烟，靛缸湾在碧云边。

奇峰十里浑如画，羁客三人便欲仙。

乍咽乍喧穿岭水，不晴不雨养花天。

此行未许愁岑寂，长有滩声出树颠。

鱼鳞瀑又名靛缸湾，自双石屋到靛缸湾，一路都是新砌的石级。在牙门附近遇见三四十个日本人，男男女女、老老少少都有，每个小孩子手里都携有日本汽水两瓶，徒手登山。在靛缸湾，原有我国的崂山汽水出售，但他们不愿买中国货，辛辛苦苦地从市里带他们本国的汽水到崂山来。国民这样爱国，国家那得不强？想到他们在中国而不用中国货，我们住在中国的中国人，却偏偏喜欢买日本货，真是太使我们惭愧了！据杨君说：日本人不肯用外国货是成了一种习惯。在日本，本国的香烟，又贵又劣，吸起来有一股浓烈的臭味，但吸烟的日本人，总是吸日本烟，决不用外国烟。他这一次回国，在船上看见许多日本人，带了不少的日本香烟到中国来。这一种爱国的精神，是实在值得我们钦佩的！

上午十二时，到了我们的目的地靛缸湾。路上山上，都挤满了游人，有的在观瀑，有的在谈笑，有的在进干点。当我们还没有望见瀑布的时候，就听得大声澎湃如雷霆，发自上首山谷间。左右峰峦，愈耸拔，愈纡回，愈秀丽，把靛缸湾团团包围起来。悬崖壁立，习瀑自东南壁高处石门中劈翠下泻，至壁半，忽凹入如盆，水注其内，复涌出跌落入潭。潭水深碧作蔚蓝色，故有靛缸湾之称。风吹浪激，水面被拥起无数圈的细纹，一层层，闪闪烁烁，好像太阳光下的鱼鳞片一样。这或许就是靛缸湾又叫鱼鳞瀑的来由吧？

潭的周围，已用水泥修筑了平坦的堤道。潭东构有仙舫一座，崖西建有观瀑亭一座，都可供游人休憩。观瀑亭适隔潭与瀑布相对。凭栏俯视，尤有河悬海立之势。可惜这里的一切工事，似乎与靛缸湾原来的景物太欠谐和，看了好像怪刺眼的，令人心头不舒服。

这里是北九水的发源地，也是青岛唯一的大水白沙河的发源地。立在潭边，望着飞空而下的瀑布，诵崔永阶"盘空舞雪飞泉落，扑面银花细雨来"的鱼鳞口瀑布诗，不觉悠然神往！

摄了两张小影，就到仙舫里品茗吃干点。这时云开日出，雾消烟散，是一天中最晴朗的一刻。我靠在栏杆旁，望望瀑布，看看水，看看天，随口吟了一首小诗：

靛缸湾

晴岚郁勃水空明，满眼奇峰削不成。

一自二崂成独契，诗心更比去年清。

盘桓久之，就离开靛缸湾，再游蔚竹庵。本来自靛缸湾到蔚竹庵是有一捷径的，我们因为不认识，仍折回双石屋，依照指路牌的指示走去。

从双石屋到蔚竹庵，都是未经修治的山僻小径，满山长满松林。我们好几次怀疑自己走错了路要折回去，后经村人指点，方才放胆前进。一路除了遇到十几个日本人外，绝少其他游人。杨君谈着东邻的民情风俗，及最近彼邦朝野人士对于我国"西南异动"的论调，听了心里有些火辣辣的，不能赞一词。

这时天色渐变，气候骤寒，大有雨意。翻过了好几座山头，终于，深藏于万绿丛中的蔚竹庵，给我们发现了。当我转过凤凰岗，首先望见庵旁的石塔时，几乎高兴得欢呼起来。途中曾作一绝：

蔚竹庵

云深何处锁烟岚，境僻无人试共探。

路转峰回钟磬寂，万松翠裹一茅庵。

"万松翠裹一茅庵"，这句诗是真实的。蔚竹庵在万松深处，远远地望去，只有几条屋脊，露出树梢。整个的禅字，都给松荫吞没了。门前是一道深壑，两边长满了密密层层的杂树和细竹。微风过处，只听得一片萧萧瑟瑟声。远近峰峦，环列如屏，瑰丽如画。庵的西北面，峭壁高耸，老松纠缠盘结，层布其上，深阴沉沉，风光尤绝！

我最爱那一片松荫！

我们本来跑得很热，但一到庵前，忽地周身凉爽起来，似进入清凉世界一般。小立庵前，口占一绝：

蔚竹庵前小立

出世情原入世情，天将胜地托书生。

松荫十亩浓如盖，小立峰前独听莺。

入门，除羽士三四外，没见一个游人。我真不明白，何以
到靛缸湾去的人那样多，到蔚竹庵来的人竟是这么少！大概老
天特地安排下这一个冷僻去处，等待我这一个淡泊书生的流连
啸傲的吧？

蔚竹庵创建于明万历三十四年，殿宇新经修盖，尚整洁。
老道引我们到北厢房坐下，敬过茶，滔滔不绝地告诉我们为了
庵产争执的事，为之掩耳却走！"名山僧偏俗"，我将到那里去
找解人啊？

看表，已快到三点。我们约定四点钟在北九水集合后再游
大崂观的，不便久留，依依不舍地别了清幽独绝的蔚竹庵，仍循
原道返双石屋，到北九水。一路细细鉴赏拱卫着北九水的峰峦峭
拔、奇丽、幽秀，除了神工鬼斧能够造成外，在人力，简直是不
能设想的！华山和崂山，同以石见胜，同以峰峦见胜，但华山的
石和峰峦是雄浑，崂山的石和峰峦是纤丽；华山一块大石造成一
座山峰，一个山峰只是一块大石头，其胜在气魄；崂山的石和
峰峦，好像是一方方碎石叠起来粘合在一起的，其妙在风韵；
要是华山是园景的话，则无疑的，崂山是盆景了。我爱园景，
我也爱盆景；我爱华山那种雄伟的气魄，我也爱崂山这种纤丽
的风致！大自然间的美，其表现的方式纵有差异，但在美的原
质上看来是到处一样的。我为北九水一带的山峰陶醉了。

北九水一带，不但山峰的结构好，就是他安排的位置也
好，而一溪一涧，一泉一石，一别庄，一茅舍，一高冈，一丘
壑，看来无一不适当其地，恰中其美。要是可能，将来我真想

终老此间了。

三时五十分离北九水，当汽车风驰电掣地驶过山涧时，我向碧澄澄的涧水投下迅疾的一瞥，默诵近人黄任之氏"崂人合住崂山未？却笑奔泉一例忙"句，为之辗然。

车渐行渐远，山渐远渐松，风景也渐远渐平淡。四时半，到大崂观。下车一看，地位虽则仍在崂山中，但崂山面目，已和北九水一带山峻水急的情形绝然不同了。在这里，峰峦是宽坦的，田野是平旷的，可说是任何有山的地方都能看到的一种风景，崂山的特性已经失去了。

观内屋宇还宽敞，花木也不少。我们于暮霭苍茫中，绕寺走了一转，在后院里照了一张相。老道三四，拱手相迎，琐琐谈山中事，银须飘然，望之如仙，使我陡生无限艳羡！

观旁翠竹万竿，深荫沉沉，不见天日。徘徊竹林中，想起老道的生活，又写下了一首小诗。

薄暮抵大崂观清幽独绝

斜阳一角下林楸，药鼎烟消天地幽。

饱享人间清静福，山居端可傲王侯。

恐怕时间太晚的缘故吧，观内除了我们五人，再不见一个游人。在我看来，大崂观的小环境是好的，可惜它的大环境差了些，否则真是一个养静的理想所在。

正要上汽车，一个村人走来，问我们要不要上神清宫，倘使要的话，他可以做向导，领我们去，他说神清宫风景还比大崂观好，路也并不远。我们看表，还只五点钟，大家同意，决再多游一处，这是不在我们预计的行程中的。

自大崂观迂曲南行，登芙蓉峰，高约五百公尺，嵯峨耸秀，望之若剑戟插天。在大崂观附近许多山峰中，可算最富于诗情画意的一个。这时天气突然转阴沉，晚风萧萧，大有"山雨欲来"的光景。我们催着向导急走，凡三里许，转过山坡，忽见西侧山坳里黑沉沉一片浓荫。浓荫中，隐约有殿宇数十间，远远可以望见，境地是幽僻深邃极了。我兴奋得跳了起来，高声对胜嘉兄笑道："不虚此行！不虚此行！"

未来时，那个向导说这里的风景比大崂观还好，我心里并不相信，只以时间还够得上，存心到一处新的地方看看而已。不意那个向导却并没有诳我们，万一我们不听他的话，到了大崂观而不上神清宫，岂不是冤哉枉也？

有眼福的人是到处有眼福的！神清宫，我们非但未曾预计在游程中，并且五个人的脑海中，谁也没有印上过这个名字，此游真是偶然的机遇罢了！生平爱游如命的我，还能不快活吗？

前行，松竹葱蔚，绿荫夹道。人行其下，肌肤生寒，倘盛夏过此，真无异走进清凉世界了。

山门外，覆满了浓荫。一座神清宫，竟似浸在浓荫的海里一般。本来，这一带的峰峦是盘结得很宽松的，不料到此一看，竟是峰环峦抱，把个芙蓉峰围得紧紧的，自成一种小巧玲珑的局面。造物之奇，再没有奇过于天的！

门前有钟鼓楼，楼旁一石广而薄，曰聚仙台。我于聚仙台，上望白云，听松涛，流连不忍遽去。曾得一绝：

晚抵神清宫

绿荫如海浸重楼，野兴萧然老麦秋。

漫把奚囊收拾去，行人又为好山留。

入门，拾级北上，为三清殿。再上为玉皇殿，殿东为长春洞，后有滚龙洞。巡视一周，道士已把茶具端整好，招待我们到屋里坐。我们以游得太热太累，叫道士把藤椅移到院子里，品茗纳凉。

神清宫创建于宋延祐中，规模很不小。后宫尚有摘星台、罗公塔诸胜，我们以时间已晚，未及一一攀访。

在这里是幽静极了，除了风声、松涛声外，一点别的音响都没有。论风景，论地位，都要比大崂观强得多。披尘襟，纳凉风，一杯在手，万虑都消。这样赏心惬意的地方，我真不愿意走。

但我毕竟走了！杨君等因为急于回去，早已先走。只剩下我和胜嘉二人。我们虽想多留一刻，多享一刻清福，但恐他们在山下久等，只得恋恋不舍地离开了清幽绝世的神清宫，快步下山。这时天已飘着毛毛雨了。

六时开车，雨点慢慢地大起来。一忽儿，车窗的玻璃，都为雨点打湿了。望出去，山头村落，一片模糊，再也辨认不清。

我心里很痛快，今天一天中，天气变化了好几次，一忽儿阴，一忽儿晴，一忽儿雨，一忽儿又晴，一忽儿又阴，一忽儿又雨，但微天之幸，在我们游览时，总算没有大雨，没扫我们的兴！

心里一痛快，诗便来了：

崂山归途遇雨

回车百里辗清尘，孤嶂重峦入眼新。

欲雨还晴晴又雨，老天幸不负诗人。

真的，我们今天能够游得这样畅快，不得不感谢老天的厚赐！要是在我们游览时一下大雨，虽有雨景可赏，但总是要比微雨和阴沉的天气不便得多。回来时，无意中又游了幽深清丽的神清宫，更是今天的巧遇了！

七时许，汽车于细雨濛濛中回到了青岛。这样，后崂之游，总算如愿以偿了。

这一次，尽一天的时间，游了北九水、靛缸湾、大崂观和神清宫四处，后崂的精华大概都已领略到。一般说来，"后崂比前崂更幽深，更清奇，更瑰丽"的话是可信的。倘分开来说：则后崂的结晶处是北九水，那里天工人设，无一不合乎美的条件；次之是蔚竹庵，以幽静胜；靛缸湾先天的遗传本极良好，可惜后天的人事把它原有的面目毁损了。至于大崂观，除了观外的一片竹林，及观内的一个小天地外，其他是无足称述的。

后崂游过了，前崂也游过了。现在，在我心里念念不忘的，只有华严寺和白云洞了。

九　夏在汇泉

夏天，是青岛的黄金时代。

在青岛，春天，美；秋天，美；冬天，也美；但最美，还是夏天！岛上的人，谁都希望夏天的降临。

夏天，它给予商人以赚钱的机会。据说，青岛商人，在夏天一季所赚的钱，足够他一年的坐食。所以他们盼望夏天的降临，正如他们盼望财神的降临一样。

在一般市民，夏天是一个闲散、舒松、恬适的季节。可以到栈桥吹风，可以到汇泉纳凉，可以到海里洗澡，一切都是甜美的生活。

中国人争着向青岛来，外国人争着向青岛来，青岛便立即繁荣起来。

青岛是东方的避暑胜地。暑天温度的最高记录，据青岛观象台历年统计，不过摄氏寒暑表二十五度二十六分。又因着青岛地位的适中，交通的便利，风景的幽美，生活的安适，于是更超乎牯岭、莫干山、北戴河诸地而造成了它宝贵的特殊地位。

住在青岛的人，是从来感觉不到炎暑的威力的。全市都给绿沉沉的树荫布满了，就是在中午，太阳光照到身上，也并不怎么热，更何况还有一阵阵凉爽的海风吹拂？

每到傍晚，栈桥公园和前海沿一带，便成了市民的集中点了。男男女女，老老少少，都到那里吹风纳凉。来的来，去的去，竟如穿梭般的忙，一双双、一对对坦胸露肩的西洋妇女，更显现出十足的健康美来。许多人还抱着或跟着她心爱的小狗，一路逗着玩。

我到青岛后，从中西人民的体格上，得到了一个绝大的感触：不要说中国妇女的体格赶不上西洋妇女，中国男子的体格赶不上西洋男子；就是以我们同文同种的日本人来说，我们的体格，也和他们差得太远！每一次遇到日本的少女群在街头走过时，看了她们那样粗壮的脚，那样坚实的身体，那样整齐有力的步伐，总使我自顶至踵地感到刻骨的惭悚！强国，岂是空口干喊能够强得起来的？我们先该睁开眼睛看一看人家的体格！

对于狗，在我脑海里，也曾浮起过一个奇想，我觉得中国的狗，也是酷爱和平的！这虽说是一句笑话，但当你看了西洋壮健猛势的狼犬，再和温顺怯弱的中国土狗一比照，你也是会得作如是想的。

栈桥，因为突入海心，所以无论东南西北那一方面的风，在栈桥上总是吹得到的。因此，空旷幽静的栈园公园，每天夜晚，反如变成了闹市一般，为人们所挤满了。就是深夜十二时以后，还有不少的人影，在稀稀朗朗的电灯光下，憧憧往来。

我最爱站在栈桥边，回望观海山、观象山一带的浓荫。于一片片的黑沉沉中，闪烁着一点点的灯光，与天上的星光、海上的波光相映，令人悠然神往。读近人袁珏生氏《青岛竹枝词》："满市皆山拾级登，万家都在最高层。黄昏忽见星星火，各自当门一盏灯。""崂顶分支入海湾，万家人在翠微间。冈陵起伏蚕丛辟，满市松风处处山"等诗，每叹其写景之贴切！实在说起来，朝夕晦晴，春夏秋冬，青岛是没有一个时季不俱备着美的条件的，只是夏天，更能显现出青岛的美的特性罢了。

夏天是青岛的黄金时代。

汇泉是夏天青岛的黄金地带。

在汇泉，有海滨公园，有中山公园，有海水浴场，有体育场，有跑马场，就是在平时，这已是一个游散娱乐的黄金地带，一到夏天，更成为一般人不能一日不到的消夏圣地了。

汇泉，夏天的汇泉，吸引力最大的地方，便是海水浴场。

青岛的海水浴场，最著名的有三处。第一是栈桥浴场，第二是汇泉浴场，第三是湛山浴场。另有日人创设的船渠浴场，沐浴的多系日人，且规模很小，所以去的人不多。

栈桥浴场又名太平浴场，在太平路南，海军栈桥的西边。因海底既多暗礁隐壑，救生设备又未见十分完全，所以去游泳的人很少。

湛山浴场在湛山太平角下。湛山一带，本属欧美教会，现已划入颐养区中。四围森林，掩天蔽日。空气的新鲜，风景的优胜，道路的整洁，在市区中可谓无出其右。西人来青避暑的，都以这里为游息的地方。在海水浴场中是最好的一处，唯以离开市区太远，往返不便，所以华人去的也不多。

栈桥浴场太差，湛山浴场太远，于是汇泉浴场便成为唯一的海水浴场了。

汇泉浴场在汇泉岬之西，海滨公园之东。两海岬左右环抱，形成一大海湾。湾的面积很广，海底也极平坦，既无暗礁隐壑，亦无漩涡狂涛。沙细水清，潮夕稳静，真是一处练习海水浴的好地方。沿岸有公家设立的更衣室，以供浴室租赁，作为更换衣服及浴罢休息之用。私人租赁地段，自建更衣室的也很多。浴用器械有跳台、浮台、舢板、救生圈等物。北岸有咖啡店、酒排间、跳舞场、临时旅社及高尔夫球场等，以备浴客娱乐。

到青岛的人，不在青岛过夏天是可惜的；在青岛过夏天而不到汇泉洗海水澡的人，更是冤枉的，洗海澡的风味太好了！

从每天早晨起，到晚上十点钟止，海里游泳的人是不断的；最多的是早十时后，下午六时前，所有的海滩，都给游人挤满了。

男的，女的，老的，少的，在这里是没有分等的；穷的，富的，贵的，贱的，在这里是没有阶级的；脱却了衣服，穿上了游泳衫，大家都是一样的。现今社会人与人间真正的平等，只有在洗海澡时可以看到。

女人们，这时候是她们最兴奋的时间！

在这里，没有一个女人是不活跃的，就是平时最娴静、最柔弱、最畏缩的女人，此时也充溢着生命的活力，流露着蓬蓬勃勃的朝气。她们尽可能地穿上各式各样争奇斗胜鲜艳夺目的游泳衣，把她们的轻盈健美的体态，充分地显现出来，表曝在阳光下，出没在海水边，闪烁在大众的面前。

当你坐在沙滩上，向你的前后左右一望，一座座圆圆的伞影，在伞影下面，横列着一条条白白的玉腿。这一切的一切，说不尽的旖旎风光，说不尽的销魂荡魄！

这情景，即使不下水，单是来看看也很够味的了。所以有许多人是只来看看的，身上虽然穿着游泳衣，实际却并不下水。

海水浴与日光浴是并重的。洗了一回海水澡，就得起来在沙滩上晒一回日光浴。

海滩上的沙，细腻得像蒸糕的米粉一样，柔滑得像新弹的棉花一样。当你躺在沙滩上，静静地看着天空的白云，自由自在飞来飞去，忽高忽低，忽厚忽薄，忽散忽聚，你的心自会得沉下来，清澈得一点思虑也没有，一点烦恼也没有，空空洞洞的如一碧万里的太空一样。耳边虽则有笑语声、步履声、浪涛声，都会远远地跳出你的听力圈外，一点也不来扰乱你。沙层里，慢慢地，微微地，发散出一股暖气，包裹着你的全身。那时，你闭着眼睛，想着想着，睡在柔软的天鹅绒上，也没有这样的舒适和温暖。这样，你在太阳的热力、沙层的暖气的双重包围下，不久，便会甜美地朦胧睡去。

日光浴的恩惠是太令人感激了！

说到海水浴，那就更美了。

会游泳的，可以下海；不会游泳的，也可以下海，只要你不到海水深处去，是决没有危险的！

我为好奇心所激动，于天气还不十分酷热的七月五日，就举行下水典礼了。

游泳，学会了是不会忘的。我在小学里，瞒着家长，跟着小伙伴们偷偷摸摸地学会了游泳；中学将毕业时，又曾跟着人学了好几次；后来读书服务，始终没有机会再一尝游泳的滋味，到现在已有十年了。我很怕游泳的技术已生疏，甚至忘记，所以第一次下海时，小心翼翼地不敢到深水里去。不料一到水里全身周转自如，手足轻快得如昨天学会的一样，毫不费力地游得很远很远。原来游泳的技术，学会后是忘不了的，这使我的心里，得到无上的快乐！

但是在海里游泳，和在河里游泳，有着显著的差异：河里是静水，没有浪，没有潮，所以水的浮力和流动力都很小；海里是活水，有浪有潮，所以水的浮力和流动力都很大。因为河水的浮力小，所以不会游泳的人，身体在水里很不容易浮起来；又因为流动力小，所以人在水里，不会给水流卷来卷去，发生意外。海水却完全和河水不同，因为浮力大，不会游泳的人，身体在水里很容易浮起来，同时，因为浪头的冲击力太大，一打就能把人送进或拖出两三丈，如游泳技术不很高明的人，给潮水一冲倒，拖到外面去，那是很危险的。

汇泉浴场救生的设备，虽说很安全，但也曾淹死过好几个人。并且淹死的人，都是会游泳的，都在跳台附近，都在落潮时候。我心里很奇怪，照常情推测，不会游泳的人是不敢到跳台附近去的，跳台虽在深水里，但落潮的时候，海水也是很浅的，怎么会淹死人呢？

有一回，也是落潮的时候，我也爬到跳台上去了。在低的跳板上向海里平跳了几次，后来再到高的跳板上，翻身向海里倒跳下去。因为倒跳，所以头在底下；因为落潮，所以海水很浅；因为是从高处向下跳，所以力量很大，入水很深；我的头恰恰撞在海底沙滩上，撞得两眼火星迸射，颈项也僵了半天，幸而未失知觉，两手即刻用力上划，身体也跟着冒出海面来。从此方才知道，那几个死在跳台附近的人，并不是淹死的，而是撞死的。要是我那次爬得再高一点，跳得再猛一点，则结果如何，恐怕很难说了。所以我很愿意把这段经验写出来，告诉爱好游泳的人们。

在汇泉一带，海水是清极了，清得变成碧澄澄的。人在水里，四肢的划动，可以看得纤屑无隐。离海滩愈远，则潮头愈小，浪花愈少，海水也愈清澈凉爽。所以我常爱一个人游得远远的。

学游泳的人，在水里就是一两点钟不着地，也并不觉得怎么费力。你可以任着你的性子，变换各式各样的游泳方式，以调节你的疲劳。

最舒适、最省力的是仰浮。当你静静地躺在海面上，面对蔚蓝无边的天空，看浮云来往，白日推移，真有万虑皆忘、飘飘欲仙的光景。这种快乐，在海滩边人堆里挤来挤去游泳的人是享受不到的。

仰浮时，最要注意的是潮头。你的身体要顺着潮头，你的面部要避着潮头，使海水不灌进你的嘴里和鼻腔里。海水是很咸的，一灌进去，包教你涕泪交流，啼笑俱非。

海水澡能够治皮肤病，这是大家公认的。据我一个朋友说，海水澡不但能治皮肤病，并且能治其他的奇难杂症。他的一个患了十多年咳嗽病的同事，医药的钱不知花了多少，始终没有治好，后来洗了一夏天的海水浴，那种咳嗽病竟告不药而愈了。我们对于海水浴的功效虽不必相信得那么高，但海水浴对于我们身体的益处是确乎不能抹杀的。

洗海水浴后必须行日光浴，并且出一身汗。最好的方法便是在回家时，自己缓步跑三四里路，使全身流一次汗，把体内的寒气完全排除到外面，秋后方不致诱发其他的疾病。这一点，也是洗海水澡的人不能不知道的。

因为洗海水澡，汇泉一带，便成了夏天的青岛的黄金地带。要是你站在海滩边，四顾包围着这一片平野的山峰，那碧沉沉的浓绿色，竟似要流向你身边似的。中山公园，为整个的树荫笼罩了，只微微露出几座屋顶。隔海东南望，高耸云霄的东海大饭店，楼影摇曳，倒映水底，明丽如画。

中山公园，也是最适宜消夏的。闲步于绿树丛中，小坐于芳草地上，听鸟歌，纳凉风，其乐也不让于羲皇上人。

总之，夏天的青岛是没有一处不好的，没有一处不值得流连观赏的，而最好的便是汇泉浴场。所以到青岛的人而不在青岛过夏天，实在是太可惜了！在青岛过夏天而不到汇泉浴场洗海水澡，实在是太冤枉了！

愿一切有机会到青岛的人们记着：试试我这几句话！

十　从汇泉炮台说起

我一到青岛，就有很多朋友对我说：汇泉炮台，不可不看！

"汇泉炮台"四个字，始终在我脑海里打回旋，可是我却始终没有去。

七月二十六日，给我抓住了一个机会，下午一时，便独自一人，呼车出发。

是一个浓雾像细雨般一阵阵飘洒着的阴沉天气，我坐在车上，默默地欣赏着海光山色，向汇泉岬前进。

过海滨公园，已经望得见汇泉浴场为游人挤满了。

从跑马场循南海路东南行，微雨空濛中，三五西洋少女，跨自行车疾驰而过。住在这一带的，大概十之八九，都是红发碧眼儿了。一忽儿，高耸云霄、雄峙海滨的东海大饭店，便已突现眼前。这是青岛最摩登最华贵的旅社，可惜地点太荒僻，所以除了夏季供人避暑以外，别的时季是不开放的。

更南行，便是汇泉岬。山上长满着大大小小的树，绿荫蔽天，凉生肘腋。树梢上的知了，噪得一片价响。我的意识，似乎为了这一片知了声，被投入故乡的怀抱里去了。的确，到了青岛，还是今天第一次听得蝉声呢。

我正在车上痴痴地想着儿时捉知了、养知了的一切往事，车子毫不留情地把我送到了汇泉炮台的前面，把我的回忆完全切断。

这里三面是海。所谓汇泉角，已经全部伸入海里了。东方和太平角相对峙，西方和团岛角相对峙。船舶到青岛来，是非经过这里不可的，所以是胶州湾第一重门户。从前德人于汇泉岬、太平岬及团岛，都配置上那时最新式的炮。本来险要的形势，因以更形险要。在这三处炮台没有陷落以前，敌舰是再也进不了胶州湾的！一九一四年青岛日德之役，日舰围攻青岛时，曾在此地吃过很大的亏！

这汇泉角靠海完全是石壁，四面则统给密密层层的森林遮住了。要是你不走近去看，那无论如何想不到这是一个军事重地的。

炮台就汇泉岬的前部开凿建筑而成。在山顶上，只有五个炮口和五座炮顶显露在钢骨水泥铺成的平面上。由此东南望，海上任何方面的敌舰行踪，都不能逃出视界以外。德人以之作为山东半岛的锁钥、胶澳的门户，洵非无故！

由山顶盘旋而下，到炮台的西侧。看守者开了铁门，点了洋烛，引我到地室内去参观。除了炮座而外，那里是德军的司令塔、观测所、兵房、医院、火药库、发电所、探照灯、电梯等，一一指点给我看。从汇泉岬的腰部，直达南端海边，都有隧道相通，层层叠叠，一座山几乎全被凿空了。炮身的操纵、炮弹的运送，都用电力。周围并环列陆炮机枪，以资拱卫。地下的铁轨纵横交错，大多还很完好。其计划的周密，设施的巩固，真令人有观止之叹！

汇泉炮台有十五生的加农炮三尊，二十四生的加农炮二尊，射程均为十三点五公里。后二炮系自我大沽口炮台卸来者，看了心里有说不出的难受，也有说不出的兴奋！

当德国建设青岛之初，军府拟辟为海军根据地，国会则拟辟为商港，以解放山东的经济，吸收山东的原料，为德国海外一大市场。但辟为军港则影响商业的繁荣，开为商港又碍及军事，二者很难兼顾。当时海军部和国会抗争颇烈，国会以非辟为商港则不通过拨款建筑，即有军事设备，其用额也不得超过建筑经费的半数。

自一八九八年到一九一四年间之建设青岛经费，定为二十亿马克，大部都用于建筑街市及码头，关于炮台及各种防御工事，所费不多。所以青岛非巩固的军港，实际作战时，海军没有相当的掩护，实在是一个最大缺点。

一九一四年欧战开始时，青岛之为军港与否，尚犹豫未决。战前不久，德军官到青考查结果，认海上防御，尚称充实，陆地则相差尚远，故有陆地建设新防线的拟议。防御计划的经费，约定为十五亿马克，国会也已通过，但未及实施，欧战便已爆发，此事即告中止。

青岛除汇泉炮台外，德国所构筑的永久炮台、临时炮台还很多。现在择要列表于后：

青岛要塞海陆两正面炮台一览表

区分	名称	炮种	炮数	德军称呼	摘要
海正面永久炮台	汇泉岬第一炮台	十五生的加农炮	三	汇泉岬炮台	射程一万三千五百公尺，炮塔
	汇泉岬第二炮台	二十四生的加农炮	一	汇泉岬炮台	射程一万三千五百公尺，掩盖防盾
	万年山南炮台	二十八生的榴弹炮；十五生的加农炮	四；二	万年山炮台	射程均一万公尺，有掩盖战后加入
	青岛炮台	十五生的加农炮	三	青岛炮台	射程一万公尺，有防盾
	台西镇炮台	二十一生的加农炮	四	小泥洼炮台	射程一万三千公尺，掩盖防盾
	团岛炮台	八生的加农炮	三	游内山炮台	射程一万公尺，速射炮有炮座四门
陆面永久炮台	万年山林炮台	二十生的一加农炮；十一生的高射曲射炮	二；三	第十二炮台	射程一万三千公尺，射速未详
	太平山东炮台	十生的半加农炮	一	太平山上炮台	射程一万二千公尺，速射炮有防盾
	太平山北炮台	十二生的加农炮；十五生的加农炮	六；二	太平山下炮台	射程九千公尺，装轮式；射程一万四千公尺，战后加入

区分	名称	炮种	炮数	德军称呼	摘要
陆正面中口径临时炮台	太平岬炮台	八生的加农炮	二	第一号中门扫射炮台	速射炮
	太平山第一南炮台	九生的加农炮	六	第一炮台	装轮式
	太平山第二南炮台	八生的加农炮	二	第一B炮台	速射炮
	太平山第三南炮台	八生的五加农炮	三		
	石油库第二炮台	八生的八加农炮	三	第十一炮台	装轮式
	兵器库炮台	八生的八加农炮	二	第十三炮台	速射炮
	太平山西炮台	八生的加农炮	三		野炮
	仲家洼西炮台	十五生的加农炮	三	第十五炮台	速射炮
	台东镇第二炮台	十二生的加农炮	六	第六炮台	装轮式
	台东镇第三炮台	九生的加农炮	六	第七炮台	装轮式
	贮水山第一炮台	八生的加农炮	三	第十四炮台	速射炮
	贮水山第二炮台	八生的五加农炮	三		
	大港防波堤上移动炮台	八生的八加农炮	二	第四号中间扫射炮台	货车装载海军炮

区分	名称	炮种	炮数	德军称呼	摘要
陆正面小口径临时炮台	太平山甲北炮台	五生的加农炮	二	第一A炮台	速射炮
	湛山西麓北侧	三十七密机关炮	四	第二炮台	
	湛山西北方山麓	三十七密机关炮	四	第二A炮台	
	太平山炮台	六生的加农炮	四		
	太平山东炮台东方	七生的七野炮	二	第二中间扫射炮台	
	小湛山堡垒左翼	二十密机关炮	四	第三炮台	
	小湛山堡垒右翼	二十密机关炮	四		
	中央堡垒后方	七生的七野炮	二	第三号中间扫射炮台	
	台东镇第一炮台	四十七密速射炮	二	第六A炮台	
	台东镇堡垒右翼	三十七密机关炮	四		
	台东镇堡垒西方	七生的七野炮	二	第三号A中间扫射炮台	
	台东镇西方标高三一	四十七密速射炮	二	第八炮台	
	台东镇西方标高二一五	四十七密速射炮	一	第八A炮台	
	海岸堡垒右侧	三十七密机关炮	四	第九炮台	
	海岸堡垒西方铁道南侧	三十七密机关炮	四	第一炮台	

区分	名称	炮种	炮数	德军称呼	摘要
陆正面小口径临时炮台	大港防波堤上移动	三十七密机关炮	二		
	大鲍鲍炮台	七生的七野炮	四		
	仲家洼第一炮台	预备炮座四门		野战榴弹炮炮台	
	仲家洼第二炮台	预备炮座四门		野战榴弹炮炮台	
	台东镇西炮台	预备炮座三门			
	石油库第一炮台	预备炮座六门			
临时炮位	跑马场北方莲池	十五生的榴弹炮	三		曾在仲家洼炮台使用

注：表中"生的"一词系cm（厘米）的旧时音译汉字。"密"，系mm（毫米）的旧时音译汉字。

计青岛方面，共有炮九十四门；日德青岛之役发动后，连同北平德使馆运来，及军舰上卸下运陆助战者，总计约一百二十余门。其口径均为由三点七至二十八之生的间，小口径者实占多数。太平山炮台的炮，每炮炮弹只有三百发，并且钢弹要占三分之一，虽宜于射击敌舰，但陆战的威力很小，因为钢弹是没有爆炸力的高射炮、曲射炮，每炮炮弹也只有九十发，其大口径炮炮弹数目都类此。所以德政府在欧战前，就已深感青岛军火的不足，有增加青岛军火至三倍的企图，但以欧战开始，未能实现。幸德之东亚舰队寄泊南洋，其小部军火，曾运至青岛，故尚能供给少数军火。但那部分军火，以装药不合，散布界较大，命中率因之不很精确。青岛军事防御的缺点，即为曲射炮较少。

攻击近世的炮台和坚固阵地，必先以曲射炮扰乱之，继以平射炮毁坏其阵地，所以曲射炮运青的计划，终以海上交通断绝而中止，仅北平德使馆运来三门。

陆地防御线，虽于沙子口、崂山湾、流亭、李村等处，设置防御，但都限于局部，无关全局。最重要的，便是市东湛山海岸至海泊河海口的一条防线。

防御线的步兵阵地，系采取支撑点式，筑以最新式堡垒。这个阵地位于浮山之西、太平山之东，全线计长六公里，共分五部，名小湛山堡垒（一号堡垒），小湛山北堡垒（二号堡垒），中央堡垒（三号堡垒），台东镇东堡垒（四号堡垒），海岸堡垒（五号堡垒）。

各堡垒建筑大致相同，设有兵房、交通壕、休息所、掩蔽部、发电所等，均以水泥铁筋构筑，抵抗力很大。四围设置铁丝障碍物，以为屏壁，增大抵抗力量。内中设置机关枪多挺，战时很能发挥其效能。堡垒外翼，两侧配置三点七厘米口径炮各若干门。各堡垒间之空隙，架设铁丝网，埋以地雷，层层密布。在各堡垒前方，由南海岸起，至西海岸上，构筑石墙一道，宛如长蛇，墙厚约两公尺，深约十五公尺。墙内深处，均设置铁丝网，墙外敷设地雷，布置十分周密。

青岛平时陆海军约五营，每营约六百人；自青岛战役发生后，平津德使馆领事之卫队，日本及其他各处的戍兵侨民来青服役的，约二千五百人；共计五千余人。

阵地即分为五个支撑点，全防御线共配置五步兵营。势力比较雄厚的，是两翼侧阵地，计一号堡垒配置步兵第一队，二号配置第二队，三号配置第三队。战时此堡垒曾为敌所毁，日军即于此突入，青岛因此陷落。四号堡垒配置第四队，五号配置第五队，除去骑、炮、工等特种兵及负各种勤务外，全线不过配置两千多人。平均战线每隔二公尺始得一人。步兵阵地的配置缺点很多，因散兵壕构成一直线，无应援之利，苟敌军冲破一处，长驱直入，便全线有崩溃的危险。其后日军即由中央堡垒突破，德军因以败北。

参加青岛战役的德军舰，只德炮舰三艘，奥驱逐舰一艘，都停泊港内。后来德国的二舰，都卸武装于陆地，奥舰也把军火的一部分运陆助战，实际参加战斗的只德炮舰及奥驱逐舰各一艘。此二舰驶于青岛沧口间，参加左翼阵地，侧射攻击海岸堡垒的日本军队，曾建了不少的功绩。

当时飞机的功用，还不很显著。战前曾有小型飞机两架，运到青岛，一机初试就遭意外，另一机于战时曾发挥了很大的威力。那时日本飞机多为双翼，每出必五六架，挟其优势，向该机攻击。直到青岛陷落，该机仍安然飞抵海州，送给我国驻军，未被日军击落。

青岛本没有长期抵抗的设备，其最大的缺点，为电力及饮料的供给没有安全的保障。当时电力仰给于今日的电灯厂，没有地底电线。若一旦被敌军炮火所毁，全市电源即频绝境。青岛水源，近于李村。那时德军防地内，只海岸堡垒附近有一小池。开战不久，这个小池也被日军占领，所以当时青岛所用的水，只可于井中汲取，供不应求，自难持久。饮料缺乏，也是失败的一大原因。

青岛日德战役于一九一四年八月二十三日开始，至十一月八日德以青岛降英日联军而结束。按此役德之必败，尽人皆知。单就人数论，日人虽未发表作战人数，但据事后调查得为六万人，英人报告英兵参加者为三千五百人。日本当实行总攻击时参战者二万六千人，而当时德方只二千六百人。德兵一人，须抵敌日兵十人。日方损失也秘不发表，大约死者三千，伤者五千至六千。德方只死者三百，伤者六百。由此可见国防前线军事要塞的重要，和防御战与攻击战双方牺牲的悬殊！

看了残废了的汇泉炮台，使我深深地体会到军事要塞的意义，使我知道，抗敌御侮，报仇雪恨，不是凭一时的血气，可以徒托空言的！我们必须有东西，我们必须拿得出东西来，到那一天！

我怀着沉重的心事，默诵着近人袁珏生氏的"密树盈坡照海月，萧萧故垒见经营，即今太息藩篱砌，万顷寒潮作战声"诗，跨上洋车，于知了声中，怅惘地离开了汇泉岬。这时的怅惘，已经不是来时的怅惘了！

的确，"汇泉炮台，不可不看！"我愿意每一个到青岛来的中国人，都能抽空到汇泉炮台来看一次，为了自己，为了青岛，为了国家！

十一　且抛尘梦入崂山

是双十节后的一天，天气是那么晴和，我独自一人，又作第三次的崂山之游了。我的心里，郁塞着怅惘，也沸腾着欢乐！

秋光，三分之二已经过去了，还侥幸，总算抓住了这一个机会。

上午八时，由市里乘汽车出发，临行，作一绝：

晓发青岛

萧萧黄叶渐斓斑，大好秋光去等闲。

惆怅云门游未得，且抛尘梦入崂山。

照我预定的计划，十月十日是要到青州去游云门山的，后以当天举行秋季运动会，跑不开，青州之行只得展期，临时改变计划，一游梦想已久的崂顶、华严寺和白云洞。

汽车向李村九水风驰电掣地前进，离青市愈远，距崂山愈近，渐渐地，我的一片惆惘，不知消归何处去了。两眼贪婪地望着窗外的秋色，一颗欢乐的心，几乎要冲出胸腔来。

我想，要是有二三知己同游，该是多么的美啊！可是这样的知己是不容易得到的，为了避免无谓的牵制，干脆一个人独来独往。

这或许是我的癖性吧：都市里是守不住的，每逢春秋佳日，总是一个人逃向山水之间。说也奇怪，只要一见山水，便觉宠辱俱忘，身心都适！这个奇怪的癖性，从前在无锡是这样，在常州是这样，在开封是这样，现在到青岛来，还是这样。由于这，数年来使我于应世上是落落寡合，于事功上是平平无所表见，独于一山一水之趣，一花一木之情，却雅有深契！这是天地厄我吗，还是厚我？

心里还在胡思乱想，汽车已经停在板房车站了。下车，看表，短针刚过九点。

换了爬山用的布鞋，以一元二毛钱的代价。雇了一个向导，说明今日上崂顶，到华严寺住夜，明日游白云洞，经滑溜口到蔚竹庵、北九水而回板房。

从板房上崂顶，都是羊肠曲径，没有一条好好的大道。我虽已游过两次崂山，但一次是游的前崂，军舰由海道直达太清宫；另一次虽是游的后崂，但汽车经板房、柳树台直达北九水；所以，这里的景色，在我的眼睛里，一切都是新鲜的。

崂顶就是巨峰的峰顶，为崂山的中心，也是崂山的最高处，海拔凡一千一百三十六公尺。层峦叠嶂，盘旋曲折，非足力健、游兴浓者，很难攀登其巅。但游山而不到山巅是最可惜的，我为实现我探胜搜奇的痴愿，所以虽是一个人，仍贾勇上进，要实地看一看群峰环拱的崂顶。

循山径东北行，一路山上有山，峰上有峰，明秀峭拔，不可方物。远望东方天鹅绒般的云幕，参差错落地排列在云幕前的山峰，好似一幅一幅的淡墨水画。这样伟大的淡墨水画，只有造物主能够描绘出来。中外古今的名画家中，还没有发现这样的杰作。

崂山峰峦的奇秀幽峭，我于第一次见面时就已深为激赏赞叹的，但今天方才认识他的全貌。崂山不知有多少山峰，更不知有多少岩石。一座山峰有一座山峰的风姿，一方岩石有一方岩石的韵态。分开来看则各极其妙，令人目迷神眩；合起来看则超然独绝，要找一句形容的话都说不出来。实在，大自然的美是笔墨语言难以形容的，何况崂山的峰峦是那样的幽秀峭丽？

自板房到崂顶，共二十余里，都是攀藤援葛而行，山重岭复，绝不见人，只天上飞鸟，枝头黄叶，不时有轻微的声响传到耳边，打破山间的沉寂。

爬山，我自信是富有训练的，但以昨天开运动会跑得太多太累，今天的山路太巉太远，所以两条腿竟有些不自然起来。暮秋的骄阳，逼在身上，蒸得满头是汗。向导很早便指点给我看，那高耸于云堆里的高峰就是崂顶，望去似乎也并不怎么远；不意翻过一座高峰，又是一座高峰，转过一重横岭，又是一重横岭，看看云堆里的崂顶，还是在那老地方，没有走近一步。有好几次，两条腿实在搬不动了，心里很想对向导说"不去了"但要强的嘴，却不肯说出"回头吧"三个字来，仍旧拖着疲倦的脚，一步一步向上进。

山愈翻愈多，人愈跑愈高。渐渐的，许多峰峦伏到我脚下去了，看去好像层层叠叠的丘阜，再也显不出它原有的雄伟。海却愈来愈大，银波万里，给日光照了，煊烂夺目。远处，云山盘结，烟树凄迷，一缕缕、一团团的云烟，竟如停在山上树上似的。风光是动人极了！

我有一首诗：

登崂顶

浪鼓金轮岭锁烟，高歌人在白云边。

崂山胜概吾能说，半在峰岚半海天。

崂山的动人处，确在峰峦的清奇变幻，和海天的杳溟空阔。本来，风景的条件是山水，必须有山有水，风景的条件方告完备；倘单有山，或者单有水，便成了缺而不全的风景，未免美中不足。崂山的好处，就在自身是山，而三面却都是海。因为濒海，所以烟岚的聚散，云雾的郁蒸，使崂山增添了无数活动的风景。为什么人人游崂山，年年游崂山，而各人每年所看到的崂山并不一样？除了四时的变换外，最大的原因，便是受了烟云雾岚之赐，使崂山的面目，常以种种不同的姿态，映入游人的眼帘。山水的情趣便在这里；游人所得于山水的诗情画趣也在这里。

崂顶虽似永远可望不可及的，但经我两条腿不断的努力，在正午十二时，我毕竟到了它的顶上了。近崂顶数里内，完全是秃头的岩石，绝少树木，连茅草也不多。所谓崂顶，便是周围半里许的一方大岩石。于岩石的最高处，砌成石级，以便游人上下，筑有石台，以供游人休息。登台一望，天空海阔，万山皆小，海风泱泱，胸襟顿开。《即墨志》称之曰："叠嶂层峦，高入云表，俯视全崂，仅同蚁垤。"真是一点不错。

这里气象之大，挺立之高，可说是得未曾有！游崂山而不登崂顶，就等于没有到过崂山。崂山的雄伟壮丽，只有于崂顶始能见到之。在北九水，在靛缸湾，在太清宫，在明霞洞，在其他各处，只能见到崂山的瑰奇、幽峭而已。

在崂顶，宜听浩荡的天风，宜看变幻的浮云，而最宜于观杳溟渺茫、天水一色的大海。我有《崂顶观海》一绝句：

一派奔腾入海遥，长天秋水望中消。
大风吹得沙鸥起，南北东西正落潮。

看得太兴奋，把上山时的疲劳都忘了。徘徊久之，即于石台上品茗进干点。来来去去的游人有好几处，但除了两三个中国人外，其余一大群一大群的，都是日本人。还有许多日本妇稚，也带着干点汽水同来。他们就坐在我的后边喝汽水、进干点，所有的汽水与干点，没有一样不是他们本国的。我看了心里有说不出的惭愧与忧惧！

我到青岛后，发现了外国人的两个最显著的优点：第一，外国人随时随地都充满着蓬蓬勃勃的生命力。他们热烈、活跃的动作，好像躯壳包不住他们的生命力而欲冲到外面来似的。第二，外国人随时随地都流露着他们强烈的爱国心。他们并不喊爱国，但一切的行动，都是爱国的。前者由于体育的训练，后者由于文化的陶冶。衰弱的身体是不会产生强烈的生命力的。同样的，自私自利，专为个人打算盘的社会，也不容易养成普遍的爱国心。未来新中国的建设者，对于这两点，应该予以怎样的努力啊！

一忽儿，四周忽起大雾，海天茫茫，弥漫一片。远处景物，模糊难辨。因为崂顶距华严寺还有二十多里，天黑了山路不好跑，所以不敢久留，急急下山。

下山比上山容易得多，速率也增快不少。最须留意的，便是脚下不要滑，一滑便跌倒了。我和向导闲谈着，见田野衰草迷离，枝头黄叶飘萧，便有一个感觉沉重地压上我的心来。我轻轻叹了一口气，自己对自己说：秋已深了！心有所触，因作一绝：

下崂顶

一径弯环下翠微，寒云漠漠湿征衣。

痴情欲挽秋光住，莫遣枝头片叶飞。

人情自痴，木叶自飞。我带着一颗凄怆的心，鼓足了勇气，向明道观奔去。

自巨峰东北行，过三四小梁，循坡而下，路渐平坦，约十余里而到明道观。这是从崂顶到华严寺中途的一处名胜。地高约八百公尺，为崂山宫观中之最高者。相传为唐王旻炼药之处，清康熙朝道人宋天成始创今观。分东西两院，东院祀玉帝，西院祀三清。岗峦环合，如重城复郭。背依胡涂子岭，前遥对天茶山。西南诸峰，尤为峭拔。向导指给我看：那巍然矗立如椎卓剑植的为大小扁崮，巨石垒垒如二人对语状的是二仙传道石。观后有天然三仙二洞。

明道观三面是山，一面是地，山环地抱，境极幽静。老树参天，倘盛夏来此，必浓荫沉沉，绝无暑意。现在则枝上疏疏朗朗，剩下的树叶已经不多了。

这时已是下午三点，偏西了的红日，照在黄澄澄的霜叶衰草上，渲染成一片红光，一抹红霞。这红光、红霞，堆成了胭脂似的山，化成了胭脂似的海，娇艳冶丽，妙绝尘表！我留连于这个胭脂山、胭脂海里，依恋不忍遽去。

这里除了海潮冲击山崖的奔腾澎湃声外，可说是万籁俱寂，静得人的心只觉得渐渐地沉下来，沉下来。触景生情，因作一绝：

明道观

轰耳涛声缘寂寞，荒庵欲去转踟蹰。

斜阳一抹胭脂海，写入新诗当画图。

徘徊久之，以时晏，向导催请急行，迟恐不及赶到华严寺，乃跟着向导匆匆前进。一路走，一路玩味着明道观里挂的一副"世事雄争棋两着，乾坤笑傲酒千尊"的对句，心里有说不出的感慨。

从明道观到华严寺，还要翻过好几座山，走不少的路，这时天色渐晚，足力愈倦，幸山光海色，不断地在眼前引诱，增加了我无限的勇气。

在路上，向导告诉我：华严寺左近，有崂东饭店，很整洁，可包饭，住在那里，比住在华严寺方便得多。在我，住在华严寺院里和住在旅馆里是无所谓的，为迎合向导的心理计，答应他到那里看看再说。

四时许，刚转过山峰，便已隐约望得见竹树葱郁中的华严寺，心里一高兴，脚下陡觉有力起来。五时，到崂东饭店。入内，果然房间很整洁，设备也极简朴，全旅馆没有第二个旅客，更合我的脾胃，便决意住下。拍去了衣履上的灰尘，洗了脸，休息一会儿，仍由向导带路，向西首山坳里的华严寺慢慢踱去。

崂东饭店前面，有茅亭二，供旅客休息。瘦竹千竿，飕飕生风，环境也很清幽。西上，松篁夹道，泉流玲淙，人行其间，如入画里。

今春游前崂，已经跑到华严寺的山，因时间来不及，仍怅然搭镇海舰归去，未能登山一游，心里留下了不易磨灭的遗憾！今天，这不易磨灭的遗憾给我磨灭了，我已确确实实地投入华严寺的怀抱了。要晓得我心里的痛快，只要读我这一首诗：

晚抵华严寺喜号

狂态依然率性真，不知荣利不忧贫，

十年行遍天涯路，到处青山似故人。

"十年行遍天涯路，到处青山似故人"，这是事实。我何幸？我又何不幸啊？山灵有知，必将引我为知己，也必为我的遭际而太息了！

华严寺在那罗延山东，重峦环合，左襟大海。林壑的幽奇，泉石的苍蔚，在崂山的许多名胜中，应该是首屈一指。寺旧名华严庵，即明即墨黄待御宗昌所创建，未成，以兵毁，其子坦于清顺治中继成之。自崂东饭店盘旋西行，一路都是砌得很平整的石径，长松修篁，古木异卉，遮满石路的两旁，荫翳不见天日。凡数十迂回，始达寺门，门前幽菁尤密。更西为塔院，前有鱼池，围以石栏，中通小桥，流泉自竹根下泻，注入池中，确然有声。池水清澈见底，游鱼浮沉上下，最有幽趣。院内有古松两株，盘青挽翠，风致矫然。塔院对面，有石刻多方。我最爱"地僻尘难到，云归户有痕。帆墙来城外，风雨逼黄昏"；"崖底鱼龙伏，松巅鹳鹤吟。浪飞晴日雪，泉响太初琴"；"风帆磅礴有万里，云日光影无点尘"；及"千里云岚秋鬓影，半龛灯火夜潮音"诸句。

入寺，形势庄严，殿宇宏丽。因山而筑，每进益高。佛殿当其中，僧寮客舍分居左右。其前为藏经阁，清初所颁佛经，悉贮于上。登阁凭眺，豁然目旷，西南诸峰，屏开壁立；东瞰沧溟，一碧万顷；而松荫铺翠，竹稍弹烟，俱回环献奇于下，实为华严寺的最胜处。

华严寺在万山环抱中。要看山，有的是奇丽峭拔的峰峦；要望海，有的是浩渺汪洋的烟波；要听泉，有的是幽咽奔放的瀑流；至于松竹、花鸟、云霞，无一不具，无一不妙。这里的地位是再好没有了，这里的风景是再好没有了。太清宫无此深，明霞洞无此幽，蔚竹庵无此曲折秀拔。总之，崂山名胜，应让华严寺为第一！而华严寺的结晶处，却在这个高阁！

我痴痴地立在阁上，望着在峰头上忽聚忽散的云霞，在云霞里忽隐忽现的峰头，万虑俱消，悠然神往。

这时太阳早已西沉了，只剩下无数道金光、银光，交射于天边，交射于眼前，以突破一刻一刻暗下来的天。夜风习习，渐有寒意，我倚在石栏旁，吟成一首五律：

晚登华严寺

仿佛单衣薄，西风又一秋。

　　　　　家贫长作客，日暮独登楼。

　　　　　重岭云边没，远帆天际浮。

　　　　　脱然尘累却，暂得豁吟眸。

　　下阁绕寺一周。虽然已是深秋，但花木幽艳，绝类三春。我进门时，就有一个老和尚来招待我，态度很殷勤。此时他发现我背后还跟着一位向导，他急问我是不是同来的，我告诉他是带路的。接着他又问我今晚要不要住在寺里，我告诉他已在崂东饭店开好房间了，他知道无利可图，向那个向导恶狠狠地瞪了一眼，即借招待他人为由，匆匆别去。我心上觉得歉然，随后又不禁发起笑来，深深地体会到人情变幻之速，知道金钱在出家人间也具有同样的魔力！

　　参观了市立华严寺小学，即缓步离寺，向山下慢慢踱去。

　　那个向导，说山下有亲戚可以借住，约定明天早上七点钟来，他便先走了。于是只剩下我一个人。

　　经饭店，未入门，仍循石径向海边跑。当我们上华严寺时，茶亭里还有几个游人在喝茶的。此时也不见了。万山环抱中，只有我一个人，忘记了迟早，沉醉在大自然的怀抱里。

　　走了一会儿，天色已黑下来，即就道旁大石上坐下来休息。这时除了风声外，环境一静，人的心也静了。瞑目凝思，陡觉四大皆空，这个身子，这个心，飘飘荡荡，了无大碍，了无形迹，只有灵光一道，照彻三天。此景，岂可多得？此情，岂可多得？

　　我的心正在恍惚迷离中，忽闻一阵风涛声发自耳际。张目四望，但见枝干杈桠中，隐隐平卧着一片银波。那风声涛声，就从那里传来。原来天地一静，把人和物的距离也缩短了。看不见的大海，近在眼前，听不到的波涛，移在耳边。我不知费长房的缩地术是怎样的？今天，我却实际领略到缩地术的奥妙了。

我静静地看着，也静静地想着，想着想着，随手写成了两首诗：

华严寺前晚坐

老去芳枝一片黄，留将败叶战清霜。

萧骚到处愁无改，坐听寒涛咽夕阳。

林深不辨海东西，衰草离披半着泥。

寂寂空山人去尽，碧云如盖幕天低。

天色渐渐地暗下来，山峰树木，也慢慢地模糊起来，只有那树梢头透过来的一片银波，还照耀得雪亮无比。人声既无，鸟唱亦寂，我反复玩味新得的断句"此时行者心，只有松风识"，缓缓地踱回崂东饭店。

晚饭菜殊不恶，不善饮酒的我，竟破天荒地吞下了二两白干，即刻醉醺醺地。本来预定晚上足成"千峰万峰万万峰，峰峰如吐青芙蓉"的崂顶诗的，因此只得搁笔。八时半，就拥被入睡。诗酒本有缘，但少饮固能助兴，多饮却能乱性，可见"斗酒诗百篇"的话是假的，耽诗诸子，幸勿为古人所欺！

午夜醒来，月光满床，清凉如水。窗外松竹摇曳，倒影上窗，栩栩欲活。独宿万山深处，无友无侣，对一天星斗，万里寒光，念百年身世，半生情劫，不觉好端端地愁上心来。但继而一想，名利场中，本来无我；姻缘簿上，早已让人；便亦坦坦荡荡，胸怀中绝无渣滓。转辗不寐，因成一绝：

宿华严寺

涸迹闲曹忽岁年，情痴懒整旧诗篇。

入山一宿华严寺，梦也空空骨也仙。

大概因为身体太累的关系吧，不知于什么时候，又朦胧睡去。十二日早晨六时，即为一片鸟噪声所惊醒。张开倦眼，喧丽的阳光已照满室中。默诵着昨夜所作"入山一宿华严寺，梦也空空骨也仙"句，即匆匆起床。梳洗进早点毕，正拟到外面散步去，那位向导已经来催我上路了。算过账，带了简单的用品，就向白云洞出发。

这时才七点多钟，山里还沉静得一些人声都没有。山上树上草上，却铺满了柔和的日光。早晨的华严寺，分外显得幽静峭丽。我恨不能长住此间，作一个友麋鹿餐烟霞的诗僧。

涧流潺潺，如在峰顶，如在枝头，也似在耳边。听了那忽抑忽扬、忽喧忽微的声音，令人悠然作出尘之想。

我重步上华严寺前的竹径，重摩挲了竹径两旁的石刻，重展望了环抱着这个胜地的叠嶂层峦，重浏览了点缀成这个清奇绝俗的华严寺的一花一木、一泉一石，方才依依不舍地向山下缓步走去。不禁怅惘地低吟道：

别华严寺

耳边何处响潺潺，一涧东流几曲弯。

又踏朝阳山下去，崂人未合住崂山。

这算是我的华严寺告别辞吧。半年来梦想颠倒的华严寺，我毕竟到了，却又匆匆去了，当其未来，则不得不来；及其既来，又不得不去；这就是所谓人生之谜吧，又岂特游山为然？

下山一路是泉声鸟语、松风海涛，不绝地打破空山的沉寂。由山西转，经茅屋三四，垒乱石为墙，盖黄泥为顶，枕山面海，自得天趣。唯此间系山地，平原太少，除采樵捕鱼外，不利耕种；所以居民的生活，恐怕是极惨苦的。我每一次游山，总有"欲享清福者无法享福，已享清福者不知享福"的感想，我们这一类人，属于前者；那渔夫樵子，便属于后者。诵"世事相违每如此，好怀百岁几回开"句，为之惆怅不止！

（本节未完，以下七节均因抗战散失，谨此附注）

原载1936年—1937年《民众教育通讯》